初眉 · 첫 이마

김지하

初眉

초미 · 첫 이마

다락방

서문

이미 작년에 여인의 책 『水王史수왕사』를 출판한 적이 있다. 그 책을 사상사적으로 해석하려는 노력이 바로 이 『初眉·첫이마』이다.

우주적 대변동과 함께 세계사의 역동 중심은 서구에서 동아시아로 옮기고 있으며 역시 그 중심은 남성과 어른에서 여성과 아이들로 이동하고 있다. 이른바 『水王史』, '여성 임금, 물임금의 역사'이겠다. 그러나 아무리 옮겨도 동아시아와 유럽 사이의 동·서양 융합에 의한 세계사의 재편이요, 아무리 이동한다 해도 여성과 아기들이 남성과 어른들의 역사와의 연결, 종합에 의한 새 역사의 전개일 터이다.

그러나 중심은 역시 동아시아요 여성과 아기들이다. 그렇다면 이 경우 그 전개 전체의 큰 틀과 그 속에서의 남성들의 '자기 일'을 발견하는 일은 더욱 중요해진다. 바로 그것이 『初眉: 첫 이마』의 참뜻이다.

初眉는 조선 중엽에 나온 지질학 서적인 신경준의 『山徑表산경표』에 소백산맥에 위치한 '初眉'란 이름의 한 작은 낭떠러지 이야기다.

이 初眉는 榮州영주와 奉化봉화 사이에 있는 곳으로 동해안에 해가 뜰 때 그 낭떠러지 바위들 속에서 햇빛이 반사하는 여러 광석들의 다양한 반사광이 넘쳐나고 기이한 음악이 울려나오며 또한 이상한 기운이 뻗쳐 나와 인근 소백산 일대의 지층 내부로부터 흙 속의 酸산의 오염작용을 정화한다고 했다.

얼마 전 대구 매일신문 문화부가 이것을 조사한 적이 있는데 '빛'은 사실이며 '기이한 음악'은 과장이고, 기운은 분명한 '核酸핵산 미립자'로서 자연생성적 산 기운의 오염을 정화시키는 역할은 분명한 것으로 증명되었다.

나는 이러한 '酸에 대한 核酸의 작용'을 중요시해서 오늘의 세계사 전환에 대해 여성과 남성들의 역할을 일러 '初眉'로 비유하는 것이다. 그리고 이것은 내가 지금 강의하고 있는 건국대학교 대학원 특강 내용이기도 하다.

사상사적 중심 뼈대는 易역과 華嚴經화엄경이다. '五易華嚴經오역화엄경'이란 어휘가 바로 그 중심어휘이다.

오역이란 伏羲易복희역, 文王易문왕역, 正易정역 그리고 나의 10여년 전 부산에서의 역체험인 燈塔易등탑역, 그리고 天符經천부경을 易으로 들어올려 '오역'이라 했다.

화엄경은 아직 구체적인 탐색 이전의 대강 접근으로써 역과의 관련을 들었다.

그리고 거기에 천부경과 산해경 등을 결합시켜 이른바 『初眉 : 첫 이마』의 서투름을 모면해보고자 했다.

서투르지 않겠는가?

박근혜 정부 밑에서의 저 시끌시끌한 이른바 자칭 정치의 바보스러움, 이른바 사회행동의 지랄발광, 이른바 자칭 진보의 역겨움, 나아가 대지진 직전 '욘사마'로 시작되는 일본 여성들의 <료조, 레끼조, 아메요코>의 7~800만명의 '따뜻한 자본주의' 대변혁운동에 대한 정면 反動반동으로서의 일본 극우 '좃쟁이'들의 '에토라이 다니오 Etolai danio', 자크 라캉의 '未爆發미폭발 神經病신경병' 발광이나 북한의 서른 살짜리 똥돼지 추장의 '쌩지랄', 바로 앞에 닥쳐온, 전면 확산되고 있는 미국의 힐러리 클린턴의 커피파티와 여권 대이동, 이어 남미와 유럽과 동아시아, 우크라이나 등의 여성계 권력 소식들, 그리고 그에 대응하는 남성들의 이러저러한 검고 흰 반응들, 이슬람의 열여섯 살 소녀 '말랄라', 이슬람과 기독교 융합의 발가벗은 유럽 여성 시위 '리나 셰프첸코'의 토플리스 FEMEN에 대해 동양고전의 해석 없이는 아무래도 서투르지 않겠는가!

나의 이 작업은 '첫 이마'로 끝나지 않는다. 이어서 정선아리랑을 중심으로 한국민중예술의 네오-르네상스를 다루는 『아우라지 미학의 길』이, 그리고 이어서 나의 체험적 사상록 '勞謙訣노겸결' 그리고 대미로서 큰 3권의 책 '우주생명학, 華嚴易'이 뒤를 이을 것이다.

이 모든 과정은 나의 현재의 상황인식, 선후천융합대개벽에 대한 내 나름의 보고일 뿐이다.

그리고는 그림이 뒤를 잇는다.

그뿐이다.

결국 그림과 나의 '손톱'이란 이름의 짧은 새 詩들로 내 생애는 끝날 것이다. 그리고 나의 이름도 '지하'에서 본명 '英一'로 돌아갈 것이다. 나의 아호 勞謙노겸 아래.

끝!

얼마나 속 시원한가!

본문 중에 시가 열 편 수록되어 있었는데, 시를 지우고 나니 아무 설명도 없이 '월정사', '월파정' 같은 단어가 나오게 됨을 미리 알려야겠다. 한번 그것들 설명 없이 공부해 보자.

이제 한자 표기 얘기를 하자.

가능한 한 쉬운 한자는 앞에 쓰고 뒤에 한글 해석을 넣도록 하자. 문명의 대세다. 그리고 한자는 본디 중국민족 글자만이 아니라 동북아 10여개 민족들이 공동 사용하던 고대 표기 방식들이다. 이미 세종년대에서부터 제기된 '2~3백 자의 조선 한자' 중심의 한자 골라 쓰기('조선에', '金文금문' 등)를 앞으로 표면화, 문화화해야 한다.

甲午 3월

배부른 산 無實里 촛불방에서
김지하 모심

차 례

初眉

01 | 山海經 산해경 에 관하여

好生不殺生 好讓不爭 不死君子之國

호생불살생 호양부쟁 불사군자지국 - 山海經의 한 구절

생명을 즐겨하고 죽이기를 싫어하며 양보하기를 좋아하고
다투기를 싫어한다. 그리하여 죽지 않는 군자의 나라라고 한다.

예맥족을 가리키는 말이다.

발해만의 북쪽에 살았던 동이족, 옛 예맥의 성정이 그대로
드러나 있다.

이들은 그 뒤 서기 1세기경에 서쪽 중국의 족속(아마도 震
震진?)의 압력으로 東進동진하여 만주 남부를 거쳐 지금의 함경도
남부와 강원도에 와 집단적으로 정착하게 된다.

공자 이야기다. 세계 통일에 실패하자 70세에 노나라로 돌아온 그가 제자들 앞에서 털어놓은 이야기이다.

"이대로 쪽배나 타고 동이에 가 살까?"

제자들이 항의한다.

"그 누추한 나라에 가서 어찌 사십니까?"

공자가 대답한다.

"好生不殺生 好讓不爭의 나라가 누추하단 말이냐? 차라리 그곳이 禮義예의의 나라다."

그런데 강원도 강릉, 속초 근처에 와 神市신시를 관장하고 山市산시에 이어 동해안의 波市파시에 '호혜교환·획기적 재분배'의 매니지먼트를 돕던 여걸 '蘇思利소사리와 亥仁해인'같은 여걸(이들의 예절을 南毛남모와 後貞후정의 源花원화에게 승계하려던 신라의 정책이 섬세한 神市신시 경제 관계에 대한 無知무지로 인해 도리어 남자 화랑에게로 그 승계를 바꿔버린 코미디도 있다) 등의 예맥 30만 대집단이 신라의 三韓一統삼한일통 당시의 까다로운 준군사 정치공세에 시달려 어느 날 하루아침에 종적 없이 사라져버리는 역사의 미스터리가 발생한다.

어디로 갔을까?

모른다. 지금까지도 모른다.

나는 그 뒤 우연히 삼척 두타산을 오르다가 그 산천이 너무나 시커먼게 괴이해서 KBS 정수웅 부장과 협의하여 카메라 다

큐멘터리팀이 세 번이나 두타산을 탐색하여 50여 군데의 우물 터와 일곱 군데의 비석 자리를 찾았다. 또 그 밑 三和寺삼화사 인근 무릉계곡 너럭바위에 새겨진 討捕使토포사 열댓 군데의 큰 글씨로부터 추적하여 용추 등 산 위로부터 수십 차례 시도 된 山賊산적떼의 종적을 추론한 바 있다.

예맥이다. 아니 濊예다.

또 있다.

예맥은 강원도의 神林신림과 감악산 등을 타고 原州원주 남방 의 영원산성에 楊吉양길의 山賊 3천의 入山입산과 기타 人民 4 천의 入野(원주, 봉양 등 평야에의 입주)를 시도한다.

바로 이들이 지금까지도 이름난 원주토박이들의, 그 '텃세 안 하는' 인심(객지 사람들 괄시 안하는 人心)의 근원인 것이다. 그 좋은 人心의 소식은 사방에 퍼진다.

경상도 世達寺세달사에서 法相宗법상종 수련을 하던 弓裔궁예 가 스승으로부터 미륵과 화엄경과 함께 바로 이 예맥의 원주 영원산성 이주 소식을 들은 것 같다.

궁예는 바로 이 예맥의 '山海經 人心'과 화엄의 진리와 고 구려 이래의 神市 세상 多勿다물(미륵) 그리고 그 뒤 '水德萬 歲수덕만세'(年號연호로서 최종적으로 여성과 아기들을 존중하는 天符천부의 妙衍묘연정책 口號구호)를 내거는 꿈을 안고 북상하 여 금대리 큰곰바위 밑에서 楊吉을 만나게 된다.

궁예의 꿈을 들은 楊吉은 궁예에게 "눈이 두 개라도 그 큰 제국을 건설하기 힘드는데 눈 한 개로 어찌 가능하겠는가?"라 고 비웃고는 부하 170명을 떼어주며 헤어졌다.

궁예는 그로부터 神林 골짜기, 石南寺석남사 밑으로 들어가 군대를 훈련시키고 주변을 정복하여 여러 해 뒤, 대보산을 통해 楊吉을 영원산성에서 다시 만나 세력을 합친다.

그때 날씨가 맑고 宮氣궁기가 풍성하여 그의 政治정치는 앞날이 청청했다. 그는 바로 그 石南寺에서 저술 '22권'을 써 화엄 세계 건설을 주장하였다. 비로자나 主佛주불 이래 화엄 실천의 세계 최초 주장이었으니 그야말로 '初眉'였고 '첫 이마'였다.

그러나 여기에 어둠이 들어온다. 예맥으로부터 온 入山 3천 명은 충실했으나 入野 4천명 중 10여 명의 이른바 자칭 豪族호족들이 문제였다.

막 시작된 王建왕건과의 군사적 화해의 크기와 강력함에 질린 호족들은 왕건과의 이간을 집요하게 추진했고 지금의 鐵原철원으로의 北上과 泰封國태봉국건설 추진과정에서 궁예의 아내와 왕건의 간통을 모략중상하여 바로 石南寺앞 개울에서 아내와 두 아들을(궁예는 애초 제 어미로부터 버림받은 失母性실모성의 아픔이 있었다) 죽이고 북상한다.

北鐵原북철원의 영금산(꼭 영원산성의 큰곰바위와 흡사한) 궁예바위(통치부위)는 향토사가에 의하면 일명이 곧 울음산이다.

왜? 울음증은 곧 후회증(하노바)이었다.

매일 밤 궁예는 아내와 아들들을 생각하며 통곡하였다한다. 이 울음은 그의 거대한 중조선 전역의 정복과정(군사적 승리)에서도 여지없는 內的내적인 패배(정치 심리적 패배)를 축적하였고 결국은 와수리(개울)와 얽힌 金化김화 빈 벌판(이 빈 벌판의 필요는 이미 孫吳兵法손오병법 이전부터 철저히 옹호되었던 대제국 건설의 동아시아 先行선행 왕도의 병법적 조건이었다 한다. 이후 文幕문막의 경우가 바로 그것이다)에 대한 전략적 오류 인정과 함께(이것은 이후 역사에서도 매우 중요한 한 兵法的 失敗실패다) 문막에서의 왕건과의 大血戰대혈전에로 내려오게 된다.

궁예가 영월 世達寺에 있다가 영원산성으로 나아갔다는 일설의 근거는 아마도 예맥의 영원산성 이동 사실을 당시로서 알고 있었다는 근거로서 영월 世達寺說이 나온 것으로 보인다. 그러나 그것은 역시 경상도이고, 당시 불교는 그런 소식에 매우 敏感민감한 소식통이었다. 영월의 흥월리 태화산 世達寺는 전설만 남아있고 지금은 자취가 없다.

당시 궁예는 아내의 죽음 이후에도(鐵原의 泰封國 시절까지도) 행차 때에 앞엔 여자와 아이들 250명과 뒤에는 화엄승 250명을 반드시 세웠다고 한다.

당시의 임금 행차는 경륜의 표현이었으니 앞의 아낙 및 아기들과 뒤의 화엄승려는 궁예 자신의 화엄학과 多勿(神市)의 드러남이다.

또 당시 年號는 바로 國策국책으로서, 그것을 '水德萬歲'로 한 것은 궁예가 이미 國策 자체에서 화엄 이전의 天符經 81자中의 핵인 '妙衍묘연' 즉 아낙과 아기들의 생명 및 생활 중심가치와 세계 질서로서의 화엄을 앞세웠음을 알 수 있다. 그의 저술 22권에 그런 내용들이 있었을 것이다. 그러나 왕건정권은 그것을 모두 없애버리고 고려왕조 칭호에서부터 모방하였다. 그러나 단순한 모방이 아니다. '대척적 모방'이라 할까? 화엄학에

대한 최대의 대척 학문은 곧 법상종의 唯識學유식학이었으니
궁예의 몰락 이후 왕건이 곧 그가 싸웠던 문막의 한반도 중심
일대에 원주와 산악 일대의 화엄계에 대척하여 好楮호저와 富
論부론 등 단강, 섬강 일대에 法相宗의 유식학을 크게 높인 것
은 주의해야 될 사안이다(好楮의 興法寺흥법사와 富論의 法天
寺법천사 자리).

　元曉원효가 義湘의상과 함께 당나라에 가려고 서해안에 이르
러 하룻밤을 묵은 곳에서 한밤중 해골에 고인 물을 마시며 이
제 자기가 그 唯識學을 다 했다고 한 것은 무엇을 뜻하는가?

　김상일에 의하면 유식학보다 더 깊은 심층 인식학인 元曉의
판비량론의 근거는 도리어 우리의 수천년전 고전인 81字의 天
符經이라는 것이다.

　판비량을 칸트의 판단력 비판과 심층 비교하면서 내어놓은
이 결론은 여러모로 의미심장한 것이다(그러나 김상일의 목적
의식은 우습게도 김일성 주체사상에 있다).

　러시아 출신의 뇌과학자(미국 뇌과학의 최초 전신두뇌설인
'아르곤 다르볼리움' 설의 실질적 창시자)인 싸르코스볼은 인류
최심층 의식인 16識까지도 자기는 곧 과학적으로 증명 가능하
게 될 것이라고 큰소리쳤다. 가능하냐, 불가능하냐를 따지기 이
전에 석가모니 붓다가 맨 마지막 심층 명상으로 끝낸 것이 13
識이었음을(無 - 無明무명) 생각할 때 좀 놀라운 일이다.

　그런데 바로 이것, 유식학, 天符經, 화엄경의 立法界品입법계
품 일부, Kant의 판단력 비판과 元曉의 판비량론 등을 비교하
여 본다면 우리는 여기에서 우선 18~19세기 유럽의 '유물론'과

'변증법', 그리고 '시각 중심의 실증주의' 따위가 얼마나 치졸한 유사과학적 신념인지 알게 된다.

너무 어려운 주제로 들어가고 있다.

대강 마무리 지어야겠다.

바로 이 같은 유식학과 판비량, Kant의 판단력 비판과 天符經 그리고 화엄경과 미륵의 혁명노선 등은 결국 上古 발해만 옛 東茸동이의 예맥, 山海經과 神市 그리고 그것이 정착한 원주와 봉양의 박달재라는 한반도 지형 및 사상사적 中心地중심지(이른바 '원만'이라는 뜻의 原원) 탐구에 연결되고 그것은 곧 지형적 중심, 사상사적 중심으로서의 부론 - 문막의 이른바 흥원창興原槍의 月峰월봉과 지질학적 중심개념인 치악산 황골(한골) 뒤의 안흥, 그 너머 강림, 부곡의 비로봉 뒤쪽 솔거사리의 '初眉' 사이에 이루어지는 기이한 우주생명학적인 비밀인 弓弓太極궁궁태극 또는 利在弓弓, 앞은 동학의 부적이요 뒤는 정감록의 비밀처다.

그리고 이것은 李如松이여송의 묘향산 珍沒地진몰지의 비밀(한반도의 上古 이래의 비적을 아는 자를 사그리 긁어다 파묻었는데 그 이여송의 발해만에 살던 동이족 아비의 이야기가 근원이라 한다. 一說에 의하면 문막, 원주 일대의 늙은이들 273명을 모조리 잡아다 죽였다고 한다)이기도 하다. 好楮 高山에 있는 海月해월 崔時亨최시형 先生선생 피체지(임진년 生家터)의 자리명궁(名穴명혈)이기도 한 바로 그 弓弓의 비밀, 圓滿地원만지의 비밀이기도 한 것이다. 궁예의 이야기는 이것으로 끝이다. 金岱里금대리의 '큰곰바위'는 一名 궁예바위이다.

그 바위 바로 아래 길 건너 白雲山에 금산사라는 육조 慧能系혜능계 禪宗 사찰이 있다. 그 사찰의 입구에 산을 보고 껄껄껄 웃어대는 石佛이 있다. 누구를 보고? 바로 큰곰바위를 보고 웃는게 아닐까?

반대로 같은 白雲山의 원주에서 문막, 부론, 충주(서쪽)로 넘어가는 兩岸峙양안치 바로 너머에 있는 똑같은 육조 혜능계 禪宗 천은사 입구의 똑같은 石佛은 껄껄껄 누구를 보고 웃을까? 궁예가 아닐까? 왜?

그 절 바로 앞길(양안치에서 궁예가 왕건에게 패배하고 원주 호족에게 만종 명봉산에서 살해당한 문막벌로 내려가는 길) 이름이 곰네미 길이기 때문이다.

곰네미는 '곰이 내려간다', '곰이 도망간다', '곰이 그만 손들다'의 뜻이 있다.

어디서? 강원도 섬강, 충청도 단강, 경기도 남한강의 세 강이 만나는 흥원창의 月峰, 그 八呂四律의 음개벽의 땅에서다(月峰, 다섯 봉우리 중의 둘째 봉우리 끝에서는 큰 샘물이 지금도 흐른다. 山上之有水의 神市地形신시지형이다.).

누가?

치악산이 대표하는 궁예의 이른바 '初眉'가 끝나는 것이기 때문에 시작된 '껄껄껄'이 아닐까!

그렇다면 분명 원주는 시작과 끝, 여성과 남성, 산과 강 사이의 '弓弓' 양극의 중심인 것이 틀림없다.

아아, 또 있다!

무엇이 또 있는가?

'神市'의 결정타인 '획기적 재분배'의 문제다.

어떻게?

어떻게 그 '이원집정제', 단군이나 왕검과 같은 고대 신시의 남녀이원집정제의 원리인 '획기적 재분배'(또는 마고시대의 八呂四律과 질 들뢰즈 문자로는 Chaosmos)가 어디에서 드러나는 것일까?

그렇다.

궁예의 이마 끝과 궁예의 똥구멍 근처의 이야기다. 치악산의 그 험악한 '큰곰바위'가 획기성이요, 백운산의 그 축 처진 도망가는 듯한 곰네미길이 재분배라고 한다면(풍수로 봐서다) 그렇다!

먼젓번은 바로 치악산 너머 동편 강림의 초미이고 나중 것은 바로 부론 三江合水處삼강합수처인 文幕의 서편 홍원창에 있는 月峰인 것이다.

이제 화엄미학의 주제 '초미'의 뼈대가 바로 나왔다. 그 길을 따라가 보자!

初眉와 月峰.

동편과 서편.

弓과 弓.

아니다. 弓과 呂.

그리고 八呂와 四律.

Chaos와 Cosmos.

(그러나 참 '弓呂'은 이 책 이후의 『아우라지 美學의 길』에서 본격적으로 보여질 것이다. 그곳은 정선군의 '연포 - 골덕내 - 나

리소'에 있다.)

그리고 결국은 현대(神市시장의) 경제의 핵심인 '획기성'과 '재분배'의 단계가 나왔다.

그러나 실제에 있어 획기성과 재분배는 初眉와 月峰의 경우 서로 정반대로 나오는 것은 어찌 할 것인가? 무엇에 비유할 수 있을 것인가?

궁예는 22권의 저술, 여성과 아기들을 앞장세운 國策 水德 萬歲에도 불구하고 제 아내와 아들 둘을 죽였고 그 이후 文幕으로의 南下와 文幕에서의 패배, 피살에까지 지휘부인 北鐵原 泰封國의 명성산 중심바위 즉 큰곰바위는 매일 지휘의 형태로, 지휘 대신 울음산으로 역할을 행하였다.

이 통곡이 바로 일종의 획기성 노릇을 한 것이다. 기이한 일이다!

그렇다면?

첫째,

궁예는 태어날 때부터 엄마를 버림받았다.

그 엄마는 바로 '잃어버린 눈'이다. 그 눈이, 그 엄마라는 눈이 곧 획기성이다. 안 그럴까?

둘째,

궁예는 아내를 획기성 그 자체로서 확립하려 하였고 또 앞에 세웠다. 그러나 바로 그 때문에 모략 당했고 그래서 스스로 죽였다(물론 원주 호족들의 모함의 결과였지만). 그로써 궁예는 획기성을 잃었다. 아니면 비획기성(매일의 울음)이 깊이 들어왔다.

셋째,
궁예는 자기 어린 아들 둘을 죽였다. 그 아들들은 바로 궁예의 획기성의 八呂四律, 즉 多勿(마고 그 자체)이었다. 그러나 그 스스로 잃었다. 그 결과가 패전 직후 文幕 인근 鳴鳳山명봉산 산간에서(원주 호족) 한 어리디 어린 젊은이의 칼(문막 궁촌리의 소문)에 살해당한 것이다.

이 세가지 비극(획기성 상실)을 그 울음산의 울음소리(예언의 상실)의 날카로운 기억으로 不忘불망(결코 잊지 말아야 함)해야 한다.
이 不忘이 곧 개벽이다.
또 있다.
치악산 황골의 그 크고 무서운 황량함('한골' 따위 허한 말이 아니라 '황'이다)이 우리를 일깨워야 한다.
바로 여기에서 우리는 <원주→박경리>의 중요한 水王史의 한 공식을 잊지 말아야만 하는 것이다.
아아,
원주는 박경리를, 그『토지』를 어떤 자들은 감히 초라하다고 내리깔았다. 또 개벽의 비밀인 생명을 제가 곧 박경리에게 가르쳤다고 으스댄다. 누가?
그것이 모두 다 사실은 울음산이다.
이 또한 잊지 말아야 한다.

不忘이다.

이 '不忘'이 곧 화엄경의 입법계품의 慈行童女자행동녀의 師子幢사자당 분신 그 자체이고 그 내용의 결과인 無勝幢무승당 解脫해탈이며 이것 중심의 부처의 다섯 因果律인과율에 의해 그곳에 이루어지는 비로자나의 藏殿장전(새로운 개벽 화엄세계)인 것이다.

바로 이것이 妙衍묘연이요, 모심 즉 섬김이다. 그리고 向我設位향아설위인 것이다.

그 엄마, 아내, 두 아들은 곧 생명이었다. 울음산은 곧 생명의 不忘, 모심의 절절함을 깨달은 비극, 3천년간 모권제를 짓밟아온 인류 역사의 비극이었다. 울음소리는 곧 후회다. '하노비'다.

그 획기성, 그 初眉의 정체, 그 큰곰바위는 필연코 곰네미재로 가지 않겠는가!

다시금 홍원창의 월봉으로부터 강림의 初眉에로 다시금 시작해야 한다는 것, 이것이 곧 궁예의 역사적 가르침이다.

初眉는 언제나 처음 해 뜰 때 시작되는 '첫 이마'다. 그것은 항상 첫 시작이다. 마치 『山徑表』에 나오는 영주와 봉화 사이의 낭떠러지로, 동해에 해 뜰 때에 이 바위 속의 광석들이 빛을 발하고 소리를 내고 또 (「대구매일」의 조사에 의하면) '核酸핵산 미립자'가 나와 주변의 소백산맥 산악에서 나오는 '酸性오염'을 정화시킨다고 한다.

'酸에 의한 酸의 정화', 바로 이것이 '첫 이마', 즉 初眉의 참 뜻이겠다.

初眉는 天符經에 대해서 무엇이냐?

天符經은 무엇인가?

천부경은 박달재와 月峰에서 무엇이냐?

초미는 애당초 애기가 태어날 때 처음 나오는 부위로서 매우 소중하게 어미들에게 취급되었다.

역시 한 인간의 체격 형성 과정이나 뇌 형성에서 가장 중요한 우주적 영성기능의 뇌 형성, 즉 첫 이마 初眉가 매우 중요하다. 뇌의 위쪽 왼쪽 부분 즉 보통 '靑眉청미'라고 부르는 곳이다.

그런데 天符經의 시작은 바로 이 靑眉 형성 과정을 가르치고 있다.

一始無始一일시무시일이 그것이다.

그렇다면 맨 마지막 81字의 첫 구절 一終無終一일종무종일은 무엇일까? 그것은 이마에 대응하는 똥구멍이나 발가락인가?

아니다.

그럼 무엇인가?

역시 一始無始一과 똑 같은 첫 이마, 즉 初眉인 것이다.

그러나 初眉로되 靑眉는 아니다.

왜?

이미 81字안의 무궁우주형성이 다 끝난 뒤의 初眉이기 때문이다.

어쩌면 똥을 바재기로 내싸지르는 똥구멍에 비유될 수도 있을 것이다.

사람의 몸은 그런 점에서 곧 무궁무궁 우주身인 것이다. 바로 언제나 初眉이기도 하다.

끝은 없는가?

있다.

그러나 그 끝은 이미 끝이 아니다.

끝은 끝이로되 끝이 아닌 하나, 즉 첫 이마인 때문이다.

왜 그런가? 내가 初眉를 19세기에 시작된 會陰회음(여성 뇌)과 비교하며 강조하는 이유가 있다. 그것은 天符經 끝에 결론을 얻기로 하자.

자, 여기에서부터 어떤 장대한 우주이론이 시작된다. 그것이 무엇일까?

그것이 곧 大方廣佛華嚴經대방광불화엄경 이다.

화엄경의 初眉, 첫 이마는 무엇인가?

그 시작은 있는가?

있다.

즉 天符의 끝, 화엄 속의 시작이다. 이른바 初眉다.

비로자나 부처님의 암시적 계시를 듣자.

탄허본 『신화엄경합론』(월정사本) 제23권 163쪽, 「華嚴玄談화엄현담」

'麻衣마의'라는 우바이의 수행사태의 서술이다.

즉 "今廻七學第八금회칠학제팔 하고 다음의 八學第七"이다.

그 해명은 차차 이루어질 것이다.

이제 '박달재'로 넘어간다.

박달재는 제천과 충주 사이에 있다.

그런데 왜 그 고개 이름이 박달재인가?

'박달', 박달나무는 한민족이면 누구나 다 아는 우리 민족의 조상인 단군과 왕검의 상징나무이다. 거기서 뻗어가는 충청도의 단강, 그 단강의 '檀단'역시 단군과 왕검의 상징체다.

왜 이 지역이 고조선 신화세계의 부활인 것인가?

한국 역사학은 이 부분에 대하여 아직도 어둡다.

고구려, 신라, 백제의 왕조사를 따라 집착했을 뿐, 삼국이 가장 신경 써서 다투어왔던 중조선인 원주, 충주, 여주, 이천 지역에 대해서는 깜깜이다.

후백제의 견훤이 작은 역사인가?

궁예와 고려태조 왕건이 작은 역사 인물인가?

신라 마지막 왕 경순왕이 그저 그런 사람에 불과한가?

장수왕, 광개토왕이 또한 그런가?

원주 가까운 제천 쪽의 감악산 백련사에서 신라 김유신과 고구려의 연개소문이 여러 번 만났다면….

그런데 그들이 평생을 신경 쓴 이곳, 바로 이곳 중요한 지역에 박달재가 자리잡고 있다. 고조선의 상징이고 단군과 왕검의 지시체계다.

그런데 삼척 두타산(내가 예맥의 피신처로 보았던 산)에도 박달재가 있다. 무엇 때문인가?

왜?

길게 말하지 않겠다.

짧게 줄여서 말한다면 이렇다.

시작은 '예맥'부터다.

그러니까 서기 2세기~5세기경부터 시작된다.

예맥은 본디 발해만 북부 지역에 살던 동이족의 옛 부족사회이다. '산해경'이 그들의 풍속과 전승을 압축한다(산해경은 중국 경이 아니라 동이계 方士방사, 術士술사들의 전설 수집본이다-정재서 주장). 산해경은 이미 말한 바와 같이 "산 것을 좋아하고 죽이기를 싫어하며 양보하기를 좋아하고 싸우기를 싫어한다. 그래서 죽지 않는 군자의 나라라고 한다(好生不殺生 好讓不爭 不死君子之國)."

예맥의 東進은 중국의 압력 때문인데(震?) 만주 남부, 함경도와 강원도, 특히 강릉, 속초 근처에 와 집결하여 거주하다가 신라의 三韓一統 時 정치 군사적 압력이 까다로워지자 어느 날 아침 30만명 결집이 사라져버린다.

한국 역사의 일대 미스터리이다.

어디로 갔을까?

북인가? 남인가? 산인가? 물인가?

아마도 지금까지 예맥의 30만명 도피처는 대강 세 군데로 짐작되고 있다.

삼척 두타산과 무릉계곡 일대.

원주 영원산성과 황골 일대.

그리고 제천과 충주 사이의 봉양군 박달재 인근이다.

봉양, 구학산, 백운산 일대이다.

그리고 치악산에 남아있는 흔적이다. 특히 최근 10여년간 부흥하고 있는 치악산 인근의 샤머니즘(巫俗무속) 내역을 보면 알 수 있다(山海經은 方士, 術士들의 巫俗系 전설 집약본이다.).

그렇다면 간단히 말해 예맥과 백두산 인근의 고조선의 관계는 무엇인가? 이것이 가장 핵심적인 문제인 것이다.

산해경과 천부경 그리고 삼일신고의 섬세한 비교 검토가 필요한 영역이다.

또 치악산의 안덕사 굿당 등과 박달재의 정도령 등등 연접된 (불교의식을 위장한) 여러 형태의 무속양식에 대한 섬세한 검토도 꼭 필요한 영역이겠다.

중요한 것은 박달재 중앙의 정도령의 돌무덤 가운데 있는 솟대의 제사 양식과 장터 구조(물, 산, 돌무덤) 그리고 그것들을 자료로 집전하고 있는 젊은 女巫여무의 현지 상주 등이다.

① 숭앙양식(동·서 양 구조와 3개의 촛대)
② 솟대(돌무덤, 장승, 모심의 방향성 등)
③ 장터(신시의 '山市' 양식)

이 역사적 사실과 연관된 기록을 찾으려면 또한 의병전시관인 박달재 밑의 紫陽影堂자양영당(제천시 소관)과 그 산 너머의 마을 벼루박달의 의암계열 儒生유생 등의 기록을 샅샅이 찾아볼 일이다.

또 12세기 거란軍의 이곳 침략에 대항하여 여성, 아이들, 노인들과 유생들, 佛僧불승 등 무속인들의 집단저항사(제천, 충주 등의 향토사)를 검토하면 쉬울 것이다.

여하튼 소문으로만, 전설로만 알려진 고조선 역사의 '實실'이 이곳에서 구체화한 것은 앞으로 두고두고 역사의 핵으로 탐색해야 될 문제이다.

역시 핵심은 산해경과 천부경의 비교 검토다.

또 있다.

솟대에 연속되는 경제 문제다. 고조선의 백두산 경우 신시의 양상은 ①山上之有水(산 위에 물이 있음)와 정도령 뒤쪽 天登山천등산 산계의 깊은 골짜기(원래 이곳은 한 길이 넘는 물구덩이다)와 돌무덤 위에 올려진 돌, 그리고 제천쪽 즉 동쪽의 石壁석벽(神衛신위)의 존재다.

이것들은 모두 다 '山市'의 요건들이고 인근 봉양군의 향토사에 의하면 적어도 10세기 이전부터 시작된(이것도 검증되어야 한다) 여성들의 '佛-巫 융합양식'의 '솟대제사'의 역사다.

그런데 이때 중요한 것은 고조선의 신시구조와의 연관 양식이다. 즉 山市(물이 아닌 산 지역에서 열리는 신시)가 먼저 솟대제사와 함께 열린 뒤에 그 신시의 경제적 활력이 가까운 곳의 '물의 시장' 즉 波市(강이나 바닷가에서 열리는 고기장 또는 시장)로 연쇄하는 법칙이 성립하는 점이다.

고조선 신시와 그 솟대의 제사 양식에 있어서의 '山市 또는 山제사'와 '波市 또는 물제사'의 연쇄 관계는 애당초부터 철저한 것이었다.

그래서 신시를 한마디로 산 위에 물이 있음, 즉 山上之有水라고 부르는 것이다.

정도령의 山市는 거기서 박달재를 떠나 약 10리, 15리 정도 간격으로 떨어져 있는 단강 옆의 牧溪목계라는 강어촌의 저 유명한 波市로 확산된다.

이 법칙은 고조선의 법칙이고 이 법칙의 깊은 철학적, 경제학적, 사회학적 원칙성이 바로 크게는 이른바 역사학자 尹明哲의 '海陸史觀해륙사관'으로 확장되는 신시경제사다.

충주·목계 인근 단강 인근의 옛 富村들의 역사는 농촌농업적 소득의 역사가 아니다. 부론 홍원창, 그 月峰의 八呂四律(1만 4천년전 파미르고원 - 곤륜산 - 마고성 신시의 원리) 경제원리에 연결된다.

이것은 다시 바로 그 옆의 '법천사의 중장터'의 경제원리, 부론 물시장의 경제원리, 나아가 노림의 韓百謙한백겸의 箕田制기전제에 입각한 大同法(조선 선조 때의 빈부균형경제원리)의 중도 사회주의적 제도에로, 또 문막 시장의 기이함으로, 그리고 부론 앞길 仰岩路앙암로(월봉의 가르침을 숭배하는 길)와 강 건너 仰城앙성의 오갑산과 갑천 등의 자연 경제원리에로 모두 연결되고 있다. 나아가 감곡의 여러 유적들은? 이것은 작은 일이 아니다. 깊은 탐색이 필요하다.

호혜, 교환, 획기적 재분배라는 신시의 원리, 同塵不染동진불염의 화엄경 경제원리, 중국의 井田法정전법, 八湘市팔상시의 원리에 모두 연결되는 현대적 '따뜻한 자본주의', '착한 경제'의 호혜시장에 연결되고 月峰의 山上之有水와 八呂四律에 연결되어 결국은 현대적인 획기적 재분배 원리의 여성 중심의 '남녀 이원집정제 정치중심성'으로 연결된다. 이른바 미륵의 경제사상이 된다. 작은 문제가 아니다.

또 있다.

전라도 장수 사람 張炳斗장병두라는 의사는 그 의학스승을 백두산 도인 林學으로 한 조선 의사다. 그는 원주에 와서 박달재의 山藥산약 가능성을 말할 때, 林學임학의 백두산 의술인 天符의술을 인용해서 내게 가르쳐준 바가 있다.

"천부경에서는 하늘(天), 땅(地), 사람(人) 세 요소가 다 융합해야만 병이 낫는다고 가르친다. 그런데 天, 地, 人 3가지만으로는 또 다 완성되지를 않는다. 그 하늘, 땅, 사람 밑에서 물(水), 이른바 水王이 통합되어야만 치료가 된다."

이것이 천부경이다. 이 공부로부터 시작해서 이후 우리는 천부경을 공부할 것이다. 박달재보다 더 긴급한 것이 천부경 공부다.

나아간다.

박달재는 어떤 곳인가?

간단히 줄여서 말한다.

박달재를 구성하는 산은 크게 보아 셋이다.

850m의 天登山,

720m의 地登山,

630m의 人登山이 그것이다.

그런데 이 천등, 지등, 인등 세 산마다 그 밑에 흐르는 물이다 다르다.

천등 밑에는 남한강,

지등 밑에는 충주호,

인등 밑에는 삼탄강이다.

기이하다.

그래서 이곳에서는 약효가 신령한 산삼이 많이 난다. 대구

비슬산 밑에 모여 있는 1,000여명의 약초꾼들이 이곳에 와서 산삼을 캐고 내게 한 말이 있다.

"살 길이 산이다."

어디 다음 시간부터는 천부경 공부를 해보자. 그리고 나서 산과 물과 사람을 또 알아보자.

그런데 장병두 노인은 내게 기이한 한마디를 또 던지고 사라졌다.

"참다운 약에는 달의 작용이 반드시 있어야 한다."

이것은 또 무엇인가?

달!

하늘의 달인가? 사람의 달인가? 마을의 달인가?

그 셋 다일 수 있다.

그러나 나는 박달재에서 '마을의 달'부터 찾기 시작했다.

박달재 아래에는 세 개의 '달 마을'이 있다.

작은 달 마을(小月里),

큰 달 마을(大月里),

둥근 달 마을(圓月里)가 그것이다.

둥근 달 마을은 평동리로 이름을 고쳐 부른다.

그런데 큰 달 마을(大月里)이 문제다.

이 마을에는 또 하나의 이름이 붙어있다.

'슬픈 사랑 마을(哀戀里애련리)'

그리고 이 슬픈 사랑 마을이란 동네 이름은 곧 길 이름 슬픈 사랑 길(哀戀路)로 변해서 박달재 밑 산간에 열 개의 도로 이름으로 전개된다. 애련로1, 애련로2, 애련로3… 등등.

그 열 개의 애련로 중 세 개의 길이 모두 다 장지(죽은 땅)다. 길이 거기서 끊어진 것이다. 주변 마을에 사연을 알아보니 함께 걷던 연인이거나, 부부이거나 같이 가던 친구 한 사람이 사라져버린 뒤, 연이어 그 길의 쓰임새가 없어져버렸다고 한다.

　정말일까?

　조선의술에서의 달은 그런 것인가?

　알 수 없다. 天符에서 初眉를 찾으며 박달재에서 단강을 끼고 月峰으로 간다.

　가자!

　천부경과 함께 박달재 이후와 함께 月村월촌(權近권근의 마을)과 月峰월봉으로 함께 가보기로 하자. 초미와 월봉이 또 하나의 주제이다.

02 | 天符經에 관하여

'一始無始一'
한 처음은 처음이 없는 하나다.

'한 처음'은 바로 太初다. 그러나 그 太初가 과연 물리적인 우주 생성의 첫 순간을 가리킨 것일까?

물론 그 뜻도 있을 것이다. 그러나 보다 깊은 뜻, 본격적인 의미는 다른 데 있다. 석가세존의 경우, 구선스님이 그 십이연 기법과 천부경에서 비교하고 싶었던 太初의 깊은 의미 같은 것이다.

십이연기법의 첫 단계는 無明이다. 빛이 일반적으로 생명을 뜻한다면 無明은 곧 '생명 없음'이겠다. 아직 생명이 생성하기 이전을 말하고 있다.

십이연기법의 맨 마지막이 無이다.

이것이 우주진화사 자체일까?

그렇지는 않다.

無는 없음이니 곧 생명의 소멸이다. 생명 없음에서 시작해서 생명 없음으로 끝난다.

그러나 주의해서 보아야 할 것은 世尊세존의 이 인식, 無明과 無의 그 없음의 인식은 '마음(관념 기능)의 없음'이다. 마음 없음을 곧 생명 없음으로 볼 것이다.

불교적 우주관, 시간관으로서는 당연하다.

그러나 십이연기법 전체의 진행과정을 보면 명백히 드러나는 한 문제점이 있다. 즉 열두 단계 사이의 연속적 인식의 영역이 없다는 점이다.

다 뚝뚝 끊어져 있고 열두 단계의 그 독특한 특징만을 드러내고 있어 열두 단계가 과연 연속적인 것인지 의심할 수 있게 만든다. 바로 이것이 불교적 사유에서의 가장 큰 인식론의 특징이요, 오늘날에는 커다란 문제점으로 등장하고 있는 점이다.

즉 抽象的추상적이다.

그러나 생각해보자.

緣起연기는 抽象的인가?

십이연기법에서 '無明 - 行 - 識' 등으로 표시한 것은 단계의 抽象이지 과정의 진화가 아니다.

진화는, 참다운 진화는 그 가장 중요한 동기와 요체를 단계와 단계 사이에 숨기고 있다는 것이 현대과학의 일대 명제다.

그렇다면 이 문제는 옳다, 그르다의 차원이라기보다 불교학의 그 생성적 체질 안에 있는 抽象性을 문제 삼기 이전엔 해결 안 되는 것이다.

생명은 과연 태초에 없었는가?

생명은 과연 종말에 없을 것인가?

생명과 우주 진화 전체는 과연 한 인간의 짧은 인식 과정 안에서 완전하게 인식되는가?(아마도 이것은 불교학 전체의 문제를 일으킬 수 있다. 그러나 문제 제기는 되어야 한다. 世尊세존의 깨달음의 특징을 알기 위해서, 그리고 불교와 현대서양의 생명 및 의식 진화과학의 차이를 알기 위해서)

나에게 누군가 이렇게 묻는다.

"너는 누구이기에 이것이 옳다, 저것이 그르다 말을 하는가?"

그러나 나는 대답한다.

"내가 좋다, 나쁘다 판단하기 때문이다"

이 말은 옳은 것인가?

옳다 그르다라는 판단이 좋다 나쁘다라는 판단에 근거해도 되는 것인가?

오늘날 전 인류사의 문제가 어쩌면 여기에 걸려 있는지도 모른다.

善惡判斷 선악판단과 趣味判斷 취미판단.

이것은 서로 같은 것인가?

물론 다르다.

그러면 묻자. 다른 것은 어디까지나 정당한가?

정당하지 않다.

양자는 반드시 같아야 하는 것이다. 그럼에도 같을 수가 없는 것이 오늘의 현실이다.

이것을 따로 구분하기 위해 여러 판단체계의 종류를 따로 세우는 것이 중요한 것이 아니라 하나로 일치하는 판단체계가 없는가를 물어야하고 찾아야 한다.

후천개벽의 때인 오늘, 이 세상의 가장 중요한 문제의 하나로 등장하는 것이 바로 이것이다.

옳고 그름과 좋고 나쁨이 같은가? 다른가?

先天東西에서 전에 보이지 않던 이 양자 사이의 현격한 차이가 오늘날 심각한 갈등을 보이고 있다. 이것은 어쩌면 어느 경우에도 메우기 힘든 분열로 나타날 조짐이다.

이성과 감성의 차이.

이런 말로도 해결되지 않는다.

일정한 상황과 기질과 조건의 차이.

그 따위 차이로 설명하고 이해하려면 그 갈등이 만들어내는 현실적 결과는 참으로 날이 갈수록 심각해진다.

이런 조건에서 우리가 공부했던 불교식 사물인식 그 나름의 抽象性추상성(그 나름의 고전적 善德선덕, 즉 학문적 방법론으로서의 우월성)이 과연 오늘에도 이러한 옳고 그름과 좋고 나쁨과 같은 차이에 대한 근원적 대답이 될 수 있는지 묻지 않을 수 없다.

더욱이 현대는 명백한 질서와 명제, 누구도 부정 못할 권위가 힘을 잃고 도처에서 수많은 군중이 "끌리고 쏠리고 들끓는"다. 디지털 네트워킹의 시대를 설명하는 '클레이 서키'의 이 말은 보이는 확실성이 아닌 보이지 않는 불확실성이 더욱 힘을 발휘하는 시대임을 드러낸다.

　이러한 시대에 옳고 그름, 좋고 나쁨 정도의 조금은 근원적인 시비가 삶의 구체적 감각에 와 닿지 않는다면 그것은 곧 큰 문제이기 때문에 바로 이 天符經천부경의 첫 구절 一始無始一의 해명은 참으로 중요한 것이 되었다.

　'一'은 무엇인가?

　이것은 우리말로 옮겨야 뜻이 잡힌다. 漢字한자로 그대로 두고 잡으면 공동창조의 문자이긴하나 漢字的 구성원리 등에 얽매여 부분적 해석 밖에 얻을 수 없다. 나중엔 그 부분마저도 참고해야만 하는 것은 당연지사다.

　'一'은 '한'이다.

　'하나'는 그 종속적 의미이다.

　'한'은 우선 '한울'이니 민족 고대 신화의 근원으로 보아 3만 5천여 년전의 아시아 전체의 유일신 개념인 '영원한 푸른 하늘', 알타이語의 '후에 문혜 텡그리'로서 '끝없이 영원하고 텅 비어 무궁무궁한 푸른 우주 그 자체' 쯤 된다. 이에 가장 가까운 후세의 개념이 大方廣佛華嚴經대방광불화엄경의 主佛인 '비로자나'일 것이다.

　毘盧遮那비로자나의 뜻이 바로 만물해방, 百花齊放백화제방, 天地公心천지공심, 요즘 문자로 '우주사회적 공공성'이라면 이는 본래의 '본디 전혀 동일계열이 아님에도 여기저기 온 들판에 한날한시에 각각이 서로 다른 모습으로, 그러나 한꺼번에 활짝 피어나는 수천만 송이의 여러 가지 꽃들의 대광경'이라는 불교 전래의 뜻과 유일자, 원천적 샘물 창조자, 조물자, 그리고 그 근원의 서로 다름없는 깊고 깊은 영원한 한마음 등, 인류 종교 일체의 始原思想시원사상을 압축한 말이 곧 '한' 한마디요, 이것을 天符經은 당대의 기록문자인 한자 '一'로 표기한 것이다.

'하나'는 唯一者, 唯一神의 뜻을 가진 보조적 의미망일 터이다.

나는 天符經의 바로 이 같은 '一' 즉 '한'으로부터 한민족의 민족 신화의 내용과 일체 사상이 이미 아시아 전체, 그리고 나아가 인류 전체의 온갖 사유와 신화체계 모두의 함축 반영이요, 집약임을 뚜렷이 확인한다.

모든 대문명과 종교들은 물론 심지어 서구 중세 전후의 연금술과 마법의 체계 안에서도 '한'은 Han, Hann, Hanh 등의 언표로서 일체 사물의 변함없는 본질인 원시의 무궁무궁한 귀금속이나 마력이 끊임없이 솟아오른다는 푸른 우물의 존재를 가리키고 있다(여기에 대한 기록은 18세기 유럽의 마법사 마이스터 엥게하이스터와 16세기 연금술사 도르트문트 테오페데스타트 엥게르이히쓰의 남겨진 雜記類잡기류 등으로부터 추출된다 - 프랑크푸르트 암마임 大文藝書店대문예서점 출판사 자료집에서).

널리 알려진 것처럼 중아아시아 일반과 몽골 등지에서 하늘(한)의 뜻을 그대로 받아 집행하는 세계의 절대적 지배자를 Kahn으로 통용한다.

그러므로 神의 뜻이고 Tengri와 현세의 지배자인 칸의 공통어가 곧 한Han인 것이다.

이곳에서 또 다른 여러 중요한 역사적 의미를 찾을 수 있으나 차후로 미루고, 우선 여기에서는 그렇다면 이 한울이 곧 始 즉, 처음이요 太初태초이겠는데 바로 이것 '한울이라는 처음이,

처음이 없는 한울'이란 말, 一始無始一의 보다 본격적인 뜻을 찾아내는 것이 여기 우리의 과업일 것이다.

이것이 단순한 '시간적인 처음'으로서의 한울, 舊約구약과 같은 첫 우주를 창조한 자로서의 하느님 이야기일 뿐인가?

즉 線形的선형적(chronos) 시간관, 우주관, 역사관, 역사주의, 진보주의, 처음이 있고 끝이 있는 始末主義시말주의, 상승주의, 종말관, '과거는 암흑이고 미래는 문명이다'라는 식의 특히 유럽 專有전유의 시간관, 태초관, 종말관 따위의 정면 부정인 것이다.

'한울의 시작은 시작이 없는 한울이다'는 이제부터 바야흐로 열리기 시작하는 非線形的 우주관, 大方廣佛華嚴經대방광불화엄경의 세계관, 東學의 向我設位와 같은 '지금 여기'에서의 끊임없는 확장 순환의 무궁무궁 우주관으로 모두 연속된다.

애초부터 그렇다는 것이다.

天符經의 세계는 애당초부터 '지금 여기의 한울'이니 그 안에서 진화도 변화도 개벽도 화엄도 다 이루어지는 것이다.

이것이 이제부터의 인류와 세계의 삶과 전형에 파천황의 변화를 가져오게 된다.

모든 사상, 과학, 종교, 문화, 일체의 가치관과 판단이 바로 이 같은 非線形的 원만 우주생성관에 기초할 때 삶은 도대체 어떻게 변할 것인가?

이제 이것을 검증하기 위해 현대 서구 철학자의 고뇌에 찬 우주관, 시간관을 들어보기로 하자.

먼저 유명한 Heidegger이다.

『존재와 시간(Sein und Zeit)』에서다.

한울과 처음 즉 '一'과 '始'는 서양식 개념으로 한다면 이른바 존재(Sein)와 시간(Zeit)의 근원일 것이다. 과연 일치가 가능하겠는가 보자.

Heidegger는 말한다.

> "존재는 시간의 類推物유추물이다. 왜냐하면 존재는 시간 즉 지속을 떠나서는 있지 않기 때문이다. 존재는 곧 시간적 존재인 것이다. 그러나 만약 존재가 시간을 이탈하려고 할 때 그 존재는 이른바 實存실존(Existence)이라는 이름의 '파탄'으로 자기를 드러낸다. 그리고 인간은 이때 비로소 시간을 이탈한 존재가 불가능하다는 것과 그렇기 때문에 도리어 시간 밖에 있는 존재의 환영을 꿈꾸게 된다. 바로 이 같은 환영을 참존재로 착각하는 경향의 일반화가 오늘날 경향적 서양철학에서의 실존주의다."

무엇인가 접근하는 듯하지만 전혀 차원이 다른 그러나 매우 비극적인, 그야말로 파탄의 情調정조로 가득 찬 철학이라기보다는 문학에 가깝다.

한울은 존재인가?

아니다.

한울은 차라리 생존에 가깝다.

한울은 '있음'이 아니라 '없음'이요, 그리하여 도리어 '살아 있음'에 가깝다.

전혀 문제 설정 자체부터가 잘못이다.

시작은 시간인가?

아니다.

시작은 모든 생성 이외의 물질에 있어서도 있는 한 상황이다.

시작은 차라리 커다랗게 퍼져나가는 波紋파문의 밑바닥에 뭉친 그 原型원형과도 같은 어떤 것에 가깝다. 즉 擴充확충에 있어서의 充에 가깝다.

Heidegger의 존재와 시간과의 비교에 의해서 우리는 도리어 한울과 처음이 존재론이나 시간관 따위와는 전혀 다른 근본적인 새 차원임을 느끼게 된다. 그것은 과연 무엇일까?

한울은 한없이 넓고 끝없이 길고 끊임없이 생성하는 무궁 무극 무한의 우주로서 그것은 늘 비약하고 변화하며 흔들린다.

거기엔 처음도 없고 끝도 없으며 중간도 없다. 알타이語로 '후에 문헤 텡그리'라 함은 '영원한 푸른 하늘'로서 영원한 지속이며 무궁한 확장이며 끊임없는 역류이며 한없는 자기수련과 집중의 반복반복 확충이다. 그리고 끝없는 연쇄적 復勝복승과 새로워짐이요, 나아가고 들어옴이며 출입과 함께 질적 차원변화를 되풀이한다.

자기에서 출발해서 가없이 넓게 퍼져나가는 움직임은 거의 동시에 빈틈없이 자기 안으로 새롭게 돌아오고 또 돌아와 자기 자신을 쇄신한다.

텅 비어 들리는 듯하나 불 수 없고 무슨 형상이 있는 듯하나 그려낼 수 없는 대혼돈 그 자체인 장엄한 질서(渾元之一氣혼원지일기) 즉 '지극한 기운(至氣지기)' 그 자체다.

그러나 그것은 첫 시작이 있는 듯하나 없고, 끝(終末종말)이 있는 듯하지만 전혀 끝날 줄을 모른다. 한울은 한없이 많은 여러 현상들을 내포하므로 어느 하나로 규정할 수가 없고 닮을 수는 있지만 맞출 수는 없다.

그래서 한울은 함부로 말할 수 없는 것이다.

이 지상에 인류의 지혜에 의해 제시된(그것도 7백년에 걸친 장기간에 수수백천 사람에 의해 결집된 결과) 한울이 모습 가운데 그래도 가장 근사한 것이 있다면 大方廣佛華嚴經일 것이고 그 집약으로서의 主佛 '비로자나'의 이미지일 것이다.

이스라엘 사람들의 구약에의 접근은 한 시도일 것이나, 그리고 비슷한 점은 있으나 정확하지 않다.

부분부분 옳은 것은 여기저기 눈에 띄지만 총괄적으로 '한울'의 모습을 그려내는 데는 태부족이다. 그저 한 부분일 뿐이다. 부분으로서 총괄인 듯 통합력을 원하는 것은 무리이다. 舊約의 오류는 그곳에서 발생한다. 기독교의 오류와 편견과 오만은 그곳에서 발생한다.

그러한 큰 限界한계와 모자람 안에서도 '예수' 같은 출중한 困君子곤군자가 출현한 것 또한 '한울'의 알 수 없는 神秘신비다.

그렇기 때문에 '예수'는 서방에 한정돼 생각할 전통이 아닌 것이다.

우리가 이제 다시금 앞으로 나아가며 天符經의 진리를 오늘이 잠재적으로 요구하는 근원적 우주관, 실재관으로 드러내야 하는 이유는 이 세계가 한 귀퉁이로 기운 관점들로서는 결코 제대로 된 해결의 길로 갈 수가 없음을 뼈저리게 실감하기 때문이다.

오늘 우리가 겪고 있는, 유럽제국이 그 중 가장 혹독하게 겪고 있는 경제위기도 그 근원이 근대 초기의 유럽 과학사상사 특히 사회과학 등이 지녔던 한없는 오만과 편견들에 기인하는 것이다.

특히 금융위기는 시간관과 물질관 등에서 잘못된 실증제일주의, 객관숭배 등에서 비롯된 것이다.

마르크스의 자본론과 화폐사상이 마치 일체의 오류 없는 절대과학인양 거의 숭배 대상이었던 것을 생각해보라! 그것이 오늘 그들의 금융위기를 해결은커녕 설명이나 할 수 있는가!

설명 불가능이다.

왜?

잘못된 실재관, 시간관 따위에 토대하고 있기 때문이다.

그러므로 五易 華嚴經에 의해 새로운 세계 인식, 우주 이해, 생명과 의식의 진정한 관점을 열기 위하여 애써야 하고 그 과정에 가장 중요한 열쇠인 天符의 妙衍을 해명하기 위해서는 天符經 81字의 원천적 진실을 꿰뚫어야만 한다. 81字의 총괄 압축이 바로 妙衍이기 때문이다.

天符經 후반의 妙衍萬往萬來묘연만왕만래는 압도적 메시지다.

妙衍이 살아 생동할 때 후천개벽이 이루어지는 것이다. 周易 繫辭傳계사전의 孔子공자 집필로 알려진 '終万物종만물 始万物시만물 莫盛乎艮막성호간'은 바로 天符經의 이 6字로부터 기원한 것이라 한다.

바로 莫盛乎艮의 실질적 비밀이 바로 妙衍인 것이다.

화엄개벽의 현장이 艮方이 '남조선'인 것이 확실하다면 艮易 간역의 출현도 또한 그렇다.

그렇다면 正易이 곧 艮易이 아닌가?

艮易이다. 그러나 艮易이 아니다.

왜?

왜냐면 '모자르다.'

그리고 귀퉁이에 아직도 처져 있다.

특히 正易에는 妙衍이 없다.

그래서 燈塔易등탑역의 異變이변이 뒤따르는 것이다.

八卦팔괘의 異狀이상말이다.

그러므로 天符經에 의해 五易이, 五變의 復勝과 함께 力動化역동화해야하고 그 力動的 華嚴開闢화엄개벽 해석과 관측 전망의 열쇠인 妙衍이 生活하지 않으면 안되는 것이다.

이것이 단순한 民族主義민족주의일 뿐인가?

그렇지 않다.

그렇지 않다는 点에서 신선한 새 출발을 다짐할 필요가 있다.

시절은 국민국가나 민족주의 일변도의 근대를 이미 넘어서 있다. 아니 애당초 그런 시대구분, 시간관 자체가 매우 유치한 오류였다.

이제 참으로 새로운 세계와 역사와 우주와 생명과 의식 - 무의식 중생의 이해가 나타나야 하고 이때 중요한 보장이 곧 天符의 이해와 妙衍의 해석인 것이다.

天符經은 행 구분이나 구두점이나 간격이 주어져 있지 않다. 해석하기에 따라서 혼란스러울 만큼 여러 가지 이미지들이 날

뛴다. 呪文주문이기 때문에 呪力의 끄는 힘이 呪文의 연속성과
연관돼 있어서일 것이다.

그러므로 그 연속성을 인정하면서 동시에 그 의미 맥락을 다
시 끊어서 이해하고 또 다시금 그것을 총괄적으로 연속시켜 인
식하는 삼단계의 노력이 필요하다. 이 역시 天符經의 한울이
이미 공부한 것처럼 "非線形的인 무궁운동"이란 점에서 기인
하는 것이다. 근본 이해가 있어야만 天符經 해석에서의 기왕에
저질러진 극히 유치한 읽기 논쟁 따위가 止揚지양될 것이다.

'一析三極일석삼극'
한은 세 극으로 나뉜다.

한은 앞 구절의 一無始一의 마지막 '一'의 겹침이다. 겹침이
도처에 있음을 주의하라. 그리고 다음 기회에 이 '겹침'이 지닌
의미망 얘기를 또 할 것이다.

지금 여기서 중요한 것은 '析'이다.

'나뉨'인데 이는 동서양, 인류 전체에서 말하는 肇判조판인가?

그렇기도 하고 그렇지 않기도 하다.

이것은 매우 중요한 갈림길이다. 개벽관의 정확한 이해에 이
르는 지름길이요, 개벽과 창조 사이의 깊은 심연을 뛰어 넘는
매우 의미 있는 천착이 된다.

析을 생각하자. 析이 무슨 뜻인가를 밝히는 것은 매우 중요
하다.

그저 범박한 나뉨으로 해석하고 마는 일은 참으로 무책임하

다. 우주 대변동을 그 따위 말 한마디로 끝내자는 것인가? 어쩌면 우리 민족의 이제까지의 天符經 해석과 재평가 작업의 가장 큰 오류가 바로 이 析을 그저 나눔으로 때려치운 데서 왔다 해도 과언이 아닐 것이다. 그렇다면 무엇인가? 무슨 뜻인가?

析은 물론 나눔이다.

'셋으로 나뉘어짐'이니 한울이 天地人으로 갈라짐이겠다. 이른바 肇判이요, 剖判부판이다. 肇判이라면 肇判의 원인은 무엇인가? 여기에 수많은 해명이 따르고 그 해명에 따라 신화와 종교와 철학과 과학이 갖가지로 분화한다.

나에게 한 禪言선언이 와 있다.

碧巖錄벽암록 第2則 '趙州不在明白조주부재명백'이다.

전문은 약하고 趙州의 저 유명한 唯嫌揀擇유혐간택의 연장으로서의 '不在明白'이다.

우리말로 하면 '확실한 것은 아무 것도 없다' 쯤 되겠다. 그런데 이 말이 곧 '이것이다, 저것이다 분별하는 것은 그만 두라'에 대응하고 있다.

무슨 뜻일까?

一析三極에 대응하는, 오히려 어떤 점에서는 一析三極의 그 析의 뜻풀이에서 不在明白이란 禪言이 對角대각의 형태로 불쑥 솟았다면 이를 어찌 받아들일 것인가?

'한울이 天地人의 세 극으로 나뉜다'는 세상 모두가 다 아는, 거의 상식에 가까운 이 肇判, 剖判, 分別을 "분별하지 말라! 분명한 것은 어디에도 없다"로 대답한다?

과연 어찌해야 하는가?

天符의 이 구절만 구절 그대로 해석하고 禪言은 妄想망상으로 내쫓아버릴 것인가?

문제는 전혀 그렇지 않은 것이 문제인 것이다. 문제는 바로 이 妄想 비슷해 보이는 禪言이, 곧 우리의 天符 공부 중 '析' 인식의 어떤 형식임을 순식간에 알아차리는 일 그 자체이기 때문이다.

어째서 그런가?

여기에 대한 대답이 논리적일 까닭이 없다. 唯嫌揀擇과 不在明白은 대저 우주의 아득한 기운으로써, 어느 누구도 본 적이 없고 확인할 수도 없는, 지금에도 훗날에도 역시 그러한, 그저 짐작이나 신화나 희망사항에 불과한 天地人 三極으로의 肇判說話조판설화에 대한 가장 정확한 인식 내영은 분명 이밖에 없음을 그 대답 스스로 우리에게 가르쳐준다. 그밖에 우리가 무엇을 정확하게 어쩌고저쩌고 떠들 것인가?

바로 이 대전제 밑에서, 그저 가정해서, 그저 짐작컨대, 그저 대체적으로 보아서 天地人으로 나뉘었을 것이라는 생각은 한 번 해 볼 수 있겠다 정도의 假定가정을 한다면 바로 그 限界한계 안에서 그 효용이나 진실성이나 그 不可避性불가피성이 겨우 용납될 수 있을 것이다.

아니 그런가?

하기 때문에 禪言은 妄想이 아니라 당연한 眞言진언인 것이다.

보라!

바로 이 一析三極에 이어서 나오는 말이 '無盡本무진본'이 아닌가!

"그 근본은 없어짐이 없이"라는 조건절이겠다.

그 근본이 무엇인가?

그 근본이 바로 一始無始一의 저 무규정의 至氣, 渾元之一氣, 다름 아닌 不在明白의 바로 그것 아닌가!

우리는 지금 天符經을 바로 이렇게 인식하고 해석하고 공부해야만 妙衍의 저 오묘한 열쇠에 접근하는 희미한 길 하나를 비로소 찾게 되는 것이다.

析은 그러므로 '아니다, 그렇다(不然其然불연기연)'인 것이다. 그러면서도 그렇지 않음이 아니라 "그렇지 않은 것인데 그렇게 볼 수도 있음"이니 不然其然은 이 경우 그 순서를 바꿀 수가 없다. 이 점은 매우 중요하다.

不可知論불가지론이나 混沌혼돈이나 不可思議불가사의를 덮어놓고 극복 대상, 기피 대상, 혐오 대상, 격하 대상으로 여기는 천박한 근대적 실증중독에서 재빨리 이탈하지 않으면 지금 막 다가오고 있는 개벽, 더욱이 저 오묘한 화엄개벽, 그것도 참으로 어려운 문화혁명, 문예부흥과 여성성, 신세대 중심의, 그러나 남성의 도움 없이는 불가능한 이 복잡한 '모심실천'의 禪的 결단의 참 지혜로서의 열쇠는 아득히 먼 이야기가 될 수밖에 없다.

어렵다.

그러나 해볼 만한 일이다.

자!

이제 참 본격적으로 天符를 발견하러 가자.

五易에 이르는 길이 그리 쉽지만은 않으리란 것은 누구나 알 수 있는 일이다. 그러나 그 五易에 의해서 華嚴經, 그것도 現代的현대적으로 再構想재구상(아마도 再結集재결집을 상상함)되는 現代 華嚴經(예컨대 新舊基督敎神學신구기독교신학, 이슬람, 라마敎, 조로아스터와 현대적으로 발굴된 온갖 神話經신화경과 現代科學현대과학들, 混沌學혼돈학들, 페미니즘들, 포스터모던 계열들, 아메리카 인디언 영성신화와 아프리카의 원시문화들까지 모두 다 포함하는 장대한 꽃밭)을 月印千江처럼 다양한 個體融合개체융합의 개벽으로 매개할 五易의 온갖 卦爻괘효를 참으로 오묘하게 推衍추연하는 데에 치명적 열쇠인 妙衍의 비밀, 즉 天符의 인식은 더욱 어렵고 더욱 난삽한 일이다.

특히 그것이 여성, 어린이, 쓸쓸한 대중과 중생만물의 그 캄캄한 '흰 그늘'의 美學的 모심의 길, 문화혁명과 문예부흥(neo-renaissance)을 통해서 成立성립하고 전개됨에 있어서는 참으로 어렵다하지 않을 도리가 없을 것이다.

그러나 어려운 것은 우리의 공부 과정에 있지 妙衍이라는 관측, 해석, 실천과정에서 나타나는 일이 아니라는 点을 명백히 기억하자.

공부과정에 어려움을 이겨내는 만큼 그 실천은 참으로 쉽고 재미있고 오묘하여 신나는 일이 될 수도 있다.

물론 많은 질병과 죽음과 고통이 동반되고 붕괴와 괴변동 등을 수반하므로 깨가 쏟아지는 일이 될 수는 없을 것이다. 그렇지만 참으로 '진리의 아름다움' 이라는 그 실현과정에서의 신령한 適合性적합성이 증명되는 사례이기 때문에 나 개인 아닌 어떤 공부하는 마음, 즉 菩提心보제심은 큰 황홀경에 들 수밖에 없을 것이다.

‘天——’이다.

여기에서 天은 일단 ‘한’ 또는 ‘한울’과 구분할 필요가 있다. 그냥 ‘하늘’이라고 새기자. 地 즉 땅이나 人 즉 삶과 구분되는 天은 고대적, 신화적, 천문학적인 모든 규정들을 지나 도리어 근현대적 철학이나 사상사적 실질 개념으로 접근하는 것이 훨씬 天符의 길에 가깝다.

水雲 崔濟愚의 五行과 天地人 개념 규정이 있다.

天學 五行之綱 하늘은 오행의 벼리요
地學 五行之質 땅은 오행의 바탕이요
人學 五行之氣 사람은 오행의 기운이다

여기서 五行을 일단 동아시아 사상사 전래의 실재적 세계 구성의 대체형식으로 본다면 그 세계 구성의 綱강, 벼리, 원칙 혹은 조금 밀집적이긴 하나 율법 정도까지도 의미할 수 있다.

地, 즉 땅이 세계 구성의 質질, 즉 바탕, 재료, 질료, 가시적인 구성요소 따위를 지칭하는 것일 경우 天의 綱 즉 벼리의 뜻은 어렵지 않게 해득된다.

더욱이 人이 그 세계 구성의 氣, 기운, 생명력, 주체일 경우, 그리고 人 즉 사람이 그 안에 아득한 물질 등으로부터 수억천년 단계의 진화를 모두 지금 여기 함축한 생명 주체성이라고

할 경우, 天의 綱 즉 벼리, 원리, 원칙 심지어 율법(이것은 다분히 기독교적인 함정을 갖고 있다. 그러나 이것을 포함하는 것이 도리어 華嚴的화엄적이며 또한 開闢的개벽적일 수가 있다)이라는 뜻이 분명하고 선명해진다.

현대인은 天地人을 이렇게 이해해야 한다.

낡아빠진 신화적 이행의 殘影잔영들 사이에서 성큼 빠져나와야 하는 것이다.

우주론적 天地人 이해는 또한 얼마든지 별도로 성립될 수 있고 이 경우의 철학적 인식과 크게 모순되지 않으며 도리어 상보적이기까지 할 것이다.

그렇다면 그러한 天의 天——이 무엇인가?

'하늘이 하나이면서 하나'란 무엇을 뜻하는 말인가?

물론 이것도 뒤이은 地—二, 人—三과 대칭적인 의미망이므로 삼자 연관 속에서 따져야 하겠으나 우선은 '——'이 무엇인가?

때문에 天地人의 해석을 水雲式으로 내렸던 것이다.

地—二가 '세계 구성의 바탕이요, 질료인 땅이 하나이면서 그 안에 둘을 함축함(氣 中心으로 본다면 太極陰陽태극음양 관련)이고 人—三이 '세계 구성의 기운이요, 생명이요, 주체인 사람이 하나이면서도 제 안에 天地人의 三極을 품어 地의 陰陽음양인 둘을 天地人의 三極을 품어 地의 陰陽인 둘을 함께 아우르면서 도리어 天의 하나를 이루는 존재임'에 대해 天——은 그야말로 '한 불변'의 벼리요, 원리이면서 동시에 '한울'(우리가 天符經의 첫 마디에서 一始無始一의 그 무궁무궁의 '한울'을 전제했듯이)을 제 안에 안고 있는 것이다.

따라서 天——의 해석은 다음과 같다.

'하늘은 하나이면서 한울이다.'

또는

'하늘은 하나로써 한울이다.'

또는

'하늘은 하나의 한울이다.'

또는

'하늘은 한 한울이다' 등등

이것이 도대체 무슨 이치인가?

한울이 거의 무규정적인 근원, 불변의 至氣, '渾元之一氣'요, 무궁무극의 실재임을 우리가 전제한다면 그 무궁한 실재를 그야말로 數理수리의 차원이나 인식의 차원, 과학적 접근의 차원에서 표식하기 위한 압축기호가 하나인 것이다.

그러나 주의할 것은 이 하나는 그야말로 抽象的인 記號기호일 뿐 실재가 아니다.

또는 한울의 가시적 표현 대상으로서 무한대의 허공이나 분별지를 넘어선 근본적 일치, 통합을 상징하는 것이 하나이다.

그렇지만 이 하나는 결코 實在실재가 아니라는 것을 전제하고, 그렇지만 그 안에는 "實在인 한울이 상정되었음, 즉 숨어 있음 또는 復勝복승의 가능성을 안고 잠재해 있음 등을 이중적으로 보임"이다.

즉 처음 '一'은 드러난 차원의 '한'이요, 다음 '一'은 숨은 차원의 '한'이다.

둘은 서로 전혀 다른 것이다. 그러나 서로 交叉的교차적으로, 象徵的상징적으로 生成생성한다.

이 점은 매우 미묘한 문제이어서 간혹 동아시아 術數探秘類술수탐비류의 八數體系팔수체계(유효군)에서, 이슬람 수학이나 유럽 수학 특히 유럽의 수리적 마법이나 연금술, 또는 연금술과 연관된 천문학(뉴턴의 초기 탐구과정의 몇몇 징후 등등 많다.) 등에서는 매우 미묘한 역할을 하고 있다.

앞으로도 이 문제는 미국, 일본 등의 영적 컴퓨팅과 우주적 복합 개념(창조적 발상지원 시스템의 우주관념 수학과의 연관된 발전의 경우)에서 매우 큰 문제로 나타날 것이다.

따라서 天符의 기본 원리로서의 '天' 즉 세계 구성의 바탕, 원리, 율법으로서의 '一一'의 교차관계, 隱顯關係은현관계, 開閉關係개폐관계는 날카로운 自意的 인식이 있어야만 하는 것이다.

碧巖錄벽암록 第3則 馬祖一面佛마조일면불 月面佛이다.
'一面佛 月面佛'과 '天一一'은 과연 얼마나 먼가?
이마가 소슬하다.
'地一二'가 무엇인가?
이미 지적한 바와 같이 동아시아의 흔한 氣思想기사상으로 본다면 '하나의 태극과 그 태극을 안에서 구성하는 둘, 즉 陰陽음양'을 말하는 것이겠다.

그렇게 해서 '셋', 또 한국의 儒學者유학자들은 구태여 이 '셋'을 한국 전통 사유의 '三太極'이라고 우기기도 한다.

하기야 태극이 동아시아 역사에서 사실상 처음 그 모양을 드러낸 것은 중국에서가 아니다.

중국에서는 南宋남송 당시의 程伊川정이천의 「太極圖說태극도설」에서 처음 얼굴을 내밀었는데, 사실은 한국에서는 그보다 3세기 앞선 感恩寺址감은사지 石塔석탑 사이의 두 댓돌 위에 새겨진 三太極 문양에서 부터이다. 바로 여기에서부터 '地一二'의 妙衍天符묘연천부의 내역으로서의 奧妙오묘함이 열린다.

왜냐하면 이렇다.

본디 太極태극사상은 三太極으로 동이족으로부터 中華중화 즉 華夏族화하족 문화에로 흘러나간 것이다. 이때 본디의 三太極이 그 쪽의 二太極으로 변질한 것이다.

二太極이 무엇인가?

陰陽이다.

그리고 天地천지다.

즉 文王易의 구조로 본다면 乾坤二卦건곤이괘의 기본 뼈대인 것이다.

중국 전통문화의 고착적 사유로부터는 아무리 재주를 부려도 바로 이 운명적 二元구조로부터 탈출을 못한다.

陰陽, 天地, 男女, 上下 등 이른바 '둘' 이외에 이 세상에 있는 것은 없다.

정말 그럴까?

그럴듯해 보인다.

이 그럴듯한 점이 중국 수천년 문명을 버티어 준 기본 동력이었다. 그러나 그것으로 만족인가?

여기에 문제가 있다.

무엇인가 부족한 것이다.

그래서 중국 문명은 해체된 것이다.

어떤 의미에서는 그렇다.

과연 무엇이 부족한 것인가?

이렇다.

닐스 보어는 태극문양을 해석하되 "모든 반대되는 것은 상호 보완적이다"라고 했다. 이것을 받아 趙東一조동일 교수는 범박하게 "상극은 상생이고 상생은 상극이다"라고 했다. 이것은 분명 한 세기 전부터 중국인들에 의해 시도된 일종의 三太極論삼태극론, '陰陽의 統一통일된 또 하나의 實在실재'가 太極이다.

여러모로 대응한다.

'地一二'를 三太極에 연결시키려는 별 소용없는 접근법은 모두 이에 연루된 것들이다.

또한 이것은 毛澤東모택동의 太極辨證法태극변증법에 대한 反論반론 수준이기도 하다.

毛澤東모택동은 예전부터 民間민간에 있어 왔던 '三'의 사상, 일종의 소박한 중국 민간의 생활적 변증문화를 그의 「矛盾論모순론」에서 太極辨證法태극변증법으로까지 格上격상시켰다. 중국 지식인들이 전 세계를 돌아다니면서 지금까지도 으스대며 자랑하는 周易辨證法은 여기서 기인한 것이다.

그러나 이것은 틀린 논리다.

그러나 거기에 약간의 사상적 정당성의 잔영이 남아있다면 그것은 바로 三太極 傳承전승의 기억 이외(感恩寺址)에 다른 것은 아니었다.

아까도 말했지만 三太極은 본디 東夷族_{동이족}의 神話_{신화}(동북방神話의 연장)와 論理_{논리}의 산물이다.

그것은 天地人을 세계의 기본 구성으로 보는 시원적 인식에 연결되어 있다.

그것이 赤靑黃_{적청황}의 三太極인 것이다.

毛澤東은「矛盾論」에서 주장한다.

"역사는 모순으로 생성 운동하는데 그 모순은 투쟁과 통일이다. 투쟁성은 항구적 모순운동이고 통일성은 그 모순의 잠정적인 통합이다. 따라서 항구적인 것은 투쟁, 즉 相剋_{상극}이고 잠정적인 것은 통일, 즉 相生_{상생}이다."

그뿐이다.

趙東一의 반론은 여기에 대한 反論일 뿐, 근본의 太極論 전체에 대한 근본 사상사적 검토가 아니다. 즉 相生 역시 항구적일 수 있다는 정도로서 닐스 보어의 '균형' 즉 르위스 멈포드의 문자로 하면 '力動的 均衡_{균형}, dynamic equilibrium' 정도다.

이렇게 전개되는 논리는 결국 地一二의 참뜻과는 거리가 멀 수밖에 없다.

왜냐하면 '地' 즉 수운개념으로 한다면 세계 구성의 바탕 즉 가시적 차원인 질료나 사물성, 현실적 감각과 가촉성, 실증성 등의 세계에서의 '하나'와 '둘' 사이에서, 이상에서 제기된 周易類_{주역류}의 전혀 抽象的_{추상적}으로 유치 상태로 밖에 안 보이는 초보적 수학공식 같은 관념유희 가지고 '하나'와 '둘'의 뜻에 접근할 수 없기 때문이다.

그렇다면 무엇일까?

天地人일까?

전혀 아니다.

이제쯤은 동아시아 고전사상사 이해 과정에서 참으로 낡아빠진 옛 구닥다리 세계 관념들, '하나냐, 둘이냐, 셋이냐' 따위 짱구돌리기나 때려잡기 식을 되풀이해서는 안된다.

그래가지고서는 五易華嚴經 전체가 그렇지만 우선 天符經 이해와 妙衍 탐구에서 완전히 실패할 수밖에 없다.

天符는 참으로 오묘한 것이다.

그것은 수천, 수만년을 인류의 秘儀비의로 숨어 있다가 이제야 후천대개벽, 화엄개벽모심의 거대 우주변동기, 인간과 만물 해방의 기초 지혜로 떠올라오고 있는 것이다.

이것이 이때의 이 필요가 그 숨어있었던 목적이었던 것이다. 참으로 등골이 오싹하지 않을 수 없다. 앞으로는 모든 학문에서 조심해야 한다.

그렇다면 무엇인가?

이렇게 생각하자.

'땅은 땅 그 자체다.'

하늘과 대비되는 땅만 가지고는 땅을 알 수가 없다.

땅이 무엇인가?

바탕이요, 질료라고 했다.

가시적 현상 일체라고도 했다.

그렇다면 그것은 또 무엇이며, 또 그것은 어떻게 인식하는 것일까?

보라!

어떻게 그 실재를 인식하는가에 주의를 집중해야 한다.

물어보자.

우리가 땅을 인식하는 지금의 방법은 옳은 것인가?

적어도 땅과 같은 질료, 사물 인식에 있어 옳은 것인가?

땅과 하늘과 二元的으로 대비된, 陽에 대해서 陰이라든가, 周易에서는 乾卦건괘에 대비된 坤卦곤괘라든가 하는 식의 참으로 개념적 파악이나 인식방법이 땅, 坤, 陰(또는 앞으로 여성, 달, 물질 등 온갖 관념적 대비, 심지어 고통, 어둠 등 감각문제, 二元性이 다 튀어 나온다.) 따위에 대해 정확한 인식방법인가를 참으로 식은땀을 흘리며 반성하고 궁리하고 사색해야 한다.

아닌가?

그렇다면 어찌해야 하는가?

'一'과 '二'를 어찌 인식해야 하는가?

우리의 그러한 인식은 어떤 인식인가?

땅, 사물, 현실, 생성, 변화에 대한 인간의 모든 공통된 기초적 인식은 우선 감각이요, 감각체험이다.

따라서 약간은 유물론적이다.

모든 감각이 다 중요하겠지만 그 감각들 가운데 가장 탁월한 것은 視覺시각으로 일단 정리된다.

불교식으로 본다면 사실은 7識식까지가 모두 감각에 속한다. 물론 7識은 현실사물인식의 총괄성을 갖긴 하지만 말이다.

그렇다면 묻자.

視覺을 포함한 7識 기능까지도 확장될 수 있는, 그럼으로 매우 확장된 넓은 기능인 감각인식체험에 의해서 땅의 '一'과 '二'를 그 구분과 연관 구조에서 파악한다면 총괄하여 단 한마디로 무어라 부를 수 있는 것일까?

사르카르, 印度인도의 아난다무르티는 유물론 비판에서 유물론이 그 인식의 근거로서 전적으로 감각에 의존하고 있는 점이 유물론을 '비과학'으로 전락시키는 가장 큰 원인이라고 지적한다.

감각 중 가장 탁월하다고하는 視覺만 해도 그렇다는 것이다. 잘못 보기 쉽고, 하나를 둘로 셋으로 보기 쉽고, 내부에 안 좋은 이상이 있을 때는 일종의 환각에 빠지기 쉽고, 공기, 기후, 일광, 바람, 온도, 습도, 상황 등에 따라 끊임없이 변동할 수 있는 대상의 가변성에 대해 속수무책인 덧없는 감각이라는 것이다.

심지어 칼 융은 정신병적 요인에 따라 視覺, 즉 눈은 둘이 아니라 넷이 될 수도 있다는 것이고 外的視覺만 아니라 內的視覺(내부의 눈)이 또 있다고까지 말하고 있다. 윌리엄 브레이크의 '네 개의 눈 그림'도 있다.

자!

이쯤에서 정리하자. 이런 감각기능에 의해 인식되는 대상으로서의 '地一二'는 우리가 지금, 天符의 妙衍의 오묘성을 인식하려는 목적 아래서 볼 때, 어떻게 해석(妙衍의 기능에 직결된다)해야 할 것인가?

간단하다.

"땅은 하나일 수도 있고 둘일 수도 있다"가 된다. 이미 여러 가지 易이야기를 하였고 뒤따라 설명은 복잡해진다. 그것은 여기서 구태여 할 까닭이 없다.

당연하다.

여기에 대한 보충설명은 생략한다.

여기에서 우리는 당연하게도 화엄선의 禪的선적 번갯불에 묻기로 하자.

碧巖錄벽암록 第5則제5칙 雪峰粟米粒설봉속미립이다.

설봉선사께서 선승들에게 보이고 이르셨다.

擧 雪峰示衆云 盡大地撮來 如粟米粒大
拋向面前 漆桶不會 打鼓普請看
거 설봉시중운 진대지촬래 여속미립대
포향면전 칠통불회 타고보청간

온누리(盡大地진대지)를 접어와 보라. 좁쌀알만이라도 하던가? 이 도리가 낯 앞에 드러났건만 칠통은 아직 알지 못하누나. 그 도리를 알고 싶거든 보청고를 치고 보라!

온누리의 본 글자는 '盡大地'이니 바로 '地, 땅'이다. 저 넓은 대지가 좁쌀 한알이다. 하나일 수도 있고 둘 일수도 있다의 경지가 아닌가!

자! 어떤가?

아닌가?

이것이 妙다.

妙衍에 이르는 오늘의 길이 희미하나마 눈앞에 보이는가?

'人一三'이다.

'사람, 삶은 하나이고 셋이다.'

무엇을 뜻하는가?

나는 이미 이 부분이 통상적인 의미 맥락으로서 사람의 삶은 분명 한 개인으로서 하나이지만 이미 제 안에 天地人의 셋을 압축하고 있다는 뜻으로 우선 간략화 한 바 있다.

이는 天符經 經末경말의 結句결구인 人中天地一(사람 안에 하늘과 땅이 하나이다)의 前提句전제구격으로 풀이되는데 과연 그러한 뜻으로 단순화되기에 족한 것일까?

물론 그렇다.

人中天地一이다.

그리고 人中天地一은 어떤 점에서 화엄개벽의 모심을 가장 간략하게 압축한 말이기도 하다.

사람은 분명 제 안에 하늘과 땅을 압축한다.

水雲의 개념처럼 하늘이 세계 구성의 벼리이며 원리요, 땅이 세계 구성의 바탕이고 질료이며 사람이 세계 구성의 주체인 기운이요, 생명력이라 해석해도 이는 더욱 마찬가지가 된다.

기존의 선천적 통용해석학 차원에서 地의 음양을 天의 태극으로 제 안에 '三者一体삼자일체'로 통합한다고 해석해도 결국은 그 이야기가 그 이야기다. 그런데 왜 미진한 느낌이 남는 것인가?

天符 妙衍의 새 열쇠는 이 따위 상식적인 해석이나 周易식 乾坤觀건곤관에 입각한 적당한 변증법적 人間生命論인간생명론 근처에서 만족할 만한 날카로움 정도로 새시대의 '대혼돈개벽', 대화엄의 천태만상을 열고 갈 만한 창조적 해석학이 될 수 있

는 것인가가 문제다.

그렇다.

그 정도로는 어림 반 푼 없다.

그러면 무엇인가?

물론 전제된 해석은 先天선천의 통용화폐다. 통용화폐는 그대로 상용되는 속에서 새로움이 모색되어야 하는 법이다. 그것은 그냥 그대로이되 실은 전혀 다르다는 말이다.

무엇이 다른가?

사람에 대한 과학적 이해가 후천기에 와서 거대한 변화를 일으키고 있다.

이미 우리는 일본과 미국의 분자생물학과 뇌과학에서 발견한 '酸性산성 센트라우볼'과 '아르곤 다르볼리움' 이야기를 한 바 있다. 이것들은 피부 피하지방 촉성 박테리아가 곧 고성능을 가진 반성적 관념, 뇌신경세포라는 사실이다.

따라서 인간의 '전신두뇌설'은 이제 不動부동의 진실이고 이미 華嚴佛敎와 唐代, 신라대에서 일찌감치 시작된 '全身禪전신선, 華嚴法身禪' 등이 碧嚴錄 등 기록에서까지도 일반화되었던 것으로 보아 또 거의 동시에 NASA의 블랙홀만이 아니라 매우 긍정적 지표인 화이트홀 지표들의 압도현상이나 윤달이 없어지는 大琉璃世界대유리세계 근접 현상 따위로 보아 만물해방과 후천화엄개벽은 必至필지의 사실로서 이미 天符經에서도 이러한 인간 이해는 상식이었다고 보아야 할 것이다.

무슨 뜻인가?

그렇다면 '一'과 '三'이 무엇인가?

‘一’은 통합적, 우주 생명 주체(天地一)로서 명백한 ‘하나’인 점을 명시한다고 하자.

그렇다면 ‘三’이 무엇인가에 문제가 걸린다.

우리는 현대에 인간이해가 크게 달라지고 있음을 말했다. 이 크게 달라진 점의 내용이 바로 옛 天符經의 ‘인간이해’ 안에 이미 나타나 있다면 어찌 할 것인가?

‘三’은 ‘三 그 자체로서 또한 三’이다.

즉 세 가지가 또한 세 가지란 뜻이다.

첫째,

‘精정, 氣기, 神신’에 의한 인간이해다.

精은 생식적 생명력이니 下丹田을, 氣는 영적 정신을 동반한 우주적 에너지이니 中丹田을, 神은 고도의 이성적 우주 창조력, 사유력이니 上丹田을 배정했으나 ‘三一神誥삼일신고’ 등에서는 이 배분이 返妄還眞반망환진 등 생성적 換氣力환기력 등에 의해 수시로 그 배분이 서로 교환하거나 全身化전신화하여 골고루 활동함을 명확히 드러내고 있다는 점이다.

즉 신체부위는 고정적이면서 동시에 비고정적 환류시스템이다.

이것은 전통적 丹田學단전학으로서 人間生體인간생체 내부의 (서양의학이나 생명과학은 아직까지도 꿈도 못 꾸고 있는 엄청난 영역을 이미 개척한 것이다) 기타 氣穴學기혈학, 經絡學경락학, 細胞學세포학 등 체계의 근본을 세운 것이다. 바로 이 근원이 ‘三’이다.

이것은 중국의 參同契참동계 사상을 출발하여 周易의 우주론과 습합하여 三關삼관, 昇降승강, 進退진퇴 등 이 모든 기초가 바로 '三'이다.

둘째,

人間 生體 활동 일체는 크게 보아 腦뇌(전신두뇌설 경우에도 역시 마찬가지다) 중심, 丹田(氣穴, 經絡, 細胞, 內分泌, 내장 포함) 중심, 그리고 會陰회음 중심으로 나눌 수 있는 것이 최근 會陰의 거대한 활동력 신장과 연관된 인간 생명 이해의 '三'이다.

會陰은 다시 자기 안에 脊髓척수, 神經신경 근원 기능과 腦 총괄 기능 이 외에 근원적으로 '三'의 기능을 압축하고 있다.

그것은 帶脈대맥 등을 중심한 陰脈之海음맥지해, 任脈임맥, 督脈독맥 등을 총괄하는 陽脈之海양맥지해, 그리고 기타 全身의 氣脈기맥 일체를 총괄 통어하는 衝脈之海충맥지해, 세 개의 근원, 여기에 海라는 명칭을 쓴 것은 전혀 우연도, 멋 부리는 차원도 아닌 것이다. 유의해봐야 한다. 이른바 仙道醫學선도의학에서 生命線생명선이라 부르는 水王의 새 근거지인 것이기 때문이다. 세 개의 바다, 즉 海에 水王의 근원적 생명창조력. 조절력, 치유력의 원형이 살아있다는 말이다.

바로 이것이 그 중 중요한 '三'이요 '三'일 것이다.

셋째,

復勝 현상이다.

復勝은 五運六氣論오운육기론에 따르면 온몸에서 五層오층의 연쇄적 복승 확충현상이 生成생성하는 바, 그것도 이제부터 會

陰의 生命學에서 심층 연구할 테마일 터이다.

우선 일차적으로 復勝은 바로 北韓 金鳳漢김봉한의 연구에 따르면 最表層최표층 經絡의 365種의 경락활동 전체 양상이 陰陽間의 相生相剋상생상극, 즉 '生剋'이라면 즉 '二'인데 이 生剋의 양면작용이 이완되거나 충돌하거나 무기력해지거나 병적 퇴조를 드러내기 시작할 때, 그 드러난 可視的가시적인 표층경락의 生剋 이원활동의 눈에 보이는 연장으로서의 통합, 극복, 止揚지양, 현현, 합일로서의 그 무슨 제3의 드러난 치유활동이 일어나 경락 문제가 해결되는 것이 아니다.

이 점은 김봉한의 위대한 발견이다.

해결은 다른 곳에서 온다.

표층 경락 밑에 숨어 있는 심층경락인 360類류의 氣穴기혈 내부로부터 잠재해 있는 불가해한 어떤 심층적 치유력, 생명력이 문득 '드러난 차원'으로 開示개시되면서 활동을 시작한다. 이 현상을 김봉한은 復勝복승이라 부른다.

마치 종교에서의 해탈, 계시, 현현, 降生강생, 즉 revelation 현상과 같은 것이고 이때 이 활동의 가시적 주도체가 이른바 '산알'인데 이 산알은 활동 중일 때는 고체적 실체가 아닌 유동체이지만 아마도 정지하거나 화장했을 때는 불교에서의 사리와 같은 호박 결정체 같은 것으로 굳어지는 정신물체 같은 것 아닐까 한다.

이 산알의 관찰 과정이 곧 복승 관찰 과정이게 된다.

따라서 생명생성원리는 크게 보아 전혀 '정 - 반 - 합'의 슈뢰딩거나 오파린 따위들 같은 '외삽법'에 의한 변증법 구조가 천만 아니라 드러난 生剋의 二元生成과 숨어있던 산알의 復勝이라는 開閉개폐, 隱顯은현의 교차 생성적 구조를 띠게 된다.

바로 이것은 미래에 동아시아 易科學역과학, 易哲學역철학 기타 경락, 단전 등 일체 생명학 및 우주론에서 전면적으로 짝퉁 변증법을 청산하고 새로운 不然其然불연기연과 開閉隱顯의 生成二進法생성이진법, 復勝法을 전개하여 음양태극론의 그야말로 그 원형인 三太極의 '三'으로 더 정확하게는 '一三'의 원리로 재환생시킨 것이다.

이것은 사실 엄청난 전환이다.

70년전 대만에서의 朴一 先生의 「辨證法 易哲學」 발언에 대한 명쾌한 대답의 형태로서 전 세계 사상사의 일대 쾌거라고 할 수 있다.

이리하여 '人一三'은 참으로 五易華嚴學의 天符 妙衍의 참 열쇠답게 늠름한 活力활력을 이제 우리의 미래에 제공할 것이다.

여기서 한번 더 碧巖錄에 물어보자.

碧巖錄 第7則 法眼慧超법안혜초다.

'如何是佛여하시불'에 대한 답이 '汝是慧超여시혜초'다

여기에 붙은 雪竇禪師설두선사의 頌송이 중요하다.

三級浪高魚化龍 癡人猶戽夜塘水
삼급랑고어화룡 치인유호야당수

높고 높은 龍門의 세 계단을 뛰어올라 고기가 용이
되거늘 어리석은 사람은 어두운 밤 못물만 푸고 있네.

생각해보자.

龍이 되는 魚가 뛰어오르는 근거인 연못의 존재가 문제다. 龍門의 大變動대변동(변증법 같은)은 그 근거인 물고기의 연못(水王)과 무관한가?

여기에 대답하는 것이 水雲 崔濟愚다. 詩에 '魚變成龍潭有魚어변성룡담유어'가 있다.

못의 존재, 심층의 숨은 차원, 혹은 會陰의 바다. 이것과 대변동은 어떤 관계인가? 과연 이 전체를 연결하는 것이 곧 생명 생성이고 깨달음 전 과정의 法이라면 이 흥건한 연못물(마치 妙衍의 衍이 흥건한 연못물이듯이)을 무시하고 여하히 奧妙오묘에 속하는 눈부신 치유의 변혁이 일어날 수가 있을 것인가?

가령 회음의 바다들, 또는 구체적으로 여자 子宮의 흥건한 精液정액과 연관된 상상력은 妙衍의 세계와 미구에 전혀 관계가 없는 것인가?

여기에 엉뚱한 禪的 비유가 개입한다(이 개입이 바로 禪의 중요한 세계요, 가능성이니).

碧巖錄 第8則 翠巖眉毛취암미모다.

雲門의 한마디 關관', '통했다'에 붙여 雪竇설두는 "眉毛生也미모생야"란 결론을 준다.

이것이 天符의 妙衍을 공부함에 있어 禪, 특히 화엄법적 선력 전체가 우리에게 줄 수 있는 분명한 사리(연못과 용문의 비약 사이 관계)임에도 여기에서 비약(흰눈썹 났다)이 이루어지는 것이다.

이것은 妙라는 초월의 한 자로 밖에 해석 안 된다. 衍의 물의 중력 구조의 진실로는 막혀 버린다.

'一積十鉅일적십거'

'一'에서 '十' 까지는 모든 數의 기본단위이다.

어째서 그럴까?

어째서 인류는 아시아, 유럽, 아프리카와 아메리카 그리고 모든 섬들의 일체 인류가 다 같이, 이미 오랜 옛날부터 약속이나 한 듯이 모든 數의 기본 단위를 一에서 十까지로 하였던 것일까?

이것은 참으로 오묘한 수수께끼다.

사람의 손가락이 열개이기 때문일까?

여기에 대한 대답이 곧 天符요, 天符의 '一積十鉅'이겠다.

一積十鉅는 일단 '하나가 차곡차곡 쌓여서 열이라는 큰 덩어리를 이룬다'는 뜻이다. 그러나 이 말은 그리 간단한 것이 아니다.

비밀은 '積'과 '鉅'에 있다.

'積'이 무엇인가?

쌓인다, 축적, 집중, 수렴, 차곡차곡 쟁인다, 쌓는다, 모은다, 간직한다, 소비하지 않고 절약한다 등의 뜻이 도대체 무엇을 오늘에 구체적으로 뜻하는 것일까?

그렇다면 '鉅'란 무엇인가?

積에 비교해서 특히 무엇을 뜻하는가?

鉅란 본디 쇠붙이로 만든 '돌리기'라는 도구다.

'돌리기'란 무엇인가? 굳어서 딱딱한 것을 좌우상하, 사방팔방으로 움직이고 돌게 하고 확장하여 퍼져나가게 만드는 기계

로서 요즘에는 쓰지 않으나 고대에는 중국과 한반도, 일본 등
에서 많이 쓰였던 중요한 기구였다.

그렇다면 어찌 되는가?

積과 鉅는 어떤 기능을 말하는 것인가?

서로 연결하면 蓄積循環축적순환이 되고 擴充확충 또는 '집중
확장'이 된다.

다시 돌이킨다면 一에서 十까지라는 인류의 거의 운명적인,
天命的천명적인 數수 세기의 단위 비밀은 바로 이 축적순환, 확
충, 환류라는 기능의 시작, 전개, 완성, 충족, 완결 이라는 우주
적이고 생명적인(우주생명학적인) 요구에 가장 합당한 길이, 단
위, 전개, 나열, 다양, 집약 등의 단위였다는 말이다.

그렇다면 여기서 우리는 다음 두가지 결론을 얻을 수 있다.

첫째는 현재 우리가 경제학을 비롯해서 모든 우주와 지구,
세계와 인류의 사회, 정치, 문화 전체를 일관하는 화엄개벽의
요구가 사실은 인류와 우주생명 본연의 근원적인 본질 기능에
대한 가장 적실한 대답이라는 것과 그렇다면 이제 그야말로 이
른바 종말을 통한 이상세계의 완성에 이르고 있다는 이야기가
된다는 말로 되는 것 아니냐 하는 것이다.

왜냐하면 화엄개벽은 그 자체의 생성, 활동 구조의 기본이
축적순환, 확충, 집중확장, 환류 등에 있기 때문이다.

물론 여기에 復勝복승과 顯現현현과 解放해방, 그리고 次元變
化차원변화와 大轉換대전환이라는 경지가 반드시 있어야 하는 것
이지만 기본적 구조로서는 그렇다.

화엄경 전체의 생성원리도 그렇거니와 五易 전체의 개벽 원

리 또한 그렇다.

예컨대 화엄에서 善財南游선재남유의 첫 시작이 文殊菩薩的 문수보리적인 菩提心보제심인데 그 보리심의 근원이 善財 先世의 信種신종(그 선조의 믿음의 씨앗)인 것과 立法界品입법계품 전체를 통해 善知識선지식들의 다종다양한, 그러나 우주생명(앞으로 성립 가능할 것임)적으로 가장 근원적인 지혜와 경험을 차례차례 축적·획득해 나가는 과정, 그리고는 盧舍那品노사나품의 가장 기본적인 中心性중심성 영역의 해탈지혜를 거쳐 五方과 十方으로 순환, 확산해나가는 대해탈 무궁확장, 다양화과정이 그것이고 易에서만 보아도 一太極과 五皇極오황극과 十無極으로 축적순환, 집중확장 또는 擴充확충해나감 또한 그렇다.

화엄경과 五易 전체의 數理的수리적 단위가 모두 十인 것을 예의주시해야 한다. 이것은 十이라는 고정적 범주에 꿰맞추기 위한 것이 전혀 아니라 화엄과 五易 개벽의 생동적 구조가 축적순환, 확충적 지향을 하는 본성에 따라 一에서 十까지의 전개가 나타났을 뿐이다.

天符가 五易화엄경의 새로운 후천적 妙衍이라는 비밀의 열쇠가 되는 까닭이 바로 이곳에도 있다.

一積十鉅야말로 易의 十無極과 華嚴經의 十慣行십관행 구조의 비밀을 열 수 있을 '참 妙衍'인 것이다. 즉 積과 鉅로써 화엄개벽을 推衍, 즉 관측, 해석, 실천할 것이기 때문이다.

아, 오묘하고 오묘하다!

축적순환(아날의 페르낭 브르델의 conjonture 원리 - 우리의 윤리적 대안인 '모심'의 경제적 해석), 확충, 집중확산은 그대로 후천개벽으로 개체융합으로 자기조직화·내부공생과 호혜와 호혜·교환·획기적 재분배와 八呂四律팔려사율에까지도 復勝과 五層位的五層位的 復勝의 참다운 모심, 鐺把당파적인 侍禪시선의 실천으로 자연스럽게 나아가는 참 妙衍의 길이 이제야 활짝 열리는구나!

碧巖錄을 여니

제12칙의 洞山麻三斤동산마삼근과

제13칙의 巴陵提婆宗파릉제파종의

툭트인 화엄법신선의 높고 드넓은

禪慧선혜의 세계가 툭툭 터진다.

참으로 좋다.

이어서 '가자!'

창밖에서 허공의 호들갑스런 호호새가 계속 호호거린다.

'無匱化三무궤화삼'이라!

드디어 復勝의 세계가 열린다.

無匱는 無著무저이요, 無着무착이며 無碍무애(元曉 원효의 세계)다. 우리말이 더 가깝겠다.

'걸림 없음'이다.

그러나 '열어버림'과는 조금 다르다.

열어버림, 해방, 放生, 놓아버림, 天放천방, 自由 등은 다 좋은 말이나 뒷날의 후일담에 가깝다.

목전의 장애 앞에서 실천적 해방, 참다운 復勝은 '해방, 열어버림, 방생, 자유를 만드는 것, 조직하는 것, 제작하는 것, 생산하는 것'이 아니다.

이 점을 주의해야 한다.

復勝은 되는 것, 새 차원이 스스로 열로 나옴이고 열림이다. 化다. 作이 아니다.

즉, 변증법이 아닌 것이다(종합 따위가 아니다.).

그러므로 조심스럽게 無罫, 無碍, 無着을 노력해야 하는 것이다. 그러면 자연스럽게 '化三'하는 것이다. 復勝이다.

'가둠' 즉 罫가 무엇인가?

가둠에는 여러 형태가 있다. 실제적 가둠도 있으나 생각으로, 말로, 희망으로, 욕구로 가둘 수 있고 우리는 흔히 가둔다.

'一'은 '一'일 뿐이다 하면 이미 一을 가두는 것이다. 단정, 규정, 단안! 이 모든 것이 가둠이다. 가둠은 妙衍과 거리가 멀고 天符도 아니다.

두지 않으려고 애쓰는 태도, 無罫.

바로 이것이 중요하다. 이때 復勝이 시작된다.

그것이 化三이다.

化야말로 造化조화다.

造化는 創造的창조적 進化진화이니, 수운 呪文의 '造化定조화정'은 그 造化다. 즉 無爲而化무위이화다.

보라!

역시 無爲요, 化 아닌가!

'촛불'의 직접민주주의, 그 '흰 그늘' 아닌가!

바로 그것이 天符요, 妙行인 것이다.

造化의 極이 곧 復勝이니 바로 開闢이요, 開闢에 의해 華嚴이 이루어지는 것이겠다.

동학 呪文의 造化定에서 '定'의 뜻은 '合其德합기덕 定其心
정기심'이다.

無爲而化(無匱化三과 같은 구조다)에 일치하여 親政(己位親
政기위친정, 正易 '十一一言'의 직접민주주의, 개벽정치, 태양정
치) 참여하되 尊空(戊位尊空무위존공, '十五一言'의 대의민주주
의, 我無爲아무위의 보호, 보조, 교양, 제사, 뒷바라지 하는 소쿠
리(包) 임무)함이 곧 '定'이겠다.

따라서 逆順역순으로 보면

化三이 親政이라면 無匱가 곧 尊空존공이 된다. 이것이 곧
후천개벽이고 바로 이것을 실천할 때에 드디어 華嚴世界와 復
勝, 擴充이 시작되는 것이다.

化三의 三은 무엇인가?

이미 누누이 검토해왔던 여러 生動생동하는 새로운 내용을
지닌 天地人이겠다.

새로운 天地人이 창조적 진화의 親政, 尊空 등의 융합인 三
八同宮의 개벽운동에 의해 復勝(化)함으로써 바야흐로 華嚴이
시작되는 것이다. 이때 天地人은 결코 상투적인 天地人이 아
니다. 이미 검토 공부한 그런 奧妙오묘한 天地人의 生動 그 자
체다. 그래야 개벽이고 화엄이 된다.

마지막으로 명심, 명심해야 할 것은 無匱의 참뜻이 서양유물
론이나 변증법, 또는 중국 周易시대의 상투적인 통치술, 처세술
따위 중심의 推衍체제의 한계를 벗어나는 것이라는 점이다.

이점을 각오하지 않고 상투적인 화엄개벽에의 전망을 일삼을
때는 참으로 어두운 일밖에 기다리는 것이 없을 터이다.

가르치려들지 말라! 조직하려들지 말라! 모든 중생, 만물 안에 영성이 충만해 있다. 그것이 스스로를 깨닫고 열고 나오도록 無匱, 無碍에 집중하라!

03 | 初眉를 찾아서

初眉를 찾았다.

우주생명학의 첫 이마다.

문화(네오 - 르네상스, 힐링)와 醫術(과학)의 첫 시작.

'아우라지는 자궁이다.'

나의 모든 작업의 첫 시작이요, 근거다.

깨달음 : '아우라지는 자궁이다'이지 '우주는 자궁이다'가 아
        니다!

        '아우라지'에서 새로운 '八呂四律'을 찾아라!

        그러나 아우라지는 '자궁'이면서 '한'이다.

化三의 三은 天地人이다.

그 天地人의 天을 해명한다.

'天二三'이 무엇인가?

하늘은 둘이면서 셋이다. 무슨 소리인가?

우선 객담 비슷한 소리로 가장자리로부터 천천히 접근하자.

아주 상식적인 이야기 수준이지만, 미국 컴퓨터 생산과 디지털 네트워킹의 총본산인 사이버네틱스 전문가들이 '신경컴퓨터'를 포함한(이미 개발되었음에도 實用실용에 박차를 가하지 못하는 것은 바로 관념수학의 한계 때문이라는 說이다) 未久미구에 개발 희망영역인 '신령컴퓨터' 또는 '영성컴퓨터' 개발의 뇌과학 디자인 영역에서 동서양 신비수학, 관념수학, 다시 말하면 관념이 신비영역을 수리적으로 관측, 표현, 활용, 유행시키고자 하는 관심을 집중하는 가운데 최근 가장 중요한 핵심 영역으로 떠오르고 있는 것이 다름 아닌 天符經천부경의 '9×9=81'의 수리체계라고 한다.

하기야 아주 오래전부터 '81'이 동아시아의 8數세계(술수탐비類류)에서 최고의 신비로운 핵심영역으로 기록되어 온 것은 그 방면 관심자들에겐 이미 상식이다. 이것이 이슬람 수학(신비수)이나 유럽 신비수학 영역에서도 나돌고 있는 정도다. 수리에 동서양이 따로 있겠는가!

그래서 天符經 연구자들, 수련자들 사이에서는 이미 오래전부터 天符經을 단순한 呪文주문으로서의 經경 단계가 아니라 天符易으로, 동아시아 나름 최고의 科學과학으로 격상되어야 한다는 주장과 또 그렇게 되고야 말리라는 암묵적인 낙관이 지배하고 있었던 것이다. 결코 우연한 일은 아니다. 바로 그 일을 지금 우리가 직접 손대고 있는 것이다.

天은 분명 우주적 실제이지마는 동시에 하나의 거대한 관념이다. 또 인류 그 누구도 이탈할 수 없는 문화와 문명과 신화와 종교, 그리고 이제는 과학과 생명계 일체, 삶 전반에서 핵심적인 고정관념이다. 물론 그 내용은 복잡하지만 틀림없는 한 거대한 관념 중의 관념이자 실재 중의 대실재다.

바로 이것을 數理수리로 요약하고 있으니 '하늘은 둘이면서 셋이다'이다

'둘'은 무엇이고 '셋'은 무엇인가?

이 문제는 간단치 않다.

왜냐하면 뒤이어 地二三, 人二三이 따라오고 있기 때문이다. 天의 二三과 地의 二三, 人의 二三의 그 二와 三은 다 똑같은 二三인가? 다른 二三인가? 아니면 같은 二三이면서도 다른 二三인가? 그 상관관계와 생성관계, 의미나 상징연관은 무엇이며 數理 전개나 疏通소통 영역에서, 또는 物理물리나 生理생리, 心理심리 등의 영역, 나아가 예술과 미학(건축, 음악 등 수리예술 따위에서는 특히)에서는 그 관계와 의미 연관이 어떠한가?

이것이 컴퓨터의 수리와 연결되고 나아가 일본 콘셉터(Concepter) 체계의 '관념수리' 영역과 직결된다면 어떻게 그 전개 양상이 나타날 것인가? 그리고 그때의 법칙, 원리들은 무엇인가?

그렇다.

이제 서서히 저 아득한 옛날부터의 우리의 삶과 마음 안에 한없는, 불가해한, 그럼에도 어김없는, 결코 회피할 수 없는, 뭐가 뭔지 잘 모르는, 그럼에도 분명한 天地人이 數理라는 감각적, 실증적 Factum으로 드러나기 시작한다.

다시 묻는다.

天二三이 무엇인가?

'하늘은 둘이면서 셋이다'가 무슨 귀신 씨나락 까먹는 소리인가?

妙衍은 推衍추연의 기초로서의 事態사태 자체인 數理와 무한관념을 포함한 초월적 세계 인식 또는 심리 등과의 융합이다.

바로 이러한 오묘한 推衍만이 五易華嚴의 기이한 새 세계를 비로소 열 수 있는 열쇠가 되는 것이다.

자, 다시 묻는다.

무엇이냐?

예부터 동방의 賢者현자들 사이에 내려오는, 어떤 의미에서 상식적인 규정적 판단이었다.

'둘은 분열이고 셋은 융합이다.'

'둘은 찢어지는 것이고 셋은 다시 합치는 것이다.'

어쩌면 이것이 동서양의 고대 변증법의 첫 발상인지도 모른다. 그리고 모든 통치술과 병법의 기초 원리였는지도 모른다.

그래서 줄기차게 周易의 推衍法의 밑바닥에 끊임없이 찢어지는 둘(二)과 다시 합쳐지는 셋(三) 사이의 온갖 형태의 組合조합이 출현하는 것이었는지 모른다. '모른다'가 아니라 틀림없이 그럴 것이다.

심지어 卦괘와 爻효사이의 기본적인 분별에 있어서까지도 이 '둘과 셋'의 '찢어짐과 다시 합침'이 대가리를 내밀고 흔히 돌아다닌다.

아니라고 주장해봤자 소용없다. 왜냐하면 그 결과로 추출해내는 일체의 繫辭계사들이 극도의 소수 예외적 '신령한 혼란'들을 제외하면 대개 똑같은 '둘과 셋' 공식의 이러저러한 외연에 불과하기 때문이다(事例사례를 예증할 필요도 없다. 너무나 흔해 빠진 것이 이것들이기 때문이다.).

그렇다면 天二三의 二三은 바로 그것인가?

'그렇다(其然), 그러나 아니다(不然).'

먼저 변증법이 어디에서부터 어떻게 성립된 것인지부터 알아볼 필요가 있다. 우습게도 변증법은 '셈'의 결과가 아니라(數理 - 둘·셋과 같은 기초적 계산) '말'의 결과다.

옛날이나 지금이나 셈과 말은 서로 전혀 다른 것이다.

정말 그럴까?

그렇다.

유럽 근대과학의 그 약간은 미친것 같은 지나친 자기숭배와 끝없는 자기모방은 바로 셈의 객관성 盲信맹신으로부터 시작된 것인데, 사실은 셈과 말의 적대와 갈등, 어쩌면 근대 이전까지의 서구사상사, 문화사, 심지어 과학사에서 까지도 심각했던 셈에 대한 말의 억압, 탄압, 그리고 왜곡과 강제의 역사에 대한 거대한, 그리고 뿌리 깊은 반항이었다.

간단히 정리하자

셈(數理)에서의 둘과 셋은 말(관념)에서의 둘과 셋이 전혀 아닌 것이다.

그러나 끊임없이 유럽의 前近代전근대와 近代 이후에마저도, 또는 동아시아와 이슬람권 나아가 기타 대륙의 사회적 사유와 문화에서마저도 상호 일치되기를 요구(어쩌면 강요 상태로 까지)해왔다.

이 결과가 바로 '그렇다(其然)'이다.

그러나 또한 끊임없이 셈과 말의 '둘과 셋'의 일치는 분열하고 붕괴되고 갈등하면서 그 사이에 여러 기괴한 형태로 절충·혼합되거나 변질·왜곡·타락하기도 하면서 지루할 정도의 그 반복을 일삼아왔다.

이른바 드러난 차원에서는 둘과 셋에 대한 셈과 말의 뜻풀이가 일치되는 例라 일반적이라기보다는 일반화되기를 끊임없이 유보되어 왔다(실질적으로 '유보'다.).

그래서 그 한계 안에서 '그렇다'인 것이다.

그러나 이후가 아니라 바로 그 당장에라도 거의 동시적인 경우에도 무수히 무수히 그 일치에 대한 반란과 저항이 시도되고 저도 모르게 그 파탄이 드러나고는 해왔다.

그 현대적 증거의 웅변적 사례가 다음의 한마디다.

다니엘 벨의 말이다.

"컴퓨터에는 변증법이 없다."

컴퓨터는 한마디로 '셈'의 세계다.

여기에서 '말'이 강요하는 '둘과 셋'에 대한 분열과 통합이라는 낡은 공식이 당연하지만 붕괴돼 버렸다. 컴퓨터는 삼진법이 아니라 이진법인 것이다.

그런데 컴퓨터는 끊임없이 말의 세계에로 접근한다. 셈과 말의 융합과정인 것이다.

이 과정에서 셈의 이진법은 말의 변증법적 삼진법을 붕괴시키려 하는 것이다.

그것이 쉽지 않기 때문에, 이미 기술한 것처럼 근 10년 가까이 된 신경컴퓨터가 아직도 대중적 실용단계로 들어가지 못하고 있는 것이다.

'말', 예컨대 天과 같은 관념의 세계에서 완강하게 지배력을 아직도 행사하고 있는 '둘과 셋' 사이 분열과 통합 같은 例예에서 보듯 극도로 주관적인 희망사항에 불과한 (例컨대 헤겔의 『정신현상학』의 망상적 세계사, 마르크스의 『자본론』과 역사사회학의 그보다 한술 더 뜬 초망상적 세계사의 전적인 희망사항 등이 완전 붕괴 몰락한 실제 역사를 똑똑히 보아야 한다.)

여러 가지 복잡한, '말'과 '관념복합'들로 數理的으로 '셈'의 세계에서 해결을 못하고 있기 때문인 것이다.

다른 원인이 있을 수 있다.

그러나 이것이 가장 큰 원인인 것이다.

그렇다면 또다시 묻는다.

'하늘은 둘이면서 셋이다'가 무엇인가?

잘못인가?

공연한 변증법 망상의 뒤풀이에 불과한가?

그렇지 않다.

그렇다면 둘은 무엇이고 셋은 또 무엇인가?

간단히 정리하자

둘(二)은 세상에서 흔히 말하듯 善惡선악, 前後전후, 新舊신구, 左右좌우, 成敗성패 따위의 兩價性양가성이나 相生相克의 生克 관계일 터이니 누구나 아는 상식일 터이다.

그렇다면 셋(三)은?

만약 변증법적 제3의 合命題합명제, 즉 Synthese가 아니라면 도대체 무엇인가?

나는 이미 한민족의 전통사상사와 물론 天符經에 있어서까지도 '三'의 근원은 중국의 周易의 陰陽二元論음양이원론과는 다른, 이른바 三太極삼태극의 그 '三'임을 강조해왔다.

바로 그 三太極이 이 경우의 '三'이다.

그러므로 易學的역학적으로 해석한다면 二는 陰陽이고 三은 三太極의 제3의 黃色황색이 된다.

구체적으로 이것은 무엇인가?

변증법의 그 3, 그 Synthese가 아니라면 무엇인가?

변증법의 合, Synthese는 These와 Antithese 즉 正反과 똑같은 가시적인 역사 평면의 연속적인 드라마 차원에서의 종합이요, 극복이요, 해결을 의미한다. 그래서 '망상'이라고 부르는 것이다.

이 망상을 실현시키기 위해서는 역사를 조직해야 되고 감동을 조작해야 된다.

그런데도 결과는 허망 그 자체다.

이래서 프랑크푸르트학파의 아도르노는 '부정의 변증법'을 통해 正反反으로 바로 그 제3의 '합'을 부정해버린다. 合은 없다. 그러면 三太極 역시 음양 赤靑적청과 동일한 원행 안에서 가시적인 연속적 평면 위에서 '제3의 黃'을 제기하고 있으니 변증법의 Synthese와 똑같은 허구요, 망상이 아니겠는가!

바로 여기에서 심각한 문제가 제기된다.

三太極의 도상은 상징이다.

生成생성이 아니다.

그렇기 때문에 '그렇다'가 성립한다.

그러나 실제의 역동적 生成은 어떤가?

'아니다' 밖에 없다.

나는 이제 결론에 이르게 된다.

"드러난 차원에서는 그렇다.

숨은 차원에서는 아니다"라는

이 開閉개폐, 隱現은현 사이의 生成的 交叉교차관계의 不然其然 안에서 하늘의 둘과 셋의 상관을 이해하고 그 진리를 실천적으로 원용하는 문제에 있어서 三太極의 도상이 주는 가능성은 의외로 매우 크다.

어째서 그러한가?

이미 컴퓨터에서, 즉 '셋'의 드러난 질서에서는 둘(음양)과 셋(合)사이의 변증법적 三進法삼진법은 파탄돼 버리지 않았는가!

그렇다.

그리고 그것은 매우 탁월하다.

그러나 컴퓨터는 셈에서 말로 나아가려 하고 있다. 그래서 새로운 Atom-Bit 공간 너머의 진정한 관념수학을 찾고 있는 것이다!

그리고 그 대상이 天符經의 '9×9=81' 체계라 한다면 바로 天二三에서 힌트를 얻어야 하고 三太極에서 계시를 받아야 한다는 것이다.

그렇다면 앞으로의 컴퓨터나 셈은 바로 그 三太極 안에 음양의 이진법과 동일한 평면을 가시적 차원 안에 제기된 삼진법을 다시 인정해야 한다는 것인가?

아니다.

그러면 무엇인가?

이렇게 생각해보자

삼진법이 동일한 역사평면의 드러난 가시적 현실차원에서의 正反정반의 해결책으로서 合을 실현시키기 위해 도리어 正反의 生成的 自然자연에 의해 合에 도달하는 것이 아니라 거꾸로 合이라는 목적과 이념에 대한 집착이나 신념에 의해 正反의 生成을 의도적, 인위적으로 조절하고 조직하고 심지어 조작까지 하는 망상적 변증법에 투항하는 논리라 할 때 이진법은 바로 그 목적의식이자 이념이고 강제인 合을 전제하지 않은 自然 生成인 正反 또는 陰陽 도는 生克의 전개를 모시고 인식하고 보장하고 활용하는 논리다.

그리고 이때 어떤 새로운 차원이 출현하는 것은 변증법적 合과 같은 드러난 차원에서의 조직된, 조작된 목적이나 이념의 왕국 따위가 아니라 드러나는 가시적 차원이나 질서나 숨은 비가시적 차원이나 질서 속으로부터 '때가 차서' 문득 드러나는 차원으로 올라오거나 확산되면서 또는 還流시스템 모양 외면화하면서, 순환하면서 나타나는 전혀 새로운 생성질서의 출현에 의해 그 차원이 변화하게 되는 것이다.

이것을 두고 종교에서는 顯現현현, 開示, 또는 下降하강, 成肉성육, 기적들로, 혹은 大悟대오, 覺醒각성, 解脫해탈, 啐啄쵀탁, 한소식, 成佛성불 등으로 표현하기도 한다.

그러나 현대 생명과학이나 물리학에서까지도 이 현상을 법칙화하고 있으니 우선 미국 생물학과 정신과학의 그레고리 베이트슨과 영국 물리학의 데이비드 보옴 등이 그런 사람이다(베이트슨의 「정신과 자연」, 「마음의 생태학」, 보옴의 「숨어있는 질서」 등).

三太極은 '둘'이라는 음양의 드러난 차원과, 그 밑에서 숨어있다 때가 돼서 드러나는 '셋'이라는 숨은 차원 사이의 상관관계를 상징적으로 동시 표현한 것이다. 드러난 차원의 삼진법인 변증법과는 거리가 멀다.

바로 드러남과 숨음, 그리고 그 숨음이 다시 드러남이라는 전체적 역동과정의 우주실재 天을 함께 상징적으로 도상화한 점에서 도리어 우리 전통의 三太極은 박제가 아니고 살아 생동하는 우주적 생명력의 표현이 되는 것이다.

우리는 이것을 현실적으로, 그리고 구체적으로 인터넷의 '셈'과 그 웅변적 표현으로서 '말'의 극히 역동적 관계를 드러낸 작년 시청 앞의 촛불 사태에서 목격했다.

내가 촛불이라고 부른 것은, 4월 29일 청계광장에서 켜져서, 6월 9일까지 시청 앞에서 진행된 비폭력 평화의, 이른바 後天的 己位親政의 和白 민주주의를 말하는 것이지 6월 10일에서 6월 29일까지의 노무현, 김대중 등 정치권력 지향적 횃불이나 7월 11일부터 8월 초까지의 신좌익이념 지향적 숯불을 말하는 것이 아니다.

촛불은 끊임없는 이진법적인 yes와 no, 그리고 on과 off의 쌍방향 소통과 끝없는 논쟁과정에서 조직화되거나, 통제되거나 어떤 지도부, 조직, 책임자, 이론가 따위에 의해 Synthese, 즉 습으로 지양, 통일, 극복되는 조직과는 아무 상관없는, 정치 이념적으로도 左도 右도 아닌 그야말로 天衣無縫천의무봉의 자율적, 자발적, 우연적, 개성적, 혼돈적, 분권적, 즉흥적, 생활적, 생태적, 생명적, 생성적 과정에 의해 집단지성이라는 이름의 대체적 合意합의(이것은 결코 Synthese가 아니다. 이 점이 앞으로 날카롭게 구별되어야 한다)에 도달하여 자발적으로 시청 앞의 행동에 돌입하게 된다. 이 과정이 곧 三太極의 드러남이다.

왜냐?

쌍방향소통(陰陽, 生克, 드러나는 차원의 논쟁, yes와 no, on과 off)의 끝없는 진행이 '조직도, 지도노선도, 책임자도, 지도자도, 이론가도, 약속도, 정관도, 체계도, 동원명령 따위나 외래의 어떤 모방 패턴도, 브랜드도 없이' 집단지성의 合意에 이르는 과정은 차라리 華嚴經화엄경의 '月印千江(달이 천개의 강물에다 다른 모습으로 따로 따로 비침) 一微塵中舍十方일미진중함십방(작은 먼지 한 톨 안에도 우주가 살아있음)이나 현대 자유의 진화론의 자기조직화(Self - organization) 과정의 첫째 원리인 개체 - 융합 identity - fusion, 즉 개체성 중심의 자연스러운 융합 과정이요, 역시 화엄경의 인드라 그물망처럼 수없이 많은 우주그물 전체에 대한 제 스타일의 法門법문을 큰 소리로 웅변하는 시끄럽기 짝이 없는, 그러나 그 뒤에 숨은 말없는 비로자나 主佛의 大沈默대침묵의 가르침에 의해 大華嚴대화엄의 해방에 도달하는 과정과 흡사할 것이다.

그야말로 집단지성이다.

그러나 이때에 '집단'이란 말 자체가 주는 느낌은 그리 좋은 것이 아니다. 앞으로는 화엄경 쪽에 접근하는 것이 더 좋을 것이다.

바로 이것이다.

드러난 차원에서는 둘과 셋 사이의 三太極으로 표시되지만 숨은 차원에서는 완벽한 형태의 大華嚴 그대로인 촛불이 바로 天二三의 거의 완벽한 표현이었다고 나는 생각한다. 화엄은 변증법 따위 망상적인 線形的 구조의 생성이 아니다.

그것은 擴充的확충적이다.

따라서 天二三은 擴充的인 華嚴의 우주적 전개를 숫자로 이른 말이며 바로 이것은 촛불의 구체적 경험을 매개로 하여 앞으로의 미국, 일본, 유럽, 그보다 도리어 한국에서 '영성 컴퓨터'와 '우주 복합 콘셉터'의 화엄적 소통구조의 관념수학으로서 天符經을 활용해 대역전이 이루어져야 하고 또 그것은 가능하다고 믿는다.

이미 미국에서 10년 전 저 놀라운 '신경 컴퓨터'를 창안해 만들어 낸 주인공이 한국 유학생 두 젊은이가 아니었던가!

地二三과 人二三 역시 같은 맥락이다. 다만 地二三의 경우 앞의 '二'가 水雲 崔濟愚최제우의 天地人 재규정에서 세계구성의 質料질료, 재료, 바탕이라고 했듯이, 역시 음양, 高下, 冷溫냉온, 海陸해륙, 東西 등등 감각적, 질료적 二元性이라는 셈의 차원에 대응해서, 즉 生克 등에 대응해서, 그리고 先天的 삶과 後天的 삶의 제도적, 시스템적 차별과 길항의 '二'에 대응해서 그 숨은 차원으로부터 문득 開闢이 출현하는 것이 곧 '三'이다.

그것이 3천년 西方에 기울었던 지구 자전축(경도)이 벌떡 일어서 북극 中央으로 복귀하는 己位親政기위친정이다.

地理極지리극, 磁氣極자기극의 상호이탈과 관계 재편성, 남반구 해수면 급격 상승, 북극 해빙과 적도 결빙, 온난화와 간빙기의 겹쳐 듦, 그리고 죽지 않는 생명체 출현이나 곤충 날개의 재진화, 수많은 怪疾괴질, 생명체의 怪變動괴변동, 수많은 자살자들, 금융위기, 문명 대이동, 그리고 올해 己丑年기축년(正曆정역의 개벽 시작의 해) 7월 22일 閏秒윤초 즉 大日蝕대일식때 태양력 중심주기 붕괴에 따른 365일 1/4의 윤달이 없어지고 달력 중심의 無閏曆무윤력, 正曆 360日 체제가 성립하는 대전환, 그에 따른 春分, 秋分 중심의 4천년 온화, 서늘한 琉璃世界유리세계의 倒來도래 등이 모두다 개벽이다(충주대의 역학자 宋在國은 柳南相의 정론을 해석하면서 현재적 개벽을 단순한 '후천개벽'이 아니라 '선천후천융합대개벽'이라고 재규정하고 있다. 이것은 매우 중요하다.).

　　이것이 곧 三이니 地二三은 곧 개벽 소식이다.

　　그리고 이어 人二三은 이미, 인간 생체 내부 구조문제에 말했듯이 二가 음양이자 셈과 말의 관계처럼 대뇌 중심과 회음 중심의 양극 위아래의 二元性을 기초로 함에도 精, 氣, 神 등 三의 구조를 갖는 점이다.

　　그리고 결정적으로는 음양, 生克, 경락이 드러난 365種 차원의 二에 대비하여 그것이 무력해질 때 그 밑에 숨은 氣穴의 360類 차원에서 전혀 예상 못하던 '산알(김봉한 說)'을 앞세운 신비한 새 생명치유력이 復勝해 올라온다는 것이 곧 三인 것이다. 그리고 그보다 더 중요한 것이 이 생명 근원이 회음, 특히 여성 회음의 물(水王) 즉 月經의 변동에 의한 것이라는 점이니 바로 이 회음에 동학의 '侍시', 즉 '모심'이라는 禪的 실천을 집중하는 元曉의 이른바 나무 즉 歸命귀명, 예수의 섬김(더러운, 저주받은 밑바닥 인생의 섬김)이 二임에도 三이라는 '둘과 셋 사이의 셈과 말의 새 비밀'이라는 것.

따라서 天二三은 화엄(확충), 地二三은 개벽(복승), 그리고 人二三은 모심(회음)의 역동적 뜻을 갖는다 하겠다.

바로 어떤 의미에서 妙衍의 天符 수리 중 가장 기초적인 推衍數理의 패턴이 드디어 나타났다.

· 天地人의

그리고 그것의

· 둘과 셋

· 말과 셈 사이의 역동적 관계질서인 것이다.

이것은 서로 연결되고 길항하거나 복잡화한다. 당연한 일이다.

이러한 전제는 또다시, 복잡한 전진이 이루어진다. 다음의 數理 전개가 그것이다.

'大三合'을 생각할 차례다. 그야말로 天符易의 절정이요, 요해처다. 妙衍묘연 中의 奧妙오묘이니 秋史의 山崇海深산숭해심에서의 바로 그 山崇(산 높은 곳의 숭고함)이리라.

언뜻 大三合은 天地人천지인의 큰 統合통합처럼 들린다.

그렇다.

다르지 않다.

그러나 아니다.

왜?

나와 너와 그의 三統合삼통합이란 말은 사실상 난센스이듯이,

天地人의 三統合이란 있으나마나한 하나의 췌사에 불과하다. 그럼에도 끊임없이 사람들은 天地人 융합을 외치고 더욱이 그 것을 가르치려 든다.

특히 儒學유학이 심하다.

그 통합은 완전히 절대적으로 불가능한 것인가?

조건이 있다.

다만 사람 속에서는 그 三統合은 가능하다. 또 가능하지 않 으면 어찌 사람이 存立존립할 수 있으랴!

그래서 天符經의 최정점은 '人中天地一'인 것이다. 大統合 이 人中天地一과 똑같은 것인가?

아니다.

그럴 리 있겠는가?

그렇다면 정확히 무엇인가?

天一一, 地一二, 人一三과 水王運수왕운,

天二三, 地二三, 人二三의 大統合을 大三合이라 부른 것이다.

그러면 이때 統合은 어떤 뜻을 갖는가?

그야말로 획일화는 아닐진대 어떤 數理的인 전개의 특징은 三合, 그것도 大三合이라는 이름으로 統合이라 한다는 것인가?

문제는 이상에 제시된 天地人이 三이라는 것과 그 天地人 이 각각 一一, 一二, 一三으로, 그리고는 또 二三, 二三, 二三 으로 기이하게 전개된다는 점에 있다.

이 전체에서 그 각각의 數의 단위가 모두 三안에 있다. 즉 一, 二, 三의 한계 안에서의 이러저러한 전개라는 점이 중요하다.

그렇다고 一, 二, 三 사이의 각종 組合조합의 경우의 수만큼 모조리 羅列나열하겠다는 것과는 또 다르다. 이제껏 설명해온 것과 같이 중대한, 의미심장한 뜻을 가진 數들의 전개였다. 그 하나하나가 모두 다 그윽한 우주 생명의 신비요, 고도의 관념 수학이었다.

아마도 앞으로의 易, 앞으로의 五易과 화엄개벽운동의 전개, 그리고 그에 동반할 영성 컴퓨터와 우주복합 컨셉터의 새로운 기초수리학의 구조를 암시하기도 한다.

이 모든 각각의 관념수, 우주수, 심층수리의 미묘함을 하나하나 다 살리는 큰 종합(통합의 획일성과 구분하기 위해)과 차원 변화를 일러 大三合이라 총괄하는 것이다.

그렇다면 구체적으로 그 大三合이 도대체 무엇이란 말인가?

우선은 蓄積축적이다. 순환, 환류, 확산 이전의 '充'이 집중이요, 축적이다.

우리는 항용 '차원 변화'라는 말을 즐겨 쓰는데 실제에 있어서 그 차원 변화가 이제껏 강조해온 復勝의 형태로 일어난다는 것에 대해서는 엄밀한 주의를 기울이지 못하는 실정이다. 둔탁한 것이다. 아직도 비밀의 문, 그야말로 妙衍을 열지 못하고 있는 것이다.

大三合이라는 대차원 변화는 이전의 天一一, 地一二, 人一三과 天二三, 地二三, 人二三 등의 각각 독특한 관념수리의 전개양식 전체가 우주생명학(앞으로 이 말은 자주 써야할 필요가 나타날 것 같다.)적으로 획기적 변화, 즉 復勝의 형태로, 그것도 우선은 五層位(五運六氣論 쪽에서의 水王運, 龜靈跡귀령적, 彫龍跡조롱적, 深茫跡심망적, 煩形跡번형적의 復勝)연쇄라는

內的 차원 변화, 앞에 미리 전제하고 나서의 큰 擴充作用확충작용으로 확대됨을 말하는 것이다.

그것이 그 다음의 數理현상인 '六生七八九運'인 것이다.

일테면 大三合이 그 이전에 차원 변화로서의 五層位의 復勝에 의한 '充'의 차원이라면 三合의 변화 전기 이후의 六生七八九運은 '擴'이라는 것이다.

여기에서 또 예리하게 주의하여 놓치지 말아야 할 것이 둘 있으니 六生의 '生'과 九運의 '運'이다. 무엇이 '生'이고 무엇이 '運'인가?

이것을 검토해야만 六七八九의 數理의 擴充확충운동의 의미 연관이 밝혀진다. '生'은 復勝에 의해 드러난 차원으로 올라와 顯現開示현현개시되는 새 생명력의 생성을 말한다.

五層位의 연쇄적 復勝 과정에서 드러나는(生) '六'이라는 신비수, 관념수, 생명수의 현상이 바로 復勝이요, 生이다.

그러니 그 나름의 充이다.

여기에 비해 九運의 運은 바로 그 生의 순환과정, 還流과정, 擴散과 전체의 우주생명학적 양상을 가리킨다.

물론 여기에 주의해야 될 문제영역이 숨어있다. 復勝의 五層 연쇄에 있어서의 '五運'과 擴充의 '九運' 사이의 運氣論的운기론적 해명이다. 다음 훨씬 더 정밀하게 개진할 기회가 있을 것이나 우선 간략히 정의한다면 이렇다.

五運은 이미 말한바 五層位의 연쇄적 復勝이다. 會陰회음, 丹田단전, 氣穴기혈, 經絡경락, 細胞세포 단계의 개벽과 화엄의 원형적인 확충 과정이라 할 수 있다. 향후 일어날 사회와 우주

전역에서 확산·개화할 九運에 의한 十無極, 十華嚴의 鋸거 즉 十鋸의 大擴散대확산 순환의 준비단계인 一積의 蓄積充滿축적충만이 바로 한 사람, 한 생명, 한 문제, 한 영역 안에 한정된 조건에서 이루어진다는 점에서 九運에 대해서는 도리어 充이요, 蓄積운동 과정이게 된다.

그러나 전 우주적 화엄개벽의 復勝擴充이 사실상 압축 진행된다는 점에서 명명백백한 '華嚴法身禪화엄법신선'이요, '모심禪'이니 碧嚴綠 '雲門六不收운문육부수' 공안에서 '法身을 六不收'라고 단정한 것은 바로 이 五運을 밑에 축적하는 조건에서의 六生부터 九運까지의 不收(집중, 통합, 수렴, 축적이 아님), 즉 大擴散을 말한 것이다. 이것이 六不收의 진정한 뜻이다.

즉 六은 五이하의 大三合 등 축적과정의 充과 復勝의 모심(禪修行으로 온축경험)의 전제로 하고 있다.

바로 이런 점에서 義湘의 '不動吾身卽是法身也부동오신즉시법신야'(도통한 내 몸이 곧 法身이다)가 있는 것이다.

바로 六不收 공안에 대한 雪竇禪師의 頌 하단에

　　　天竺茫茫無處尋 夜來卻對乳峰宿
　　　천축망망무처심 야래각대유봉숙

천축의 그 드넓은 대지에서 눈씻고 봐도 보이지 않던 法身의 비밀 六不收가 밤이 와 문득 엄마 젖가슴 밑의 그 잠자던 곳(자궁 회음)에 있다는 사실에 부딪친다.

이라는 노골적인 진실이 쏟아지는 까닭이다.

六不收에 대한(六이전 五까지의 一積의 *法身禪*의 실재) 보충설명인 셈이다.

그 외에 다른 해석을 시도(대원 도움말)들 하지만 위선 아니면 사기다.

감추려드는 것이다.

엄마 자궁.

그 안에서부터 '회음뇌'에 의한 고도의 '화엄법신수련' 즉 胎敎태교가 진행되는 사실을 덮고 싶은 것이다. 밀교 비판의 정당성은 인정된다 하더라도 화엄경 입법계품의 '마야부인' 條조에 "이 세상의 모든 부처와 비로자나 부처마저도 다 내 뱃속에서 나왔다"라는 마야부인의 一言은 重千金중천금이다. 덮을 수 없다.

모든 부처와 비로자나까지라 함은 곧 모든 깨달음의 充處충처와 축적처, 발상처, 성장처 그리고 그 復勝處가 '여인의 뱃속', 회음이요, 자궁이라는 사실이며 모든 중생만물(털구멍 수억천만 개까지도)의 그 근본 부처 성품의 胎生地는 즉 화엄법신의 生長處생장처는 다름 아닌 여성의 회음(태교능력), 자궁(生體의 성장능력, 출생)이라는 것이다. 이것을 왜 숨기려드는가?

先天의 답답한 한계 이외에 아무것도 아니다. 라즈니쉬 스타일의 탄트라 예찬이나 밀교의 성교중독과는 전혀 그 차원이 다르다.

착각이나 모략중상의 여지가 없다. 회피의 이유도 없다.

그렇다면 묻자.

이 역시 數理인가?

바로 우주數, 생명數, 최고의 관념數는 심층 무의식을 반영하는 신비수리이겠고 따라서 영성컴퓨터나 우주복합 콘셉터의 기초수리와 그 혼돈이론의 규범이 된다.

앞으로 天符는 바로 현실, 우주, 지구, 세계 大混沌대혼돈(Big chaos)이라는 어마어마한 생명대개벽 현상이 혼돈에 빠져들어가면서 동시에 그 혼돈으로부터 빠져나오는 혼돈 그 나름의 독특한 질서, 즉 혼돈의 규범(norm)이 될 것이다.

이 규범(天符)없이, 이 규범의 인식과 모심 실천 없이는 大華嚴과 海印三昧, 龍華會相용화회상의 현실화는 난망이다. 말로 되는 게 아니다. 이 과정의 고리와 열쇠가 곧 妙衍인 것이다.

따라서 6(生) 789(運)의 數式수식은 生의 축적 및 充의 내면적 개방과 九運의 大擴散이라는 우주생명학의 개벽적, 화엄적 대역동의 기본수식이 된다. 수식은 규범과 연관하여 인생의, 사회의, 국제관계의, 생태와 중생 만물 관련의, 무의식 관련과 문화 관련의, 그리고 종내는 매체소통 일반 전체에 관통하는 '흰 그늘'의 미학원리와 이른바 '易數聖統原理역수성통원리'의 우주생명과학의 기초가 된다.

易數聖統은 正易의 기본으로서 우주에 대한 周易의 피동적 參贊論참찬론과 달리 우주생명의 비밀을 깨닫는 인간(聖)의 스스로 주동적으로 우주운행과 질서(후천 대혼돈에 임하여)를 조정(統)할 수 있다는 신념체계다.

그러나 正易만으로는 이것이 힘들다. 五易만으로도 힘들다.

天符의 妙衍이 五易을 새롭게 해석, 추동해야만 비로소 진정한 주동적 개벽을 이루고 그때 그 조건으로서 大華嚴, 大解脫 대해탈, 만물해방, 세계가 세계 자신을 인식 해탈하는 海印三昧 해인삼매, 미륵회상이 실제로 가능해지는 것이다. 실제로 말이다!

七八九의 세 숫자에 그 나름의 관념적, 신비적 象數상수체계가 없을 수 없다. 그러나 그것은 후일의 일이다. 얼마든지 '八數' 체계에서 논의될 수 있다. 그러나 바로 天符數理의 이 같은 인식 확정 이후 그 실천적 활용과정에서의 일이 될 것이다.

九運의 九는 이미 十鎁의 완성수 전단계의 역동적 生成 조건의 數이고 九에 관해 易의 신비적 의미체계는 넘칠 정도다. 그 모든 것이 이제 개벽과 화엄과 그 모심·실천 과정에서 서서히 검토 운용될 것이다. 기다리라.

이 과정은 곧 사라센 이후의 이슬람 수리학과 유럽의 신비수학(특히 헤겔, 칸트 복권 방향이 유럽 전래의 관념적 우주수리학의 현대적 의미를 주려는 의도인 것 같으므로 그 결과도 수렴해야 할 것이고 기타 아세아의 신화망과 연결되거나 남미 인디안 또는 아프리카 수리학 역시 안에 함축해야 되는 것은 물론이다.

擴充확충, 復勝복승, 蓄積축적, 循環순환, 還流환류의 生成 구조를 중심으로 天符의 수리체계와 관념영역의 상관을 복합적으로, 역동적으로 검토해 보았다. 이 수리관계의 절정은 결국 개벽과 화엄에서, 그리고 그 모심의 禪的 수련 과정 안에서 擴散되고 充滿충만되니, 이것은 곧 오역 화엄경의 그 숱한 경우들, 범례들과 새로운 현대적 화엄 실재들의 매개나 상관관계들 속에서 오묘한 그 推衍추연 과정으로 현실화 될 것이다.

이 절정이 역시 그 다음의 '三四成環五七一'이다. 이것은 무엇일까? 매우 비밀스러운 이 부분이 사실은 妙衍의 최고 최대 神秘處신비처일 것이다. 과연 무엇일까? 三四成環五七一을 妙衍과 연속해서 함께 공부해보기로 하자.

이리해서 妙衍에 뒤이어 '萬往萬來만왕민래'가 온다. 萬往萬來는 문자 그대로 "만 가지가 가고 만 가지가 새로이 온다"의 뜻이며 후천개벽이라는 대변동이다.

일설에 의하면 일찍이 孔子가 바로 이 구절 '妙衍 萬往萬來'에서 큰 뜻을 읽고 자신의 周易 繫辭傳계사전에 저 유명한 후천개벽의 예언(黃胡東황호동의 '寄萬物移書기만물이서'에서) '終萬物 始萬物 莫盛乎艮'(만물이 끝나고 만물이 새로 시작하는 변동은 艮方, 즉 한반도 보다 더 왕성한 곳이 없다), 다시 말하면 후천개벽이 한반도에서 처음 시작해서 이루어지고 또 한반도에서 후천개벽의 사상인 '艮易'이 이루어질 것이라는 예언을 썼다고 한다.

그렇다면 金一夫 正易의 大易序에서 孔子의 환영이 "내가 그처럼 이루려 했으나 뜻을 얻지 못한 그 일을 이제 자네가 이루었으니 이리 반가울 데가 없다"고 찬양한 것이 결코 헛소리가 아님을 알겠다.

그러나 더욱 중요한 것은 그 이전에 正易 그 전체가 바로 다름 아닌 '神告上教신고상교' 즉 철저한 한울님의 계시에 의한 것임을 명백히 밝힌 사실이다.

그렇다면 正易의 근원은 곧 天符經 수천년 전으로 소급하게 된다. 역사의 신비, 신비의 역사로서 말이다. 즉 妙衍이 그 근원에 엄연히 실존하고 있었던 것이니 正易이 다만 아직도 때가 일러 妙衍의 뜻을 채 다 얻지 못했음은 오로지 화엄개벽의 모심의 때, 그 적실한 때가 아직 완전 성숙하지 못한 것이다.

오늘 내가 내 개인적 실존체험을 통해서, 그것도 화엄성지인 圓滿德山원만덕산 오대산에서 5日 만에 그것을 크게 깨달았으니 바로 거기에 입각하여 이제 妙衍의 여러 功能공능의 뜻을 다각적으로 헤아려 보기로 하자.

妙衍은 이제 한반도만의 國粹국수가 아닌 새 세계, 새 시대, 새 세대의 '우주생명학'의 結繩결승이요, 書契서계이니 天地人의 비밀, 그 밑바닥의 숨은 힘인 '水王' 즉 오묘한 연못, 妙衍의 흰 그늘의 모심으로부터 완성한 새로운 열쇠인 것이다.

오늘 다 이루었다.

이제 妙衍을 알았으니 이미 다 이룬 것이나 다름없다 하겠다.

그러나 부부의 一太極의 약속으로부터 그 빛으로 十無極의 '달의 비밀(月精월정 오대산 월정사)'을 아는 데에서부터 다시는 더럽혀진 여성 會陰의 그 어두운 빛의 비밀(月波월파, 내가 살던 고양시 호수공원의 월파정 공원)로 돌아가는 길에서 아마도 진정한 살아있는 현실 삶의 妙衍이 있을 것이다.

왜냐하면 月精은 사실 畜牝牛축빈우의 영역이고 離大人의 여성보호의 영역이 있을 것이기 때문이다.

화엄경과 개벽 易學의 관행을 따라 이상 '十詩行'으로 妙衍을 해설해보았다. 열편의 詩는 略한다.

끝으로 碧巖錄을 열고 보니

아뿔싸!

제16칙의 鏡淸啐啄 경청쵀탁이다.

    擧 僧問鏡淸 學人啐 請師啄 淸云 還得活也無

    僧云 若不活遭人怪笑 淸云 也是草裏漢

    거 승문경청 학인쵀 청사탁 청운 환득활야무

    승운 약불활조인괴소 청운 야시초리한.

한 선승이 경청선사께 청하였다.

"학인이 껍질을 깨고 나오고자 하오니 스승께서 쪼아 깨
트려주소서."

"살아났느냐, 살아나지 못했느냐?"

"만약 산 것이 아니라면 사람들의 괴이한 웃음꺼리가 될
것입니다."

이에 경청선사께서 꾸짖으셨다.

"이 캄캄한 놈아."

이제껏 달이야기, 음이야기, 會陰이며, 여성이야기, 밑바닥
이야기 중심으로 妙衍을 해석해 나왔다. 그리고 비록 변형과
변칙이 있다 해도 그것까지 포함해서 흔들림 없을 그 본바탕이
곧 기본이 됨을 이야기했다. 그리고는 經의 순서는 逆으로 해,
光明, 즉 '太陽昻明 태양앙명'에 이른다.

'태양이 높이 떠 밝게 빛난다'이다.

中國의 書經서경에 이미 '太陽政治 태양정치'가 나온바 있다.

'太陽之政'은 太古이래 최고의 이상정치로서 이른바 '하느님 직접통치'를 이름이니 진정 정치권력이 없는 그야말로 太平聖代태평성대일 것이다.

'太陽之政'은 그러나 萬往萬來만왕만래라는 後天開闢후천개벽에 의해서 아무리 변형, 변칙, 큰 변동이 있다 해도 도리어 그것을 이용하여 변함없을 근본바탕, 본마음의 바탕이 그대로 드러나 이루어지는 것을 말한다.

그 본바탕이 무엇일까?

'妙衍'이다.

그리고 妙衍은 도리어 달, 陰, 會陰과 여성성, 밑바닥 물속의 오묘한 흰빛의 상승을 말하니 천문학적으로는 음양 양가시대 이전의 달중심, 여성중심, 女神과 母權중심, 그래서 陰曆음력, 無閏曆무윤력, 正曆과 正易의 중심이 회복되어 태양력 주기중심의 365일 1/4의 윤달이 없어지고 春分춘분 秋分추분 중심의 서늘하고 온화한 4천년 琉璃世界유리세계의 360일 시대가 왔을 때, 거꾸로 진정한 太陽時代, 太陽政治, 太陽昂明태양앙명의 후천개벽이 이루어진다는 것이다. 이른바 개벽이요, 太平이다.

기이한 것은 여성의 해방과 등장은 남성 困君子 離大人의 畜牝牛 즉 '여성보호'에 의해(周易의 離卦이괘) 이루어지지만, '黃裳元吉 文在內也황상원길 문재내야'(坤卦곤괘)라는 참다운 새 書契서계, 結繩결승의 후천 이상시대는 도리어 달의 상승으로 인한 진정한 太陽時代의 열림으로 가능해진다는 역설적 우주관이다. 그럼으로 이제 비로소 '人中天地一'이 이루어진다.

人中天地一은 사람 안에서 天과 地가 하나로, 한울로 용합

되는 것이니 곧 天地人이 '한울융합'일 것이다. 그리고 이것은 곧 불교식으로는 다름 아닌 華嚴世界화엄세계요, 그에 의해 나타나는 海印三昧다. 龍華會相용화회상, 彌勒會相미륵회상, 無量後天무량후천 五萬年時代 등 말은 여러 가지이나 동아시아 天地人 사상체계 안에서 말한다면 '人中天地一'이 다름 아닌 '華嚴開闢의 完成완성'인 것이다.

이후 화엄경의 패턴 분석에 들어가면, 이미 天地人 체계성은 상식에 속하게 된다. 그런데 여기 문제가 하나 있다.

아무리 화엄학을, 그리고 아무리 아무리 天地人의 易的 개벽학을 공부하고 공부하고 실천하고 실천해도 결국은 '화엄개벽의 人中天地一'이라는 '天王, 地王, 人王의 三王 統一'은 그 자체만으로는 절대로 절대로 어떤 경우에도 절대로 이루어질 수 없다는 것이 한민족 仙道天符思想史선도천부사상사의 결론이고 또한 나의 결론이다.

무엇이 필요한 것인가?

天王, 地王, 人王 이외에 이 三王의 大華嚴의 무궁세계를 밑받침하고 있는(이제까지는 크게 집중적으로 빛을 받지 못해왔던, 그러나 이 大明天地대명천지에 와서는 분명하게 드러난 한 근원적 動力이 엄연하게 실존해서 지금도 작동하고 있으니) '물의 힘' 즉 '水王'의 노력이 없으면 人中天地一의 화엄개벽은 한마디로 어림없다.

꿈꾸지들 말라!

화엄학도 정역도 꿈꾸지 말라!

꿈은 화엄도 개벽의 족보에도 전혀 없는 환상의 영역이다.

부디 헛꿈 꾸지 말라!

화엄 자체가 개벽인데 무슨 딴 노력이 필요하냐는 無識무식 (어떤 머리 깎은 女僧여승의 주장)이나, 개벽은 오직 男性 良君子간군자의 하느님 代行대행으로만 가능하다는 둥(기독교 신학자) 헛소리 하지 말라!

그 모든 것이 실천해 보지 않은 안방에서의 헛소리요, 꿈에 지나지 않는 것이다.

水王, 물, 달, 陰, 그리고 會陰의 힘, 다만 그 검은 물속으로부터 기이한, 그야말로 신령한, 오묘한 흰빛이 솟아오를 때에 바로 그 개벽력에 의해, 그 모심의 힘에 의해 그 '흰 그늘'의 문화적 실천과, 그 鎛把的당파적 禪선 수행에 의해 비로소 화엄 개벽은 현실로 이루어진다.

바로 이래서 妙衍이 天符經 말미의 가장 중요한 條件節조건절을 형성한 것이니 妙衍, '오묘한 推衍' 없이 五易의 화엄개벽적 실천 방략은 없는 것이다.

그렇다.

妙衍은 비로서 이제야 분명 자기 역할과 기능과 그 열쇠임을 증명해냈다.

비로소 妙衍 한마디는 오만 년 선후천 화엄개벽의 실천적 주도기능임을 여기에 드러냈다.

이리해서 마지막,

그러니 맨 앞의 '一始無始一'에 대한 對句대구로서의 '一終無終一'이 가능해지는 것이다.

'一終無終一'은 무엇인가?

‘한 끝은 끝이 없는 한이다.’

마찬가지다. ‘한 시작은 시작이 없는 한이다’와 똑같다. 문제는 시작도 끝도 없는 영원무궁이 곧 ‘한’이니 영원한 푸른 하늘, 후에 문혜 텅그리요, 大方廣佛毘盧遮那佛대방광불비로차나불이다.

우리말의 바로 그 ‘한’, 그리고 ‘한울’이다.

구선스님의 ‘십이 연기와 천부경’을 이해하자.

석가세존 최후의 깨달음인 ‘십이연기법’은 ‘없음’ 즉 無明에서 시작해서 ‘行-識’ 등 ‘있음을 거쳐 없음’ 즉 無에서 끝난다.

이 없음에 대응하여 천부경은 있음 즉 ‘한’, 한울에서 있음, 즉 한울로 ‘시작도 끝도 없는, 시작이 끝이라는 것’이다. 無와 有의 상보적 관계라는 것이다.

이 상보성을 우리는 새겨듣자. 필요한 사유다. 그러나 하나 묻는다.

석가세존의 그 無明이 있음과 대립되는 의미의 없음일 뿐인가?

또 최후의 無가 소멸의 마지막인 그 없음인가?

나는 결코 그렇게 보지 않는다.

최초의 無明은 ‘어둠’이지, ‘없음의 그 無’가 아니다. 어둠은 없음과 전혀 다른 것이다.

그리고 최후의 無가 없음일까?

‘없음 아니라고도 말할 수 없음’이지 없음 그 자체는 전혀 아니다.

공연히 여기서 無病무병, 空病공병에 빠져 헤맬 필요가 없다.

그 無는 이른바 있음이라고도 없음이라고도 말할 수 없음이요, 살았다고도 죽었다고도 말할 수 없음이요, 色이라고도 空이라고도 말할 수 없음이니 그야말로 無다.

그러나 이 無는 無明과는 전혀 다르다. 無明은 없음도 있음도 아닌 어떤 것을 깨닫지 못한 어둠과 어리석음이지 無가 아니다.

無는 이 어리석음이 깨어진 無別智무별지 이후의 초월이지 대립의 한편이 아니다.

따라서 어떤 의미에서는 도리어 天符經의 마지막 一終無終一의 그 역설적인 離邊非中리변비중의 그 '웅혼한 無'인 것이다.

그렇다면 맨 처음의 無明 역시 도리어 一始無始一의 無에 가깝다.

왜냐하면 分別智인 行-識 등은 처음이라는 하나의, 하나라는 처음의 인식에서 발생하기 때문에 그보다 더 이전의, 아니 그 근원의 변함없는 '심층무의식'의 우주적 근원 의식으로서의 '一始無始一'은 도리어 無明에 가까운 것이다.

물론 그 드러난 차원의 표현으로서는 없음과 있음 사이의 상보적 관계로 활용할 수는 없겠으나 그 숨은 차원의 復勝의 내용으로서는 전혀 십이연기와 천부경은 같은 것이라는 것이 바로 나의 견해다.

틀렸는가?

만약 틀리지 않고, 만약 그럴듯하다면 문제는 커진다.

천부경과 불교역설론,

개벽학의 근본이요, 총괄이요, 그 해석의 열매인 天符經과 화엄의 禪的 인식과 실천 사이엔 거대한 통로가 단번에 확 뚫려 버리기 때문이다.

　놀라운 일이다.

　바로 이 확 뚫려버린 통로, 그 터널에서 피어나는 흰 그늘의 꽃, 흰 그늘의 실천, 그 모심의 촛불이 바로 妙衍이다.

　妙衍은 피상적 표현으로서도 있음의 없음, 없음의 있음이 되겠지만 그 근본의 숨은 의미망에 있어서도 근본의 '無明의 一始無始一'이요, '一始無始一의 그 無明'이며 동시에 '無의 一終無終一'이요, '一終無終一의 無'이니 바로 天符經 앞뒤의 두 개의 無가 바로 부처 최후 최대의 인식론, 십이연기법 그 자체가 되기 때문이다.

　天符이야기, 妙衍이야기, 모심이야기는 이제 끝났다.

　碧巖錄 제17칙을 열고 보니 매우 재미있어 무릎을 친다.

　香林西來意향림서래의이기 때문이다.

　　　　擧, 僧問香林, 如何是祖師西來意 林云, 坐久成勞
　　　　거, 승문향림, 여하시조사서래의 좌구성로

　　　한 선승이 향림선사께 물었다.
　　　"어떤 것이 조사께서 서쪽에서 오신 뜻입니까?"
　　　향림선사께서 이르셨다.
　　　"오래 앉아 있었더니 피곤하구나."

여기 雪竇의 頌이 있다.

一箇兩箇千萬箇 脫卻籠頭卸角馱
左轉右轉隨後來 紫胡要打劉鐵磨
일개량개천만개 탈각롱두사각타
좌전우전수후래 자호요타류철마

한 개 두 개 천만 개
삿된 분별 벗어버려라
이리 굴리고 저리 굴리는 짓 쉬지 못하면
자호선사가 유철마 때리듯 해야 하리

쉬자!

妙衍은 바로 '쉼'이다.

나는 최근 엄청난 모험의 태풍에 휩쓸려 있다. 妙衍을 살아있고, 산 사람의 실제의 삶이 감각으로부터 확실하게, 날렵하게, 구체적으로, 그리고 날카롭게 인식하는 일의 필요라는 태풍이다.

그것은 참으로 어려운 것이다.

짱구돌리기가 아닌, 삶 자체의 요구로서!

나는 제일 먼저 태평양을 건너온 한 교포여성과 한국 안에서 이른바 포스트 한류, 新韓流신한류 운동의 전면에 나선 두 사람의 전문가를 만나 두 시간 넘게 한류와 아시안 네오 - 르네상스와 한·미간 신문명창조의 파트너십 건설 이른바 艮兌合德간태합덕(正易)에 관한 대화를 나누는 과정에서 妙衍의 역할을 제한된 범위에서나마 검색하였다.

이 경우 妙衍은 呂律的 律呂가 된다.

이른바 들뢰즈 用語용어로는 혼돈적 질서(Chaosmos)다. 예컨대 스톡하우젠이 비틀스와 바하를 결합하거나 서태지가 중국 고대 정형음악의 틀에 현대 한국의 '락'을 융합하려는 시도 같은 것이겠다.

15세기 이탈리아 르네상스 문화에서 핵심적 역할을 했던 invienttamentliche ausbrachtheit - 어둑어둑한 강물 위에 문득 솟구치는 한 물살의 흰 빛 - Jacob Burkhardt의 '흰 그늘' 개념이나 당대 시인 게로니모스 히에로미에의 시 구절, 흰 눈부심을 동반한 검은 악마들의 시위 같은 것이겠다.

내가 지금 추구하고 있는 동서양 융합의, 동아시아 태평양 시대의 새로운 세계 문명사 변동의 한 실천적 해석 개념 또는 열쇠로서의 '妙衍'은 다음과 같은 성격을 지니는 것으로 그 자리에서 논의되었다.

첫째, 이 경우 妙衍은 '무슨 무슨 성격이다'라는 확실한 규정이 필요한 것이 아니라 태평양이나 현해탄, 동해나 서해 같은, 그리고 오호츠크 海같은, 그리고 바이칼 같은 '검은 물' 즉 衍 속에서 솟아오르는 동서양 대륙, 또는 아시아, 아메리카나 한·미 양국과 같은 두 문명과 그 숨은 신화들 사이의 은밀한 쌍방향 소통과 공명의 숨은 차원인 눈부신 妙를 찾아내는 일이다.

그것은 무엇일까?

우선 이것을 보자.

캄차카 반도에는 9천년 몽골리안 루트 이래 반도에 축적되어 온 7천개의 신화가 남아 있다.

반도 북방의 코리악族족과 남방의 이뗼멘族 사이에 고루 분

포된 이 엄청난 양의 신화들은 기이하게도 저 유명한 전 세계 신화 수집가인 엘리아데와 레비 스트로스 등 유럽 연구가들의 신화망에서 완전히 결락돼 있다. 참으로 기이한 일이다.

이제부터 일어서는 '동북, 동아시아 태평양 신문명'의 신화적 근거를 독특하게 마련해 주기 위해 하늘이 따로 유보해 둔 것처럼 생각될 때까지도 있을 정도다.

사할린도 마찬가지다.

그런데 이 신화가 그 내용과 질에 있어서 엄청난 깊이와 이제까지의 그 어떤 신화군들과도 비교가 안 되는 무서울 정도의 독특한 세계관과 우주론, 생명관, 역사의식을 가득히 함축하고 있다는 사실이다.

그 중 놀라운 것들이 아시아 대륙으로부터 베링海 너머까지의 열입곱 개의 검은 연못과 그 검은 연못으로부터 솟아오르는 기이한 숨겨진 우주 神明신명의 눈부신 흰빛 기적과 같은 설화들, 사상들이 이제껏 우리가 인류사, 지구정신사 자체를 통틀어 알고 있었던 것들과는 판이한, 그리고 유현하고 장엄한 역동성을 보여주고 있다는 점.

특히 태양보다는 달과 陰과 물과 그늘, 여성과 지구 밑바닥의 숨은 세계 등을 오히려 중심으로 삼는 양가성, 이원성, 음양관, 신인관, 천지관을 여실히 드러내고 있다는 점.

그리고 몽골리안 루트 9천년 내내 오로지 아시아만의 신화망만이 아니라, 그 아시아 쪽과 오히려 베링 저 건너편의 알래스카, 아메리카와 안데스, 그리고 남극 바다의 온갖 신화망 사이의 끝없는 다차원의 共鳴공명과 쌍방향 통행의 흔적이 함께 온축되어 있다는 점.

특이하게도 열입곱 개의 연못(흑해에서부터 카스피, 바이칼, 오호츠크, 베링 등등 까지), 그 시커먼 물밑에 인류가 전혀 이제껏 생각해 본 적이 없는 '새파란 새 하늘'이 있다는 신화망 등등.

참으로 특이한, 그야말로 妙衍묘연 그 자체를 드러내고 있다는 점 등을 들 수 있겠다.

더욱이 이 동북방 신화망은 우리 민족의 고대 사상사의 핵심적인 근원이다. 간략히 줄여 말한다 해도 天地人의 三才와 陰陽의 兩極양극, 그리고 그것을 아우르는 '한'이라는 우주관의 근본원형은 바로 이 신화망들 안에 있는 것이다.

天符經 구성의 근본 기둥들은 말한다.

이것은 이제부터라도 동아시아, 동북아시아, 태평양 신문명 시대가 전개될 때 당연히 드러나게 될 새로운 문화의 차원에 반영되기 마련이고 또 그 드러남에 대한 진정한 해석학이나 창의력의 원천으로서 빛을 뿜는 것이 명백하다. 이 점은 동아시아만 아니라 아메리카 역시 마찬가지다.

새로운 문명창조의 파트너십이 정역과 같이 艮方(한반도)과 兌方(아메리카) 사이의 合德합덕이라면 당연히 아메리카, 특히 헐리웃 등은 바로 이 7,000개 캄차카 신화망을 현대화시키는 대규모 문예부흥(Neo - Renaissance)에 착수해야 마땅한데 이때 그 참다운 부흥의 방향과 방법이 바로 妙衍의 원리일 것이다.

그리고 이 과정에서 우리는 캄차카 남부 이뗄멘族이 목하 1,000명밖에 잔존 못하고 있는 멸종 직전 상태(빔차의 샤만카

'비에라 고베니크'의 피맺힌 하소연)에 빠진 비극적 상황을 참다운 인류애를 발휘해서 존속시키고 구출하고 부흥시켜 주어야 하는 것이다.

이 역시 밑바닥에 전락한 이뗄멘 집단 생명의 구출이라는 의미의 또 하나의 妙衍일 것이다. 7,000개의 캄차카 신화망을 헐리웃이 호용하는 것, 艮兌合德이 그 핵심이다.

또 있다.

몽골의 聖山성산 '토토 텡크리'에 최근 들어 매년 한두 달씩 전 세계 57개국 명상전문가들이 모여 토토 텡그리와 바이칼의 알혼 섬 사이에서 탄생한 六堂육당 崔南善최남선의 저 유명한 不咸文化불함문화(부르한 문화)로 멸망해 가는 전 인류의 정신을 구원해야 한다는 토의와 영적 논의를 치열하게 지속하고 있다고 한다.

우리는 이것을 어떻게 대응해야 할 것인가?

몽골의 라마교 당국은 이들의 활동을 지원할 대책을 한국에 요청해온 바 있다(나를 통해서 圓佛敎원불교에. 그러나 원불교는 거절했다.).

不咸文化는 캄차카 신화망을 포함한 동북방 사상사의 원형이다.

그것은 한마디로 불함, 부르한, 밝음, 빛, 태양, 생명이지만 더 나아가면 볼곰(八關팔관) 즉 밝은 어둠(붉과 곰)으로서 周易의 '離坎이감' 또는 '흰 어둠' 즉 '흰 그늘'의 문화내용이요, 신화요, 사상이다.

우리의 조상인 桓雄氏환웅씨(빛)와 그 아내인 熊女웅녀(곰녀,

즉 어둠의 여성)의 결혼이 신화적 근거이기도 하다. 유목민과 농경민의 융합이기도 하다.

이것은 더 말할 것 없이 그야말로 흰 그늘이요, 妙衍 그 자체인 것이다.

이것을 우리는 지금 이 시간, 이른바 화엄개벽의 모심과 그 五易的 해석 및 실천을 논하고 그 선구적 작업으로 모심의 문화혁명과 '아시안 네오 - 르네상스', 그리고 그 확대판으로서의 '동아시아 태평양 신문명'의 촉발제로서의 한류·신한류를 거론하고 추진하는 계기에 도대체 어떤 태도로 대응해야 할 것인가?

不咸의 빛, 이른바 주역의 '離卦'와 그에 토대한 離大人 즉 困君子(伏義易에 직결됨)의 '畜牝牛' 즉 남성 지혜자에 의해 여성 능력(암소)을 도리어 기르고 축적하고 주역 坤卦의 '黃裳元吉 文在內也황상원길 문재내야'의 비밀, 즉 여성 리더십을 王統으로 옹립하되 乾卦의 終日乾乾종일건건한 남성 지혜자의 대표격인 困君子(伏義氏)의 숨은(文在內也) 새 시대의 세계경영 즉 새로운 天地人의 書契와 結繩이 이를 밑받침해 주면 '으뜸으로 좋다(元吉)'는 卦辭괘사가 결구가 되는 易의 비밀을 잘 생각해야 할 것이다.

바로 이 乾卦건괘와 坤卦곤괘, 離卦이괘와 坎卦감괘(牝牛, 玄牝, 그늘, 여성) 사이의 생성적, 신성적, 역동적, 상보적 관계 안에 오늘 우리가 필요로 하는 새로운 여성시대, 남성의 도움을 전제로 한 여성 리더십의 시대를 구체적으로 결정하는 妙衍의 참된 차원이 들어있다고 하겠다.

나는 이들, LA 교포여성과 국내의 한류전문가들과의 긴 대화에서 이 같은 르네상스 운동에 있어서의 *妙衍*의 초점에 관해서 상세한 이야기를 진행하면서 기이하게도 지구 최대의 검은 물 '태평양'의 수천 미터 깊이(과학은 이 바다의 90% 이상을 아직 모르고 있다고 공개 증언하고 있다.)의 어두운 숨은 차원 그 속으로부터 맹렬한 기세로 *復勝*(개벽의 생체학적 현상)해 올라와 드디어 온 지구와 인류와 우주생명계에 *大統合*대통합해 나가는 눈부신 새문명시대의 오묘한 여명을 마치 눈으로 보는 듯 실감했다.

참으로 이상한 일이었다.

이 장엄한 *妙衍*은 새 시대의 인류문화, 그 문화에 의해 이루어질 화엄개벽의 만물해방과 대해탈의 하늘나라를 촉발하고 실현시키는 거대한 열쇠라는 느낌이 내 가슴에 가득 찬 것이다.

이 충만감, 어떤 점에서는 이십대 초반의 이름 없는 한 문학청년이 갑자기 습격한 한 이미지 앞에서 극도로 단순하면서도 무한히 광활한 세계의 열림과 그 열림의 오묘한 비밀 같은 것을 감동적으로 느끼듯이 나는 바로 이 같은 *妙衍*이 우선 *天符經* 81字의 '9×9=81' 복합생성 구조의 기이한 비밀들을 그 의미망과 그 *數理*수리의 디지털적 확산 가능성과 함께 그리고 그에 의해 열리기 시작하는 *五易*화엄 세계의 꽃밭 같은 대광경을 구경하듯이 내 심안으로 보기 시작했다.

이들과 헤어져 다른 약속을 위해 가는 길에 차속에서 떠오른 것은 최동환의 『*桓易*한역』이라는 저서다.

매우 힘은 들었으나 번쇄한 현학과 그 복잡한 여러 이어붙임

구조 속에서 우리 민족이 결코 간단치 않은 민족이요, 天符經과 三一神誥삼일신고가 대단한 易數사상임을 증명코자 하는 피어린 민족주의는 강렬하게 느껴졌다. 그러나 지금 막 우리 앞에 도래한 지구 대혼돈, 우주 대변동, 생명 대괴변과 현대문명 기틀의 여지없는 붕괴에 대해, 그것을 해석할 뿐 아니라 그 극복과 새 전망, 이른바 '화엄개벽'을 전망하고 실천할 수 있는 '한역' 즉 天符經의 모습은 눈 씻고 봐도 찾을 수 없었음을 기억해냈다.

아픈 일이지만 나는 '때의 미성숙'으로 돌렸다.

때!

그것은 天符에서도 가장 중요한 요인이다.

때는 곧 한마디로 '天'이기 때문이고 天符는 어떤 점에서는 오히려 그 '때의 징표'요, 結繩결승이자 書契서계이기 때문이다.

그때 나는 한 전통춤꾼을 만나 그녀의 춤 주장을 들었다.

그녀는 '天符經춤'을 말했다.

철저한 '律呂'라는 것이다.

그러나 나는 그에게 전통춤, 그것도 天符經에 토대를 둔 전통춤에서 무엇보다 주목해야 할 것은 妙衍 한마디에 있음을 먼저 강조했다.

그녀는 자기 춤을 율려춤이라고 강변하며 그 이유를 길게, 의기양양해서 설명하려 들었다.

내가 별로 귀 기울이지 않자 화를 냈다. 우스웠다. 나는 웃으며 예전과 달리 요즈음 스스로 호를 '독방'이라고 부른다며 '운동권 논리'를 비웃었다. 그리고 이어 그녀에게 妙衍은 검은 연못과 같은 여성 회음, 즉 사타구니 똥구멍에서부터 발원하는 장엄신비한 우주생명의 춤의 원리라고 가르쳐 주며 과거 각설이나 걸뱅이, 사당패의 품바춤이 바로 그것이고 정역의 저자 金一夫의 수련춤인 詠歌舞蹈영가무도와 南學 金光華김광화의 공중부양춤이 모두 다 이 품바춤을 원형으로 한 사타구니춤이라고 설명해 주었다.

도대체 들으려고 하지를 않았다. 그녀는 자신의 고매한 율려춤 주장 밖에는 관심이 전혀 없었다.

춤이 아니라 무슨 出世를 생각하는 것 같았다.

내가 바로 그 "품바춤이 후천세상의 율려"라고 주장한 그 말을 듣고 웃는 놈은 그 자리에서 즉사할 것이라고 공갈한 강증산의 설화까지 들려줘도 막무가내였다.

자기 말밖엔 할 줄 몰랐다.

난 알 수 없었다.

그녀만 아니라 어째서 우리나라 전통춤을 배운 여류들은 대체로 제자신의 춤의 우월성 이외엔 하등 관심이 없는 이상한 욕심쟁이들이 돼버린 건지 의아한 마음이 가득 들기 시작했다.

어째서인가?

우리 춤과 노래 등 전통예술의 교육구조인 '도제제도' 자체의 오랜 문제점 아닌가 하는 생각이 들었다.

하긴 10여년 전 부산에서 그녀에게 天符經 수련을 권유한 것도 나다. 그래서도 내가 天符經과 춤의 원천적 인연을 귀띔해주려 한 것인데 말은 天符經, 天符經하면서 자기 춤의 호칭인 '율려춤'이, 그 律呂란 말이 가진 높고 아득한 귀족적인 고

답성 그 자체 이 외엔 흥미가 없는 듯했다.

도대체 律呂와 天符經이 무슨 상관인가?

몇 마디 지적을 해도 막무가내!

우리의 민중춤은 율려보다는 차라리 여율춤(?)이라 불러야 옳다며 그 춤들이 대개 하단전보다도(그렇게들 대개 주장하지만) 실제에 있어서는 '하단전보다도 더 근원적인 생명의 샘물인 회음혈'에 있으니 이른바 사람의 몸 가운데에 가장 賤천하고 더러운 곳으로 업신여겨지는 '밑바닥 중의 밑바닥', 그러나 이 세상에서 가장 高貴고귀한 아이의 생명을 잉태하고 태교하고 출산하는 至高至大지고지대한 기능인 會陰회음과 子宮과 똥구멍, 즉 '사타구니'야 말로 참다운 '화엄개벽춤'의 첫 샘이라고 거듭거듭 강조하고 나서 나는 그녀의 아예 귀를 막고 듣지도 않는 괴상한 태도에 짜증이 나서 그대로 그 자리를 떠나려 일어설 때 문득 내 스스로 이상한 말을 내뱉고 말았다.

작년에 시청 앞 광장에 켜진 촛불은 후천개벽의 시작이라고 한다. 왜냐하면 삼천여년 동안 서쪽으로 기울었던 지구 자전축이 발딱 일어나 북극 중앙의 본래 중심 위치로 돌아가는 사건과 거의 동시에 터졌기 때문이다.

2004년에 인도네시아 쓰나미 때의 사건인데 그때에 이십 미만의 아이들, 여성들, 비실비실한 노인이나 쓸쓸한 대중 같은 밑바닥들이 정치전면에 나서는 촛불이 켜진다는 것이 김일부의 正易이다.

이것을 己位親政기위친정이라 부르는데 己位는 밑바닥이나 親政은 임금자리를 복귀한다는 뜻이다. 天符經의 '妙衍'에서, 衍의 밑바닥의 시커먼 연못이라면 妙는 거기서부터 솟아오르는 임금자리다.

그래서 천부춤은 후천개벽춤, 민중춤인 것이다.

그 말을 하다가 이어서 내가 무심코 내뱉은 한마디가 있다.

"妙란 글자가 계집녀 변에 적을 소 아닌가!"

바로 이 말이다.

내 스스로 깜짝 놀라고 말았다.

계집녀 변에 적을 소라면 바로 '여성과 어린이'다.

바로 이 여성과 어린이가 妙의 내용이다.

아니 이럴 수가 있는가!

밑바닥 시커먼 회음의 연못으로부터 임금 자리의 새하얀 높은 정치중심으로 올라선 것이 바로 여성 자신과 어린이들이라!

그렇다면,

그렇다면,

1885년에 공표된 후천개벽역인 金一夫의 正易보다 아득한 옛날 옛적에, 최소한 지구 자전축(經度경도)이 서쪽으로 자빠졌다는 2,900년 前 周나라보다 500년이나 먼저 천부경은 바로 '밑바닥이 임금 자리에 복귀한다'는 밑바닥의 억압당한 여성과 어린이가 그 시커먼 밑바닥으로부터 솟아올라 미묘한 하얀 빛으로 빛난다는 바로 그 '妙衍'을 예언해냈다는 말인가!

妙衍 다음 구절이 바로 '萬往萬來만왕만래'이니 후천개벽이요, '用變不動本용변불동본 本心本'이라는 조건절 뒤에 바로 이어지는 것은 민중직접정치, 이상정치인 '하느님 직접통치'의 상징인 '太陽昴明태양앙명' 즉 太陽政治태양정치 아닌가!

그렇다면,

그렇다면,

이미 기원전 3,400년 이전 것으로 공인된 天符經이 그때 이미 후천개벽과 태양정치의 주역이 바로 2,900년전 周주 나라 성립과 함께 시작된 周公의 多男朝蕭人다남조숙인(장년의 늙은 남자 양반들)의 통치에 의해 밑바닥과 변두리로 쫓겨난 여성과 아기들, 못난 농부들과 변방 민족들이 그 시커먼 달과 여성과 회음의 밑바닥으로부터 태양정치에로 솟아오른 여성과 어린이임을 예언했다는 말이 아닌가!

더욱이 그 다음 말인 '人中天地一'은 실제에 있어 '대화엄개벽', 우리가, 내가 지금 필사적으로 찾아가는 五易화엄경의 대해탈의 세계다.

그 조건이 妙衍이고 妙衍의 주체, 그 하얀 하느님 통치의 주체, 그 시커먼 밑바닥으로부터 하느님 통치의 주체, 그 시커먼 밑바닥으로부터 임금 자리로 돌아온 '흰 그늘'의 주인공이 다름 아닌 작년 시청 앞의 그 촛불들, 바로 그들이라는 것, 이것을 3,400년 전 天符經은 이렇게 화안히 예언하고 있었다는 말인가!

아아!

내가 미친 것인가!

나는 율려춤의 주인공인 그녀에게 인사할 틈도 없이 나도 몰래 뛰어서 인사동의 다른 골목길로 들어서기 시작했다.

아아!

이럴 수가 있는가?

'여성과 어린이가 바로 妙라!'

시커먼 회음의 밑바닥이 바로 衍이라!

己位親政의 촛불이 바로 妙衍이요

天符經의 妙衍이 곧 己位親政의 촛불이라!

나는 나의 단골집 최보살의 구석찻집 草堂초당으로 들어갔다. 숨도 돌리고 찬 수정과나 한잔하기 위해서였다. 머릿속엔 여전히 '妙衍, 흰 그늘, 여성과 어린이, 己位親政' 뿐이었다.

좁은 찻집 안에 최보살의 두 큰 따님이 보살의 어린 손자를 껴안고 앉아 있었다.

참으로 화안한 식구들이었다.

어린 손자는 더욱이 예뻤다.

그때 내 기분이 한마디로

'아니, 바로 이들이 妙衍이 아닌가!'였다.

그럴 만했다.

너무 예뻤던 것이다.

내가 최보살에게

"나 머지않아 낙향하오. 깊은 산에 가서 수양하며 책이나 쓰겠소."

이 말에 최보살이 크게 기뻐하고 축수하며 합장하는 사이 다탁 유리 아래 늘 비치해놓곤 하는 최보살의 최근 시 원고 한 장이 눈에 그대로 들어온다.

시다.

<산>

캄캄
먹구름에 갇히는
純雪순설 속 잠인 듯
깨어있는 山
여기
솟아오르네

순식간에 水雲선생의 詩 '산 위에 물이 있음이여(山上之有
水兮)'가 번갯불 치듯 내 머리를 휩쓴다.

神市다. 여성 母權모권의 上位時代 黃裳元吉황상원길의 神市
다! 妙衍은 그곳으로 향해 있다.

간단하지만 시커먼 먹구름을 뚫고 솟아오르는 흰 눈 덮은 산
의 이미지다.

흰 그늘!

妙衍!

그 어여쁜 두 딸의 하이얀 얼굴과 새하얀 어린 손자 '妙'다!

그리고 좁은 찻집에서 긴 세월 어두운 가난에 갇혀 고생해온,
그 중에도 부처님을 따르는 하루하루의 계율의 삶을 지켜온 최
보살의 어두운 삶의 연못! 최보살의 이미지는 고요한 바다, 캄
캄한 밤바다, 衍이다.

이젠 기이하다는 생각도 없다. 내가 늦게야 깨달은 것뿐이다.

妙衍의 답이 바로 이 草堂초당에 있었구나!

순식간에 다탁유리 밑에 놓인 시 '山'의 의미가 떠오른다.

'캄캄한 먹구름 속에 솟는 純雪순설의 희디흰 산'이란 妙衍 아닌가!

내가 이 이상 더 무슨 말, 무슨 사례를 들어 妙衍을 해명할 수 있으랴!

서둘러 인사동을 떠나 나는 심한 공복감 속에서도 혼자서 화안한 미소를 지으며 일산 집으로 돌아올 수밖에 없었다.

더 이상 설명이 필요 없다.

'묘심'의 주치인 흰 그늘과 妙衍의 뜻과 그 방향성의 비밀까지도 이미 나타났고 天符經은 그 알짬이 해명되었으니 이제 正易의 개벽에 의한 화엄세계는 사실상 다 이루어진 셈이다.

이 세 가지 사건이 연이어 일어난 바로 그날 아침나절의 碧巖錄은 제19칙 俱胝一指구지일지다.

　　　　擧 俱胝和尙 凡有所問 只豎一指
　　　　거 구지화상 범유소문 지수일지

　　　　구지선사께서는 어떤 사람이 무슨 질문을 하던 간에
　　　　그저 손가락만 하나 까닥 세워 보이셨다.

여기에 雪竇선사의 頌 하단에

　　　　曾向滄溟下浮木 夜濤相共接盲龜
　　　　증향창명하부목 야도상공접맹구

망망한 바다에 나무를 띄워 놓고
밤의 파도 가운데서 눈 먼 거북 건짐일세

기이하다.
벽암록이 이처럼 言外의 벼락불처럼 진실을
드러내는 걸 놀라서 바라본다. 기이하다.
妙衍은 손가락 하나처럼 그저 우뚝한 것이다.
이튿날 이 부분 정리하며 碧巖錄 제20칙 龍牙西來意 용아서래
의를 보며 또 한 번 깜짝 놀란다.

龍牙和尙이 祖師西來意 조사서래의를 묻는다.
翠微 취미가 대답한다.
"그 선판을 가져오게!"

그 방석으로 친다. 그러나 龍牙는 못 깨닫고 계속 西來意만
우긴다.
雪竇가 개탄한다.
祖師西來意를 공부하기 위한 선판과 방을 주었는데도 못 깨
닫고 고집만 세우는 칠통이라는 것이다.
아아.
唐代당대의 禪은 과연 華嚴法身의 진정한 모심이었다. 그것
은 거의 妙衍에 가깝다.
'손에 쥐어줘도 모른다'는 말이다!
아아, 이 시대여!

그러나 또 하룻밤이 지나 아침 공부적에 다시 碧巖錄 제21칙 智門蓮花지문연화를 열고 보니 이렇다.

> 擧 僧問智門 蓮花未出水時如何 智門云 蓮花
> 僧云 出水後如何 門云 荷葉
> 거 승문지문 련화미출수시여하 지문운 련화
> 승운 출수후여하 문운 하엽

한 선승이 지문선사께 물었다.
"연꽃이 물위에 나온 뒤는 어떻습니까?"
지문선사께서 이르셨다.
"연잎."

연꽃과 연잎의 차이는 무엇일까?
물 속에서 나오지 않으려고 악을 쓰면서도 순전히 제 고집으로 '율려춤'이라는 중국 귀족미학, 남성 가부장 우주론의 치장을 앞세우는 그 칠통은 '연잎'인가?
그러나 그 뒤에 붙은 雪竇의 頌에
"물에서 나오지 않은 때니 나온 뒤니 하며 연꽃, 연잎을 떠드는 것 자체가 여우같은 의심 다할 날이 없는 것"이라 했다.
아아, 그렇다!
'율려춤'이란 그의 고집불통의 필사적인 자기 치장 역시 하나의 '妙衍'인 셈이다. 옳다!
실패했음에도 페미니즘이 지금도 젠더 투쟁에 매달리는 것이나(리나 세프첸코의 토틀리스 FENEN), 반대로 여성적 惡, 고르곤의 시커먼 女神과 같은 제 아이 잡아먹는 어둠을 아랑곳하지 않고 여성의 神聖性신성성(史誣, 神官시대 공동체 여성지배 주장)만에 의한 세계 구원을 고집하는 이리가라이亞流아류의 신성 페니미즘 역시 어두운 연못의 己位(大荒落位대황락위)로부터 흰빛의 親政 위치에로 발딱 일어서고자 몸부림치는 妙衍의 한 과정이 아니겠는가!

아아!

이제 되었다.

단순한 龍牙西來意용아서래의만은 아니다.

도리어 그 안간힘,

마치 촛불이 이미 켜졌음에도 그것을 휘젓고 옛날식의 횃불과 숯불로 거듭거듭 고집하는 親政운동도 역시, 역시 하나의 己位의 妙衍으로 가는 몸부림 과정으로 볼 수도 있지 않겠는가!

됐다.

나는 이쯤에서 妙衍공부와 天符易 기초 공부를 마친다.

다시 五臺山이 妙衍속에서 떠오른다.

아름답다.

촛불이긴 하지만 강증산이 씨구춤(사타구니 오금질, 보지춤, 이른바 싸이의 말춤)의 품바품바를 '呂律이 아닌 律呂'라고 구태여 부르고 반대하는 놈은 그 자리에서 즉사한다고 악담을 한 큰 뜻을 이제 조금 알겠다.

연꽃이든 연잎이든 크게 보아서는 똑같은 '연'이다. 그리고 '연'은 갈 데 없는 화엄의 상징인 것이다.

깊은 연못에서만 피는 연의 妙衍, 그 피어남에 연꽃인들 연 잎인들 무슨 구분이 있으랴! 이미 좁고 어두운 草堂의 밤바다 에 작정한 듯 피어있는 하아얀 두 젊은 여인과 한 어린이의 연 꽃을 놀라서 보고난 뒤의 일이다. 妙衍의 연꽃을 보았다면 연 잎의 妙衍도 자연히 보이는 법.

연꽃이나 연잎이나 妙衍 안에서는 모두 다 智門! '지혜의 문'인 법이니 그래서 공안 이름이 智門蓮花지문연화일 터!

됐다.

우리는 이제부터 五易을 본격적으로 공부해야 한다. 어찌됐 던 天符經 해석을 시도한 사람은 많으나 五易은 역사 이래 첫 사건이다.

더욱이 天符, 그것은 妙衍 안에 압축된 天符로 五易과 華 嚴을 개벽적으로 奧妙推衍오묘추연하는 작업은 개벽 후 初有의 일이니 영주 봉화 뒷 산맥의 기이한 낭떠러지기 바위의 이름 '初眉, 첫 이마'를 이 五易 첫 시작 위에 부친다.

初眉에 동해의 첫 태양이 비칠 때 그 바위 안에, 밖에 自生 하는 온갖 금속류들과 식물들, 약초들 수수백가지의 향기와 광 채가 기기묘묘한 수천가지 아름다움을 발하며 동시에 그 근처 의 독초와 오염과 부패의 노쇠, 그리고 파열을 생태학적, 풍수 학적으로 실질적, 효과적으로 치유한다고 한다. 치유다!

전설이 아니라 그 이야기가 끄트머리지만 신경준의 『山經表』 에 실려 있다.

이것을 읽은 사람도 대운하니, 4대강이니, 준설이니, 개발이 니, 무식 천박한 쌍놈의 나팔을 계속 불어댈 수 있을 것인가?

하면 틀림없이 망한다.

서양에도 동양에도 없는 무식천격이 오늘 이 땅 정치 현실에 나타나는 것, 나는 이것을 역시 五易華嚴의 위대한 신비가 현실화되는 참다운 개벽의 조짐, 그 逆行菩薩역행보살의 기이한, 기이한 조짐으로 본다. 그럴 수밖에 더 있는가?

이 아름다운 初眉의 첫 햇살, 첫 이마의 소슬한 풍광을 무슨 말로부터 시작할 것인가?

여기에 세 마디가 붙을 것이다.

첫째, 正易의 한마디
三八同宮의 '同宮'의 오묘한 그 복합적 의미망에 관해서

둘째, 文王易의 한마디
坤卦의 '黃裳元吉 文在內也황상원길 문재내야'의 五易 華嚴開闢 안에서의 복합적 의미망에 관하여

셋째, 伏羲易에 관련한 한마디
주역 離卦이괘의 '畜牝牛축빈우'에 대한 伏羲易的복희역적 근원 의미로부터 上帝照監상제조감, 不咸, 예수, 八呂四律의 多勿과 페미니즘, 이리가라이 등 현대적 의미망'까지의 화엄개벽 모심과 흰 그늘 美學, 네오 - 르네상스 연관.

이것이 첫 이마, 初眉의 그 아름다움의 비밀이란 말인가?
그렇다.

지금 오고 있는 대혼돈, 대변동의 첫 단추는 바로 이 첫 이마의 소슬한 숭고, 심오의 흰 그늘 아니면 끼울 수 없다.

열쇠 없이 단추는 못 끼운다.

우선 이 세 마디 易卦爻역괘효의 집중적 妙衍, 奧妙推衍오묘추연부터 시작하자. 이 시작이 마치 카오스 이론의 초기값처럼 이후 전 우주적 大力動대역동 전체 국면의 모든 것을 함축한다.

우리는 '妙衍天符'의 열쇠로 바로 五易화엄경의 이 세 마디의 첫 단추라는 북경나비춤의 초기값을 훌륭하게 결정해 나가야 한다.

자!

이제 시작이다.

'첫 이마', '初眉'라 했다.

三八同宮과 黃裳元吉 文在內也와 畜牝牛의 易理를 天符의 妙衍으로 奧妙推衍하는 五易華嚴經에 대한 '華嚴開闢 모심'의 첫 삽을 뜬다고 했다.

무엇이 '奧妙推衍'인가?

먼저 이 질문에 답해야 한다.

이 답을 얻으려면 우선 推衍이 무엇인가를 물어야 한다. 周易, 즉 文王易의 전체 卦爻의 복잡한 의미 연관과 그 공능을 해석하고 현실에 적용하는 繫辭傳계사전으로부터 시작된 온갖 종류의 '밀어 넓힘'인 推衍은 사실 하나의 金尺금척, 즉 이상적 사회현실 실현의 금과옥조를 기초로 해서 이루어지는 해석적용 체계인 것이다.

무엇이 그 金尺이 되었던 것인가?

周文王이 卦爻를 창안하고 구성했다면 그 卦爻의 해석과 적용의 정치적 잣대는 周公의 정책이념이고 그 철학적 잣대는 孔子의 사상이다.

크게 보아 두 가지 잣대가 엇섞여서 이른바 '밀어서 넓힘'의 뜻인 妙衍의 그 '밀어붙이는 推'는 周公의 정치 이념이고 '크게 넓혀서 적용하는 衍'은 孔子의 철학사상의 기능이라고 말해도 크게 틀리지는 않을 것이다.

그러므로 周易類의 推衍으로 오늘날, 더욱이 後天時代의 大開闢과 大華嚴과 그것을 실천하는 禪的인 必死的인 모심이라는 至難지난한 과제를 '밀어 넓힐' 가능성이 주어질 까닭이 없는 것이다. 물론 참고는 가능하다는 점을 전제하고 말이다.

더 나아가자.

正易에 의하면 후천개벽은 한마디로 己位親政 즉 밑바닥이 임금 자리에 돌아옴이고 그것은 三千年天地傾危삼천년천지경위 즉 지구 자전축이 서남북 방향으로 3,000년 동안 크게 기울었던 己位, 즉 '大荒落位대황락위', 지옥과 같은 밑바닥으로부터 북극 중앙의 본래의 우주 중심을 회복함이다.

그렇다면 왜, 어째서, 자전축이라는 우주 운행의 중심 기능이 중앙으로부터 서쪽으로 기운 것이며 그 시작인 3,000년의 역사적 의미는 무엇인가?

天地傾危와 己位親政의 正易의 易理는 물론 우주적 지구적 인류적 사건이지만 그 易天文學的역천문학적 관점은 역시 동아시아에 그 근거가 있다.

따라서 동아시아 역사에서 3,000년, 정확히는 2,900년 전이 무엇인지를 먼저 생각해야 한다.

그것이 무엇인가?

바로 周易을 창안한 文王과 王朝變革왕조변혁으로 周나라를 창건한 武王무왕시절인 것이다. 이어서 周公에 의한 통치시대인 것이다.

그리고 이 시대가 곧 동아시아 역사 안에서는 이른바 男性家父長制남성가부장제와 封建通治봉건통치, 철저한 王權國家왕권국가와 中國中心主義의 이른바 동양적 先天시대의 가장 전형적인 帝國제국, 이른바 中國이니, 中華니, 中原중원이니 하는 제도적 자기중심성이 확립된 시기이다.

바로 이때 지구 자전축, 즉 우주 운행의 중심기능(하느님 통치의 중심기능?)이 西南北方으로 傾危경위했음은 무엇을 뜻하는 것일까?

자전축 기움은 곧 그와 함께 북극성, 북두칠성, 그리고 북방 천공의 여러 星雲群성운군과 은하계들의 동반경사를 의미한다.

이 엄청난 지구와 우주의 대변동이 갖는 뜻은 무엇이며 이것이 전혀 逆方向역방향으로 회복되는 현대의 後天開闢후천개벽이 갖는 우주변동의 뜻은 또 무엇인가?

도대체 그렇다면 그 이후 시작된 周易의 卦爻가 우주 자체의 객관적 질서로서 항속적 의미를 갖는다 하더라도 그 역사적 사회적 정치철학적 인생론적 해석 방법인 推衍이 과연 올바른 해석 적용의 金尺이 될 수 있을 것인가?

周易의 卦爻풀이나 그 점괘가 오늘 우리의 삶에 대해서 맞기도 하고 안 맞기도 한, 오히려 잘 안 맞는 일이 더 많은 현상에 대해서 郭沫若곽말약이나 金正錄김정록같은 中國學者들의 대답은 다음이다.

"3,000년 전의 세상과 지금 세상의 삶이 형태와 그 종류의 경우의 숫자가 엄청나게 많은 차이가 난다. 3,000년 전에 가령 100가지 삶의 사례가 있어 하나하나 다 맞출 수 있었던 易理도 요즘 같은 1,000가지, 10,000가지 엄청나게 불어난 삶의 온갖 사례를 다 맞출 수 없는 것은 당연하지 않은가!"

과연 그럴까?

까닭은 거기에 그치는 것일까?

그런 까닭도 아예 없지는 않을 것이다. 그러기에 맞기도 하고 안 맞기도 하는 것이겠다. 그러므로 推衍의 아직도 남아있는 효력을 인정하고 周易의 기능을 원천적으로 인정하면서 그에 대해 五易 복합의, 그리고 天符의 妙衍에 의한 奧妙한 推衍으로 새롭게 개벽적으로 대응할 수밖에 없는 것이겠다.

正易의 '三八同宮'에서 가장 중요한 점은 이 易理가 우리가 찾는 '華嚴開闢화엄개벽모심'의 총론을 압축하고 있다. 그것을 실천하는 모심의 대강이 가장 적나라하게 드러나 있다.

이 점에서 '三八同宮'은 初眉 중의 첫 이마인 印堂인당이라고 부를 수도 있겠다. 그만큼 총괄적 특징을 여실히 보여준다.

三八同宮은 '밑바닥이 임금 노릇하는 직접민주주의의 己位親政 - 十一一言과 기존의 지식인, 종교인, 정치인이 한발 뒤로 물러나 문화, 제사, 교양으로 돕는 대의 민주주의의 戊位尊空무위존공 - 十五一言 사이의 융합'이다.

'三八同宮'은 그 뜻 자체로서 이미 華嚴開闢이다. 왜 그런가? 正易이론가 李正浩의 『正易과 一夫』에서 보자(p.93~99).

三八이 同宮동궁이라 하나 거기에는 엄연히 內外, 生成, 奇偶기우의 나눔이 있는 것이다.

곧 같은 데도 다른 것이 있고 다른 가운데도 같은 것이 있음을 알아야 할 것이다. 周易에도 그런 論理논리는 엄격하니 예를 들면, 同人于野동인우야는 天下大同의 理想이상이지만, 大同 中에 小異소이가 없을 수 없고, 또한 小異가 있음으로 해서 大同도 더욱 亨通형통하는 것이기 때문이다. 우리가 政治, 經濟, 文化, 宗敎 등 모든 분야에 있어서 하나의 世界를 지향하여 노력하고 있음은 오늘날 우리에게 주어진 至上의 課題과제요, 또한 理想의 追究추구라 하겠다. 그러나 이것은 盲目的맹목적인 統合통합, 不自然부자연한 統一통일, 强制的강제적인 一色이어서는 안 된다는 것이다. 필요에 따라서는 世界唯一세계유일의 政府정부, 世界共同의 市場시장을 構成구성하고 實現실현할 수 있겠지만 그렇다고 해서 民族固有민족고유의 文化문화, 言語언어, 風俗풍속, 習慣습관, 思想사상, 宗敎종교 등을 無視무시하고 抹殺말살하여 억지로 같이 할 必要필요는 없는 것이다.

설사 어떤 막강한 힘이 있어 억지 統一을 한다 하더라도 人心은 결코 이에 悅服열복하지 않을 것이며 民衆민중은 거기서 참다운 幸福행복과 自由자유와 平等평등을

發見발견하지 못할 것이다.

왜냐하면 그것은 大同 中에 小異가 없기 때문이다. 우리는 한 집안, 한 가족끼리도 性格성격, 趣味취미, 食性식성, 嗜好기호, 才能재능 등이 다 달라서 억지로 같이 할 수 없는 부분이 많이 있다.

이것을 强制강제로 同一하게 한다면 그 家庭가정은 결코 幸福행복스럽지 못할 뿐 아니라 早晚間조만간 破綻파탄을 免면치 못할 것이다.

한집안, 한 家庭이 그럴진대 하물며 한나라 한民族 더구나 世界의 많은 民族과 人種인종에 있어서랴! 그러므로 天下大同을 指向지향하는 (周易의) 同人卦에도 그 象傳상전에 '군자 以하여 類族류족으로 辨物변물하나니라' 하여 아무리 大同世界라도 다를 것은 달라야 함을 君子군자의 當爲事당위사로 하고 있다.

이것은 大同 中의 小異의 必要性을 主張주장하고 있는 例예이다. 實실로 物之下齋물지하재야 말로 物之情물지정인 것이다. 盲目的맹목적인, 形式的형식적인, 反人情的반인정적인 同一性 乃至내지 平等性평등성을 警戒경계한 것이라 하겠다.

어쨌든 睽孤규고는 小異를 버리고 大同하기를 요구한다. 갈라선 것은 合하기 위하여 갈라선 것이요, 헤어진 것은 만나기 위하여 헤어진 것이 그 論理논리다. 合하고 하나가 되고 大同하는 것이 至上지상의 課題과제요, 睽卦규괘의 結論결론이다. 그러므로 그 象傳상전에 '君子 以하야

同而異동이이하나니라'고 한 것이다.

以上이상에서 우리는 大同대동 中 에도 小異가 필요하고, 경우에 따라서는 小異를 止揚지양하고 大同으로 나아가야 됨을 보았다.

이 論理는 三八同宮삼팔동궁, 艮兌合德간태합덕, 十一用政십일용정에 있어서도 충분히 고려되어야 할 것이다.

艮兌合德과 十一用政의 內容내용에 대하여는 本書본서J 中 <十五一言에 대하여>의 '山澤通氣論산택통기론'에서 詳論상론하였으므로 여기서는 重複중복을 피하고 다만 艮兌合德과 同而異, 異而同과의 관계에 대하여 一考일고를 加하는 데 그치고자 한다.

三八同宮은 卦圖上괘도상으로 볼때에는 艮兌合德이라 하겠다. 文王八卦圖문왕팔괘도에서 終萬物종만물한 八艮팔간은 東北동북에서 正東으로 한 方位방위 옮겨 앉음으로써 '震變之艮진변지간'을 이루어 始萬物시만물하는 位置위치에 當당하고, 先天선천에 正秋정추의 氣를 받아 萬物을 기쁘게 하던 七兌칠태는 乾坤의 傾危注力경위주력을 一身일신에 힘입어 急速급속한 成長성장을 이루어 '女歸吉여귀길'의 態勢태세를 갖추고 제자리에서 180° 轉換전환을 하여 三兌로 定座정좌한다.

이렇게 해서 八艮은 '取女吉'의 단란한 一家를 이루니 이것이 곧 三八同宮이요, 艮兌合德인 것이다.

'艮이 君子像군자상인데 대하여 兌는 萬民像만민상이다.'

正易八卦圖정역팔괘도에 의하면 艮은 正東方이요 兌는

正西方이다. 周易에 艮은 山이라 하고 兌는 澤택이라 하였다. 山澤을 人身인신에서 取象취상하면 山은 鼻비요, 澤은 口이다.

山澤通氣는 飮食攝取음식섭취와 呼吸作用호흡작용을 意味의미하는 것이 그 중요한 뜻의 하나이다.

그러므로 兌는 주로 먹는 살림을 맡고, 艮은 주로 숨 쉬는 작용을 맡았다 할 수 있다. 먹는 살림은 땅과 肉에 속하는 것이요, 숨 쉬는 작용은 하늘과 靈영에 속하는 것이라 하겠다. 우리는 肉육으로만 살 수도 없고 靈으로만 살 수도 없다.

靈과 肉이 合同합동하여야 살 수 있음은 먹기만 하고 숨을 쉬지 않으면 살 수 없는 것을 보아도 알 수 있다. 어떤 의미로는 肉보다도 靈이 더 急급하다.

왜냐하면 三日 굶어도 죽기 어렵지만, 三分間 숨을 못 쉬면 살기 어렵기 때문이다. 어쨌든 艮과 兌는 우리의 몸에서 靈과 肉의 살림을 맡아하듯이 나라와 나라에서도 艮이 할 일과 兌가 할 일이 다른 것이다.

正易八卦圖에서 八艮은 十乾과 二天의 權能권능을 이어 받고 있으니 天下의 生命생명에 活力활력을 불어 넣을 使命사명이 있고, 三兌는 五坤과 七地의 權勢권세를 물려받고 있으니 世上의 肉身을 길러줄 의무가 있다. 艮에서는 온 天下의 生命을 기르는 精神정신의 糧食양식, 즉 宗敎와 哲學철학같은 指導原理지도원리 - 聖人垂道성인수도에 의한 '養心湯양심탕'이 나와야 하고, 兌에서는 온 세상 사람들이 다 먹고 남고 입고 남을 肉身의 糧食양식 즉 經濟경제와 科學과학같은 富有機構부유기구 - 將軍運籌장군운주에 의한 平胃散평위산이 마련되어야 한다. 그래서 艮과 兌는 一心合力일심합력하여 이때까지 靈肉의 貧困빈곤과 混亂혼란속에서 헤매어 오던 先天선천의 選民선민으로 하여금 차원 높은 풍요의 터전으로 擧揚거양하여 無量福祉社會무량복지사회에서 '安土敦仁안토돈인'하게 하여야 할 것이다.

이것이 艮兌에게 주어진 使命사명이요, 義務의무라 생각된다.

이 使命과 義務를 다하는 데는 역시 同而異 異而同의 原理원리를 철저히 인식하여 艮兌가 다르다하나 同歸而殊塗동귀이수도하고 一致而百慮일치이백려이니 종당은 하나로 歸一귀일할 것이요, 三八이 同宮이라하니 本質본질은 다른 것인즉 大同 중에도 小異가 있음을 상기하여, 空然공연히 天下를 一色으로 彩色채색하려는 愚擧우거를 止揚지양하고, 各自가 있는 곳에서 自得자득하여 個體개체와 全體전체가 均衡균형을 이루면서 個體는 全體의 一環일환으로, 全體는 個體의 統合통합으로 서로 體用互根체용호근하여 彼此間피차간에 秋毫추호도 그 絶對的절대적 價値가치를 喪失상실함이 없이 더욱 明朗명랑하고 더욱 親善친선하여 後天無量世界후천무량세계의 새로운 秩序질서를 確立확립하여야 할 것이다.

이것이 三八同宮, 艮兌合德의 目標목표라 하겠다.

물론 李正浩의 三八同宮 해설이 正易 자체의 숨은 뜻 그 자체라고 확단할 수도 없고 그대로 華嚴사상과 같다고 할 수도 없다. 상당한 정도로 차이가 있을 것이다. 더욱이 이제부터 天符妙衍천부묘연으로　奧妙推衍오묘추연하여　화엄개벽의　실천적 모심으로 전개할 때는 더욱 그럴 것이다.

　다만 近似근사하게나마 화엄의 세계, 例컨대 '月印千江'이나 '인드라網망' '個體融合개체융합'이나 '各知不移각지불이'의 세계에 접근하는 해설이고, 지금 진행중인 '금융위기 이후 동아시아 태평양 신문명 전망'에 있어서의 韓美間의 경제·사회·문화적 파트너십에서 요청되는 '禮三千而義一예삼천이의일'(삼천가지 제도개혁과 우주생명사상의 통합)의 관점에서, 더욱이 '호혜·교환·획기적 재분배'의 神市부활과 '同塵不染 利生常道동진불염 이생상도'의 화엄경제관의 현실화에 연결되는 目前의 경제구상으로 볼 때 적절한 개벽 易學의 한 총괄원리이기 때문에 충분히 존중할 필요가 있겠다.

　이제 妙衍에 의해 참으로 현대, 초현대적, 세계, 우주적 화엄개벽의 각론 수준으로까지 이 총론을 차차 구체화하는 일만 남았다.

　참으로 驚天動地경천동지할 화엄개벽 모심 실천의 참 전제조건인 天符妙衍의 正易해석 적용에 있어 가장 先決선결문제는 다름 아닌 '三八同宮의 卦爻풀이'에서 如何여하히 妙衍의 구체적 개진인 天符數理의 의미망이 적용되느냐 하는 점이다. 그 전 단계로서 三八同宮의 易理가 卦爻차원으로 정리될 필요가 있다.

三八同宮의 卦爻는 다음과 같다.

1. 艮은 止다 止는 正易에 의하면 正東이다. 즉 '한반도'다. 또한 艮은 남성이고 예지와 사상의 영역이다.

2. 八艮은 西北에서 正東으로 位相위상을 바꾼 震卦진괘로서 후천시대 우주개벽의 中原이다. 心을 살리는 養心湯양심 탕으로 사상, 문화, 종교, 신화에 의해 새로운 文明時代의 삶의 아키타입을 계시하는 聖杯성배의 민족이요, 지역이다.

3. 艮은 艮君子로 드러나는 困君子곤군자(周易의 困卦)요, 離大人(周易 離卦이괘의 '畜牝牛축빈우하여' '書契·結繩' 을 창안하는 伏羲氏복희씨나 나사렛 예수 같은 '女性 옹호 자' 흰 그늘의 메타포에서 女性의 그늘에 대응하는 흰 빛 의 상징이며 不咸(붉곰)文化의 담지자)이다.

4. 兌는 悅열이다. 끝없는 悅이니 영속적인 에로스와 에너지 의 샘물이다. 兌는 正易에 의하면 '正西'다. 卽 미국, 아 메리카 합중국이요, 아메리카 합중국 안에 함축된 유럽문 명이겠다. 또한 兌는 女性이고 물질적 풍요와 쾌락과 生 産力생산력과 현실주의의 영역이다.

5. 三兌는 연못 중에도 깊은 물 흥건한 연못, 즉 妙衍의 그 衍에 연접돼 있다. 따라서 현실적인 실증과학의 발달과 컴퓨터 등의 디지털 네트워킹, 온갖 세계 양식의 종합 및 확산 수렴의 축적순환과 확충, 환류, 일체의 현실사회 및 경제, 정치, 생활문화, 환경 분야, 기술 분야, 식량생산 분 야 등에서 치명적 근거를 이룬다. 正易의 비유로는 먹고

마시는 약인 '平胃散평위산'의 메타포이겠다. 현실의 미국 문명이 대표하는 세계양식 일체다.

6. 바로 이같은 三兌八艮이라는 平胃散과 養心湯의 兩立이나 相補상보관계 정도가 아니라 그야말로 '月印千江'처럼 본디 동일계열의 근본의 充이나 隱은이 수천만 수억만 가지로 擴확하고 顯현하여 還流환류하고 遁置둔치하며 復勝하고 擴充하는 상관관계가 곧 同宮이니 그 근본은 同宮이되 단일종류가 아니라 수백 종(種)의 세계양식과 수십 류(類)의 生命靈생명령의 解脫門해탈문 사이의 '同而異'의 복잡한 同宮이 바로 화엄개벽인 것이다.

7. '同宮'은 己位親政의 十一一言에 입각한 十一用政과 戊位尊空의 十五一言에 토대한 十五用政의 두 가지 '우주 생명학적 정치 양식'으로 이루어진다. 이 양식을 동아시아 고대사상은 太陽之政, 太陽政治라 불렀고 老子는 我無爲而民自化아무위이민자화(성인인 나는 아무것도 직접 하지 않는데 백성이 스스로 통치한다)라고 했으니 기독교의 이른바 '하느님 직접통치'다. 다른 것 아니다. 표현의 상이성에 속지 말라. 바로 이것이 '만물해방'이고 '세계가 세계 자신을 인식하는 대해탈, 대자유'이니 곧 하늘나라요, 화엄개벽인 것이다.

   三八同宮이 화엄개벽이다. 정확하게 말하면 '화엄개벽의 개벽실천적 정치형식'이다.

8. 여기서 우리는 易數, 또는 象數學的상수학적 卦爻 전개의 의미망을 생각지 않을 수 없다. 이것은 과학적 실천의 기

획 구상에도 근거가 되겠지만 그 소통의 '디지로그的 네트워킹', 영성컴퓨터나 우주생명컨셉터의 기본원리로 되기도 하기 때문이다.

이것은 오늘날 전 세계 인류의 신세대 속에 이미 확고히 자리 잡은 소통양식의 중요한 의미를 반드시 고려해야 한다는 것이니 그저 낡은 담론 수준, 道學的도학적 진리나 先天的 大腦대뇌경륜, 신비주의 수준에 그칠 수 없다는 이야기다. 확고하게 열고 나가야 하는 것이다.

9. 우리는 己位親政기위친정에서 己位가 陽干支양간지, 陰干支 사이의 제6번인 '大荒落位대황락위'임을 알고 있다. 이 '大荒落位'에 관해 자세히 알 필요가 있다. 아니, 절실하다.

이제까지의 易學들은 己位, 荒落, 이른바 나락과 같은 밑바닥을 그저 '밑바닥'이라고 표시할 뿐 표현도, 표출도, 표충도 하지 않았다.

어둠을 즐길 사람은 아무도 없다. 그것을 악마적으로 드러내서 怪奇괴기의 영역으로 끄는 것은 예술의 영역이지 지금 여기의 우리 공부의 영역은 아니다.

그러나 妙衍은 '흰 그늘'이기도 하다. 卽 白闇백암이니 '하얀 어둠'인 것이다.

己位와 大荒落位를 잘 알아야만 親政친정을, 나아가 尊空존공의 진정한 의미를, 그리고는 同宮의 광활하면서도 구체적인 衆生苦중생고의 해방작업의 意義의의를 깨닫게 되는 것이다.

여기에 대한 몇 개의 항목이 특별히 주어질 것이다. 마치 대화아카데미 발제문 '화엄개벽의 모심'에서 1927년 일본 동경 고등재판소의 價島奧利子가도오리자 남편 살해사건 공판 진술 같은 것들이 상세히 例證예증되고 이것이 '마고 꼬꿈끄'의 어두운 神性과 연결되며 현대 Pascuci의 惡악과도 직결해서 그 '검은 그늘'의 의미가 뚜렷해져야 한다. 이것은 妙衍의 그 衍의 근거로서 妙의 절대 조건이기도 하며, 이것은 '奧妙推衍'의 실제 과정에서 구체적으로 나와야 한다.

10. 三八同宮은 艮兌合德간태합덕이고 艮兌合德은 山澤通氣산택통기다. 韓美間의 신문명 창조의 파트너십이고 그 비전은 우선 '산위에 물이 있는' 神市, 즉 호혜, 교환, 획기적 재분배의 현대적 실현전망이다.

    이 三者關係삼자관계의 정확한, 卦爻的 奧妙推衍이 반드시 있어야 한다.

    이것은 구체적으로 震選補弼진선보필, 즉 日中協助體制와의 상관관계를 함께 다루어야 이루어지는 일이고 동시에 'the integrated network'로 압축되는 세계 현실체제의 '중심 있는 탈중심'을 제대로 다루어야 풀리는 일이다.

11. 우리는 燈塔八卦등탑팔괘, 燈塔易과 正易 사이의 方位, 그 方位의 卦爻 변동에 대해서도 섬세하게 妙衍해야 한다. 이것은 후천개벽이 추상이 아니고 화엄이 곧 개벽이라는 몽롱한 짐작에 맡길 수 없는 일임을 뼈저리게 알릴 것이다.

12. 따라서 세계의 중요한 나라들만을 기초로 하는 화엄개벽의 三八同宮 전개가 아닌 무수한 작은 민족들, 지역들, 문명들, 대륙과 섬들, 바다와 하늘, 우주의 여러 별들, 외계, 時間시간 前後전후, 중생만물과 티끌까지도, 우리가 창안한 모든 예술품, 디자인, 기계들까지도 모심의 대상으로서 화엄개벽의 실천적 三八同宮의 妙衍 대상 안에 확고히(!) 들어와야 한다. '확고히!'다.

이것이 발 프럼우드의 '모심의 문화대혁명'일 것이다.

이렇게 妙衍의 첫 단계를 정역의 三八同宮으로 놓고 열 두 가지 卦爻풀이를 하는 중에서 혹자는 의심을 낼 수 있을 것이다. 그것이 그저 평이한 풀이에 불과하지 어떻게 奧妙한 推衍이라 할 수 있겠는가라고.

하긴 그렇다.

오묘한 易理의 전개를 기대했을 것이다. 또 이어서 易數의 광활한 數式수식도 기대했을 것이다. 그러나 이 지점에서 한 가지 분명히 하자.

三八同宮은 화엄개벽의 총론 비슷한 것이라고 했다. 易理의 卦爻괘효풀이나 易數의 數式은 어떤 경우에도 총론이나 개설이나 광대한 전망에서는 통용되는 법이 없다. 그 원리를 담는 것은 繫辭계사인데 그것은 哲學이지 公式공식이나 數式이 아닌 것이다.

卦爻의 推衍에서도 類에 속한 영역은 도리어 哲學 등에 가깝고 種에 속한 영역은 科學에 가깝다. 數理의 경우에는 더욱 그렇다. 宋나라 程伊川정이천은 易理의 大家다.

그의 말이다.

"定정은 訟송이 아니다. 定은 우주의 이미 완성된 定理이니 변할 수 없고 訟은 사람이 우주와 생명의 이치를 변화 속에서 논구하는 것이다. 變변이 도리어 정상이다. 易卦에서 定은 하늘에 속하고 訟은 땅에 속하며 數理는 定에 바탕하여 訟을 전개하는 사람의 이치이니 그 전개는 不變불변의 원리를 전제하되 한 경우에도 변치 않음이 없다. 이는 易의 세 가지 원리인 天地人의 不變, 易變역변, 變法변법에 해당한다."

우리는 三八同宮 안에서 그 妙衍을 통해 도리어 화엄개벽의 큰 원리와 함께 그 전개의 가변성과 그 인간적 실천의 無常性무상성 사이의 원칙과 상관을 배우는 것이다. 다름 아닌 이것이 '三八同宮의 妙衍'이니 이미 제시한 열 두 항목이 그것이다.

물론 후천개벽은 우주 자체의 대변동이니 그에 따른 예상 못할 숱한 怪變괴변이 있을 수 있다. 그런데 그것은 동아시아 사상사에서, 또는 天符經에서 통용적으로 天이라 부르는 水雲의 이른바 '綱강' 즉 원리 원칙이 그처럼 變動변동하는 것은 아니다.

우주라하나 그 우주의 天이 아니라 天의 綱에 토대를 둔 地의 質질의 변동체계일 뿐이라고 보는 것이 易이다. 易에서 天이 변한다면 易은 없다. 乾건과 天은 다른 개념이다. 이 또한 정밀한 철학적 논쟁이 필요한 사안이나 이 경우에는 해당하지 않는다.

때로 易의 세 원리인 變易, 不易, 簡易간역(모든 것은 변한다. 변치 않는 것이 하나 있으니 모든 것은 변한다는 원칙이다. 변화는 간단한 부호로 표시한다)를 들어 天도 변한다고 주장하는 사람이 있으나 이때의 天은 天符에서 처음 제기된 一始無始一에서의 그 '一' 즉 '한' '한울'로서의 보통 표현인 天이 아니라, 그 뒤의 사용방법인 '하늘' 즉 '허공 우주'의 뜻으로 썼을 때에 한한다.

易學에서의 天地人의 구분은 도리어 天이 '한울' 즉 水雲의 이른바 '五行之綱'의 뜻에 토대를 두고 있다.

이것은 특히 孔子 찬술로 전해지는 周易의 繫辭傳계사전이래 易學者들의 일반적 개념용례이니 더 이상의 논쟁은 피하기로 한다. 즉 天符經의 數理체계에서의 天地人의 天과 易理의 철학적 근거개념으로서의 天은 같은 내용이 아니란 것만 분명히 하고 넘어가자. 이는 사실 易이 동북방 샤머니즘 토대의 東夷의 근원 즉 '한'으로부터 발원했다는 說과 연관이 있으니 문제가 커진다(청주대 宋在國의 관련 연구 참고할 것.).

이제 妙衍의 대상은 자연히 周易의 坤卦 中 '黃裳元吉 文在內也(누른 치마를 입으면 으뜸으로 길하니 문채가 안에 있음이다)' 뿐, 이 부분에 대한 해석 자체부터가 까다롭다.

'누른 치마를 입으면'이 무엇인가?

누른 치마는 곧 임금 지위, 王統왕통을 말하는데 '누른'이 王統이고 '치마'는 女性이다.

女王인 셈이다. 女性王統일 것이다.

女性王統을 누가 받는다는 것인가?

이것이 첫째 문제다.

'으뜸으로 이롭다'는 무엇인가?

정치문제이므로 '태평성대의 치적을 이룬다'는 뜻이겠는데 이 '이롭다'라는 판단의 근거는 앞뒤 양쪽에 걸려 있다.

즉 '누른 치마를 입는다'와 '문채가 안에 있다'의 양쪽에 '이롭다'의 근거가 있는 것이 한자구독법의 상식이다.

여기에 대한 妙衍이 주어질 순간이다.

첫째, 天符해석 과정에서 우리는 '地一二'를 '땅은 하나일 수도 있고 둘일 수도 있다'고 풀이했다. 여기에 관한 보충설명이 이미 길게 주어져 있다. 바로 이 구절 '黃裳元吉 文在內也'로 周易의 坤卦다. 坤은 地에 연결된다. 똑같은 뜻은 아니다. 서로 연속성을 갖고 있다.

그렇다면 묻자.

周易의 乾中心 우주관, 周 체제 이후의 철저한 남성 가부장제, 남성 天子 중심체제에서 坤, 즉 땅은 하늘 아래 있는 것이고 坤卦 역시 乾卦 아래 있다.

전통 周易 推衍法에서는 따라서 女性은 男性 아래 제2차적 위치에 있는 것이 우주 구성 원리에서 당연한 것이다. 이것이 곧 易學 자체라고까지 주장될 정도다.

그런데 바로 그 坤卦곤계 안에 '치마타령'이 나왔다. 더욱이 그 치마가 곤룡포로 격상되었다. '누른 치마'는 '女性王統'인 것이다.

이것을 전통적인 周易의 推衍 전문가들이 감히 견딜 재간이 있는가?

별 우스운 소리로 호도하기 일상이었다. 정면 해석을 할 엄두를 못내는 것이었다. 그런데 그것을 '女性王統'으로 치고 나온 것은 儒學유학이 아닌 老莊學노장학의 王弼왕필이었다.

王弼이 그의 周易에서 黃裳을 玄牝으로 해석한 것이다. 즉 '검은 암소가 누른 곤룡포를 입은 것'으로 폭탄 주석을 내린 것이다. 어쩌면 王弼은 바로 이 한마디로 인해 일대 명인이 됐다고는 할 수 있다. '여성이 권력을 잡으면 매우 이롭다'란 해석을 요즈음 세상일망정 감히 할 수 있겠는가?

땅이 하늘이라는 소리다.

땅이 하늘이 될 수 있다는 소리다. 周나라 이후의 중국에서 감히 이런 말이 가능했겠는가? 그래서 王弼의 '이십대 短命단명'이 毒殺독살이었다는 괴소문까지 떠돌았던 것이다. 놀라운 일이다.

바로 이것이 妙衍묘연이다. 地一二가 그것이다.

"땅은 하나일 수도 있고 둘일 수도 있다"가 그 뜻이다.

"땅은 하늘 아래 있는 그 땅일 수도 있고, 또한 땅(여자)이면서 동시에 하늘(남자와 같은 임금자리)일 수도 있다"는 뜻이 된다.

이때 극도로 '이롭다'는 말이 된다.

易이 신비한 것은 이를 두고 이름이다.

왜?

여기에 이유가 붙는다.

이 또한 妙衍이다.

그 이유는 '문채가 안에 있다(文在內也문재내야)'이다.

'문채가 안에 있으면'

'문채가 안에 숨어 있으니까'

'문채가 내밀하게 준비되어 있으므로' 등의 뜻이 된다.

그 구절은 여러 가지로 변종이 있다.

'文在中也'도 있고 '志在內也'도 있다.

'志'라면 '뜻'인데 '文'과 마찬가지다.

'文彩문채'가 무엇인가?

'무늬'다.

'무늬'가 무슨 뜻인가?

여기엔 소박한 문학적 해석이 안 통한다.

專門的전문적인 奧妙推衍오묘추연이 요청된다.

文在內也를 나는 이미 離卦에서 離大人(伏羲氏)의 畜牝牛에 상보적으로 연결하여 설명한 적이 있다.

('화엄개벽의 모심' 중에서 不咸과 多勿의 엇섞임으로서의 한민족 신화사상사 해석과정에서)

伏羲氏는 7년간 어두운 굴속에서 여성과 어린이(牝牛)를 위해(畜) 새로운 結繩과 書契를 창안하게 하여 天地人의 상관관계를 가르친다.

바로 이것이 '문채'요, '무늬'이니, 새 시대의 새로운 天地人 상관의 대개벽적인 이치, 易인 書契와 結繩을 안에 감춘, 이미 준비 중인, 기왕에 다 갖추고 있어서 이제 널리 정책적으로 실천하기만 하면 되는 어떤 離大人, 困君子, 艮君子, 謙君子겸군자같은 남성 예지자를 '전제'하는 것이다.

따라서 이것은 곧 天符해석 과정에서의 人一三, '사람은 하나이면서도 세 가지의 우주생명학적 기능을 가진다'와 '無匱化三무궤화삼', '가두지 않으면' 안에 있으나 그것을 이제 열어서 세상에 공표하고 정책으로 실천, 또는 布德포덕하면 셋, 즉 人一三 그 셋, 天地人과 天地人의 다시금 세 가지씩의 복합적 전개인 우주생명학적 새 질서가 復勝하는 이치를 상정하게 되는 것이다(이미 天符해석 과정에서 상세히 진술하였다.).

그것이 무엇일까?

이에 대해서 역시 「화엄개벽의 모심」 중에 상세히 진술하였다.

예수와 막달라 마리아 관계처럼, 伏羲氏의 離大人, 困君子처럼, 우리 민족 신화사상사에서의 '多勿'과 '不咸'처럼 남성 예지자에 의해 여성이 축적 준비되고, 남성 예지자에 의해 '보필·협조'되는 여성 통치력이라는 새 시대의 이원집정제만이 우리가 동아시아·태평양 시대의 신문명의 경제사회질서로 예상되는 호혜, 교환, 획기적 재분배의 새로운 神市 시장에 있어 가장 어렵고 가장 기초적이면서 목적위상에 해당하는 復勝차원으로써 획기적 재분배의 핵심기능인 중심 즉 그 '재분배'의 '획기성'을 기획·집행·실천할 정치력의 二元性을 결정할 요체라는 것을 의미하게 된다.

이 과정, 이러한 해석과 적용과정이 곧 묘연이다. 이중성, 복합성, 현실적 맥락과 이상적 초월성 사이의 상호 긴밀한 일치, 융합 관련을 짚어내고 이를 數理的으로까지 밝혀냄이 妙衍 아닌가!

왜냐하면 이러한 '黃裳元吉 文在內也'의 오묘한 추연내역과 과정이 현실적 실천과 '디지로그' 소통과정으로 옮겨진다면,

'地一二'나 '人一三', 그리고 '無匱化三' 등의 易數나 그에 연계된 象數의 用政관계 등은 모두 다 새로운 컴퓨터나 컨셉터의 관념 수리적 새소통 양식 발견으로 이어지게 되는 것이다.

이어서 伏羲氏의 八卦와 易에 관련된 周易 離卦이괘의 畜牝牛의 妙衍은 결정적으로 天符의 一積十鉅와 六生七八九運 및 三四成環五七一에 연결된다.

周易 坤卦의 '黃裳元吉 文在內也'에 대한 妙衍 역시 離卦의 畜牝牛에 그대로 연속성을 갖는다.

'黃裳'은 畜牝牛의 결과인 것이니 兩面사이의 관계가 바로 蓄積循環축적순환이요, 확충인 것이다.

조금만 깊이 들여다본다면 妙衍은 사실상 그 자체가 還流환류 시스템이요, 擴充이요, 蓄積循環이며 그 근본에서는 復勝(밑에서 올라옴, 衍의 밑에서 妙가 떠오름)이요, 啐啄쵀탁(衍이 달걀이라면 妙는 병아리)이니 이러한 內的 力動에 의해 이루어지는 奧妙한 推衍(推衍의 뜻이 이미 밀어서 넓힘, 일종의 擴散확산이다)의 결과 완성되는 '一圓相일원상' 즉 '華嚴화엄'이 겠다.

그러매 妙衍이라는 해석, 측정, 전망, 실천, 추진의 실무적 촉성력 그 자체가 이미 '圓滿원만한 開示개시'의 기능을 갖고 있어 아예 '華嚴開闢촉성(모심)'의 알맹이(充畜충축, 병아리, 復勝의 주체인 '산알')인 셈이다.

'알맹이를 확장하는 해석기능의 알맹이다.'

무엇이 '畜牝牛'의 그 '畜'인가?

畜은 '기름'인데 무엇을 기름이며 어떻게 기름인가?

나는 이쯤에서 다음과 같은 하나의 명백한 의견서를 제시하고자 한다.

왜 의견서인가?

아직은 학문적 차원에서 定見이라고 말할 수 없는, 그러나 문제제기학 차원이긴 해도 매우 중요한 의견이기 때문에 그렇게 말하고 있는 것이다.

그것이 무엇인가?

우리는 伏羲氏가 7년간의 어두운 동굴 속에서 여자들과 아기들을 최초의 문자인 結繩결승으로 하늘과 땅과 사람 사이의 관계를 가르쳤던 4천여 년 전의 伏羲氏복희씨 창조의 역사 즉, '河圖하도' 시대의 蓄積축적, 즉 숨어있던 天地人천지인 새로운 관계의 비밀이 復勝하고, 擴充하고 還流하게 되는 이 과정의 바로 그 '畜'이 곧 '畜牝牛축빈우'라고 부르는데,

첫째는 숨은 차원으로부터의 비밀의 떠오름이란 뜻으로 牝牛 즉 玄牝현빈 다시 말하면 어둠의 동굴, 그 陰的음적 특성, 숨은 차원을 들어 올린다는 뜻으로 畜牝牛라는 말을 썼다는 것이고

둘째는 그 새로운 天地人의 비밀인 새로운 글자 書契서계 또는 結繩文字로써 당시 캄캄한 시절의 특히 어두웠던 여성들, 아기들과 아기 엄마들을 가르쳐 세상의 근본적인 이치를 깨닫게 했다는 것이고

셋째 이런 근본적인 비밀, 숨겨진 차원의 생명의 이치를 알

게 함으로써 가장 기본적인 삶과 앎을 축적(一積)해서 차차 주변 세상과 자기의 삶에서 그 앎을 여러 가지로 활용하는 확장과 순환(十鉅)을 감히 시도하도록 도왔다는 것이며(一積十鉅일적십거)

넷째, 우리가 흔히 伏羲氏가 結繩으로 처음의 易을 창안해서 '노(櫓)' 젖는 법을 가르쳐 고기잡이를 시작하도록 도왔다는 말을 하는데 이것은 後世후세 儒生유생들의 터무니없는 조작이다. '노(櫓)'는 남성 性器성기의 상징이고 '물'은 여성 子宮자궁의 상징이다. 이것은 원시시대 인간의 言語언어가 생겨난 이후부터의 지시사항이니 거짓말이 통하지 않는다. '노를 물에 넣고 젖는다'는 것은 伏羲氏의 結繩文字안에서 이전 원시부터의 달 중심의 우주생명관에 입각한 여성들의 單姓生植時代단성생식시대의 가치관인 일방성, 일원성 등으로부터 陰陽二元的음양이원적, 대척적, 해와 달의 상호성, 순환과 대립, 융화의 양가성 등을 압축하는 '얽힘' 'Ouroboros' 즉 불교문자로는 '龍化용화'의 지혜를 표시한 것이다.

'結繩'이란 말 자체가 이미 이것과 저것의 兩價的양가적인 사이의 상호 얽힘인 것이다. 바로 이것이 '노 젖는 물', '물속의 노 젖는 것'으로 이른바 '性交'를 상징하였다.

그러나 結繩단계, 書契의 표현, 초기 象形文字상형문자 그림, 암각 등 온갖 당대 문화의 흔적을 통해서 볼 때, 남녀 음양 兩性의 얽힘, 즉 '性交'는 당대 지배적 가치관의 압축으로서 平等평등한 상호교배의 얽힘인 것은 사실이나 그 대신 女性上位

였음이 분명하다.

기록 밖의 온갖 신화와 전설, 민담에 의한 풍속시대로서는 女神시대, 史誣사무시대, 母權制시대, 그리고 이후 남성가부장제의 확립인 3,000년 周 王室왕실 성립 이전까지는 분명 남녀 간의 우로보로스적 얽힘, 결승, 용화의 대전제가 女性上位였다고 한다.

심지어 여성의 上位性交體位가 뒤집어지기 시작한 것은 노동의 여성중심주의 씨뿌리기, 가꾸기, 가다듬기 등 아직은 女性上位였던 것이 남성가부장시대에 와서 지워진 흔적이 강하다. 새로이 연구 되어야 한다.

분명히 남자가 여성 육체의 밑에 있어서 위에 여성을 올려놓고 성행위를 하는 것이다.

그만큼 달, 陰, 여성성, 아이를 낳는 생산성 등 우주의 특징적 성격 등으로 보아 여성이 아직은 남성보다 優位우위에 있음을 지혜자였던 伏羲氏 자신이 인접했다는 말이다.

즉, 달 중심, 물 중심, 陰的 生成力생성력 중심의 단성생식시대의 잔영이 아직 강하게 남아 있는 조건에서 남녀음양의 상보적 얽힘의 결승적 우주 비밀을 깨우치게 되었다는 뜻이 된다.

이것은 강증산이 기인 기도묵상 이후에 井邑정읍 大興里대흥리의 차경석 家에서 高首婦고수부를 자기 배 위에 올려놓고 三界大權삼계대권 이양의 천지굿을 치른 것과 일치한다.

이런 점에서 伏羲氏를 태양과 빛, 不咸, 남성성, 생명의 양면성, 밝음, 지혜, 결승과 같은 龍化용화, 얽힘의 生産性생산성, 文明性문명성을 깨달은 빛의 사람, 즉 離大人이대인이라 부르는 것이다.

그러나 이 문명개벽의 첫 不咸人인 離大人은 그 대신 어둠, 坎女들, 동굴 속 여인들의 단성적 女性優位여성우위의 生植的생식적 우월성이나 生命生成생명생성의 미묘한 復勝, 즉 현재 우리가 후천 화엄개벽의 중심과제로 부딪치고 있는 會陰회음의 오묘한 비밀, 그 위대한 復勝과 擴充의 비결을 크게 존중하여, 그 우주생명력을 優位, 上位에 들어올리는 書契, 즉 易을 창안했다는 말이다.

바로 이것이 물과 여성성, 會陰, 月經, 달, 子宮, 임신, 출산, 性交 등을 상징하는 河圖하도라는 易名의 기원인 것이다.

다섯째, 그러나 이 河圖를 이어 등장한(生命, 삶, 生態생태, 生存생존 등이 중심인 河圖 뒤에) 文王易(3,000년전)은 伏羲易의 畜牝牛와 黃裳元吉 文在內也의 고대적 진실을 반영함에도 어찌해서든 男性남성과 君子·帝王군자·제왕과 秩序질서 위주의 이른바 하늘과 乾卦건괘 위주의 해석과 推衍에 의해 이를 제약하려 했고 수많은 조작과 전설을 만들어낸다.

바로 그것이 女性上位의 性行爲성행위인 結繩文化의 근원적 龍化, Ouroboros 生命學을 '노(櫓)'를 등장시킴으로서 남성성기 상위와 남성우위의 성교행위인 '물을 젖는 노'의 상징성에 '고기잡이(生殖생식과 生産, 노동 등의 복합적 의미)'라는 周易 이후 가치관을 연결시킨 것이다. 중세 유학의 男性優位남성우위, 君子中心군자중심의 관념론의 압축인 性理學성리학 결집 당시 南宋에서 河圖와 洛書의 先後선후우열논쟁으로 河洛騷動하낙

소동이 일어서 그 '전복'을 꾀했음을 기억해야 한다.

여섯째, 본디 4천 7백여년 전의 天符經의 妙衍은 여성의 會陰과 精液정액 홍건한 비밀한 연못이면서 동시에 두 사람의 성행위를 뜻하는 衍으로부터 奧妙오묘한 세계의 秘密비밀, 結繩이나 書契나 易의 미묘한 推衍해석, 관측, 적용각도 같은 비밀이 솟아오른다는 뜻의 妙가 위에 올라 있는 것이기도 하지만, '아기(少)'를 제안에 가진, 또는 앞으로 갖게 될, 즉 위대한 생명 탄생의 능력을 가진 달이요, 陰인 '여성(女)'이 두 사람의 龍化的 性交관계 그 자체의 象形상형인 '衍'위에 올라가 있는 여성 및 여성적 우주생명관의 이식은 절대적 上位와 優位우위를 그대로 압축한 것이다.

바로 그 때문에도 伏羲氏가 華夏系화하계가 아닌 東夷系동이계라는 확증을 사방에서 입증하게 된다. 이 점은 南宋代남송대 河洛論爭에서도 이후 여러 구비에서 도지고 또 도진다. 舜순임금의 '詔樂조락'이 '律呂가 아닌 八呂라는 點점' 또한 이것과 동일계열이니 孟子는 舜임금을 東夷族이라고 실토한다.

周易 이후의 가장 문제가 되는 推衍이 결구 男女의 얽힘을 陰陽 - 太極태극으로 보편진리로 세우면서도 공공연히 抑陰尊陽억음존양의 律呂觀율려관에 입각해서 남성, 군자, 천자, 정치, 중국주의, 제후 지배질서, 봉건성 따위를 중심으로 통치나 處世術처세술, 制壓策제압책이나 회유책, 兵法, 기만, 사기 등을 기본요체로 卦爻를 해석해 나가게 되는 이유, 즉 그 근원적 오류가 바로 伏羲氏의 結繩의 畜牝牛에 대한 원천적 해석의 오류와 조작에서 비

롯되는 것이다.

따라서 이 推衍추연과 抑陰尊陽과 律呂觀의 근원적 오류, 우주생명관, 선천문명의 근본 한계를 극복하는 길은 天符의 妙衍에 의해 伏羲氏의 畜牝牛와 結繩, 그 河圖와 書契 그리고 그 八卦까지도 오늘의 後天에 알맞게 새로이 正易의 이른바 調陽律陰조양율음의 呂律 또는 그 근원인 麻姑마고의 八呂四律에 의해 天符妙衍천부묘연에 의한 正易華嚴정역화엄으로써 바로잡아야 하는 것이다. 離卦이괘의 畜牝牛와 坤卦곤괘의 黃裳元吉 文在內也황상원길 문재내야는 바로 이 같은 조건에서만 올바로 해석되고 그 참 기능을 회복해서 五易華嚴 개벽모심 실천의 근거를 만들게 된다.

일곱째, 正易八卦정역팔괘는 伏羲八卦복희팔괘의 후천개벽적 復活부활이라고 부른다. 그러나 그것은 세 가지 조건이 붙어야 한다.

하나는, 正易 이후 지금까지 100여 년 동아시아사, 태평양 중심의 세계 정세는 많이 바뀌어서 그 八卦의 역리적, 개벽적 의미는 나의 燈塔八卦등탑팔괘(10여 년 전 부산 海雲台해운태 燈塔庵등탑암에서 허공 발견)에 의해 수정 내지 상호 보완적 관계로 상대적 역동인식이 필요하다(이후 상세히 밝힌다.).

그렇다면 伏羲八卦가 가진 본래의 의미는 아직도 中國의 文王易이나 孔子의 儒學的유학적 세계관으로부터 완전히 자유롭지 못한 一夫正易의 中國觀중국관의 한계를 뚫고 도리어 참다운 原始返本원시반본의 큰 의미망, 큰 易理的 開闢을 촉발시킬 수도 있을 것이다.

둘, 나는 畜牝牛의 畜이 蓄積循環축적순환과 擴充확충과 復勝복승, 還流환류 등의 현대적 세계상의 본원적 生成생성 구조를 지녔다고 보았다.

즉, 五運六氣論오운육기론의 관점에서 본다 해도 우주생명의 生體內생체내 五運體系오운체계의 五層位오층위 연쇄 復勝을 암암리에 전제하고(畜 한마디 안에) 그 다음 六氣의 生成과 그것의 또 다른 차원에서의 擴充확충원리(七八九運)를 보여주는 六生七八九運 그 자체가 오늘 우리에게 참다운 수승한 妙衍을 가져다 주는 擴充과 循環순환, 還流환류의 확장 생성을 九運까지 五運論의 확대 적용으로 제한함으로써

①六生 이전의 五皇極오황극을 미래로 유예하고(그 까닭은 복잡하다. 차차 설명할 것이다.)

②九運 다음의 十無極십무극의 완성을 또한 미래를 향하여 暗默化암묵화한다.

③바로 이 유예와 暗默化에 대한 '天符妙衍의 오묘추연' 안에 다름 아닌 伏羲易의 후천 五易華嚴開闢오역화엄개벽에서의 뛰어난 의미가 있고 또한 기가 막힌 正易 실천의 개벽적 지혜 즉 '하느님 직접 통치'의 뜻인 참다운 尊空존공과 親政친정의 행동적·현재적 화엄개벽 실천적 대융합인 오늘날에 절대적으로 국제적, 세목적으로 요청되는 새로운 三八同宮의 진정한 전략이 숨어있는 것이다(이는 두고두고 거론, 예시될 것이다.).

④ 五皇極은 正易의 후천개벽론에서 단순 남녀관계의 一太極과 결합하여 '남녀 이원집정제'로 호혜·교환·획기적 재분배의

神市還流신시환류시스템, 擴充經濟확충경제 건설과정의 가장 큰 난제인 '획기적 재분배' 조정의 결정적 조건인 정치적 중심성(Centrality)의 요체, 남성과 여성의 이원집정제의 새로운 구상으로써, 戊位尊空무위존공의 十五一言의 창조적 수련과 실천을 위한 유예를, 유예 그 자체가 이미 尊空이니 바로 妙衍이요, 十無極은 一太極과 결합하여 생활, 생명, 생태, 생존개혁의 생명평화 화엄개벽을 위한 직접 민주주의 己位親政기위친정의 그 十一一言의 주도세력으로서 철저히 女性上位, 女性會陰中心의 生命文化생명문화 네오-르네상스의 '흰 그늘' 실천의 주체를 형성하는 여성세력을 '蓄積축적'하는 미래의 개벽 실천 방안으로 暗默化함으로써, 또한 이로써 '己政'이자 '尊空'이니 妙衍 중의 妙衍인 것이다.

⑤진정한 三八同宮이다.

나는 이 지점에서 한 가지 꼭 피력할 일이 있다. 오늘, 그리고 이제부터 시작되는 三八同宮삼팔동궁에 의한 화엄개벽 실천에서 가장 중요한 실천 주체인 모심의 여성성은 五皇極오황극과 '남녀 二元執政制이원집정제'에 의한 黃裳元吉 文在內也, 즉 누른 치마가 여성일 경우, 書契·結繩의 오역화엄개벽의 지혜의 재상총권은 남성 지혜자일 경우에서 절정에 이르게 되고 이 역시 親政 尊空의 양면성을 융합하는 양상이 되겠으나 이는 집권의 위상을 말하는 것이다.

나는 이제 오히려 그 근거를 만들어 그 완성을 준비하는 과정인 '畜牝牛'의 경우 十無極의 수련과 공부, 연찬과정에서의 女性性, 즉 철저한 女性上位, 철저한 생명, 생태, 생존, 생식,

생계와 이에 직결한 흰 그늘의 문예부흥, 모심의 문화혁명의 실질적 리더십 양성 코스로서 예수 패턴의 생활화를 중요시하는 親政을 黃裳의 누른 치마라는 여성통치권은 親政이나 畜牝牛의 十無極 여성상위 龍化·結繩의 '畜' 안에서 성장 발생, 復勝하고 확산하는 '牝牛'의 性情성정 그 자체인 것이고 文在內也의 書契와 結繩의 離大人, 困君子는 畜牝牛의 코스 안에서 離大人 伏羲氏와 같은 尊空의 十五一言은 여성의 牝牛 근본주의적 上位와 龍化를 함께 가르치는 十一一言의 畜의 코스와 그 경륜에서 결정된다는 것이다.

⑥바로 이같은 畜과 牝牛의 두 기능의 結繩이 곧 黃裳元吉의 조건이지만 尊空이 되고 이것이 三八同宮이며 화엄개벽, 현대세계 대개벽에서의 여성 주도의 새 세계 건설의 비밀이다. 바로 이 같은 해석 방식이 天符妙衍이다. 그렇게 될 경우 親政과 尊空이 서로 고갈된다.

⑦이 조건이 충족되고 축적되어 同宮의 실천이 시작될 때 伏羲八卦는 正易八卦와 燈塔八卦, 그리고 그 바탕에 文王八卦를 깔고 사방팔방시방으로 복합적 대확충, 分權解體분권해체의 대개벽과 만물해방의 대화엄, 세계가 세계 자신을 인식하는 龍華會相을 실현할 것이다.

바로 女性上位의 龍化, 結繩의 海印三昧해인삼매가 도래한다는 것이니 달 중심의 太陽政治 모성적 하느님 직접통치의 大華嚴이다.

⑧이때에 비로소 天符 數理수리의 가장 오묘한 부분인 '三四成環 五七一'의 경지가 시작된다.

먼저 五皇極과 一太極, 十無極과 一太極이 결합하는 戊位
尊空의 十五一言과 己位親政의 十一一言이 '三四成環 五七
一'이라는 참으로 기이한 영성적 생명계의 대변동과 개벽적 차
원 변화를 계기로 인간의 사회생활에 거대한 제도적 변환을 가
져온다는 것을 우리는 명심해야 한다.

妙衍 중의 妙衍일 것이다.
다시 말하면 바로 이것이 후천개벽(萬往萬來)과 태양정치의
하느님 직접통치(太陽昂明), 그리고 최종적으로 대화엄세계완성
(人中天地一)의 최근적, 최고의, 최대로 구체적, 생활적인 제도
개혁의 원리로서의 妙衍의 가장 생생한 흰 그늘의 모습, 水王
의 모습이 나타난다.
그것이 무엇일까?
三은 우리 음악의 3音步음보 체제이니 力動性역동성이요, 혼
돈이요, 女性이며 개체성, 우연성, 즉흥성, 생명성, 예민성이며
이른바 呂律이다.
四는 우리음악의 4音步 체제이니 均衡性균형성 질서요, 男性
이며 집단성, 규율, 법칙, 이성, 인내력, 유지력 등이니 이른바
律呂에 가깝다. 바로 이 三과 四는 마고시대의 八呂四律이나
金一夫 正易의 呂律에 가까운 구조를 이룬다.
혼돈적 질서, Chaosmos요, '디지털 아날로그'이며 그야말로 女
性上位 체제의 陰開闢음개벽(강증산의 개념, 그의 아내 高首婦
에게 天地人 우주삼계 大權을 이양할 때 아내를 자기 배 위에
올려놓고 제자들이 둘러앉은 가운데서 음개벽, 여성, 음, 달, 會

陰中心의 양성 평등 개벽을 공표할 때의 數理關係·象數哲學 수리관계·상수철학, 이 역시 妙衍이겠고 白闇백암, 흰 그늘이며 水 王체제다)이다.

그렇다.

분명 3이 4보다 앞에 있으므로 동학 부적으로 따진다면 '太極 弱'이 아니라 그 전복인 '弱太極'이며 음률과 우주율로 볼때 律 呂가 뒤로 가고 呂律이 앞으로 오는 '呂律的 律呂'를 뜻한다.

Stokhausen의 음악 구성으로 볼때 Beatles의 Rock이 Bach의 평 균율 앞에 가는 배합 관계인 것이다. 바로 이것이 圓滿性원만성, 圓形원형, 반지 즉 龍化의 Ouroboros, 즉 얽힘과 結繩결승 平等 평등과 화엄적 평화를 만든다(成).

'三四成環'이다.

女性上位에 의한 남녀평등이다.

'뤼스 이리가라이'의 女神創造說여신창조설로부터 시작되는 모계 직계혈통 중심성에 의한 남녀평등의 새문명 구상과도 연 결성을 갖는다. 그러나 여기에 상당한 조건들이 개입한다.

첫째, 三의 三音步는 '르위스 멈포드'의 '인간의 조건' 등에 의하면 dynamism이니 이리가라이가 계속 주장하는 원시 신성공 동체의 神官신관과 같은 여성 신성성과는 약간 거리가 있다. 神 官의 신성성이라 하더라도 그것은 현대적 삶의 생명살림의 신 성성일 것이다.

'三'의 여성성은 동시에 혼돈성, 생명성으로서 생명 생식, 생 활, 생태, 현실 삶의 주체, '살림꾼으로서의 모심' 즉 살림의 聖 性성성이지 그저 脫俗的탈속적 女僧的여승적·세계이탈적 神聖存

在신성존재가 아닌 것이다. 도리어 그런 균형은 남성에게 요구된다. 따라서 女性上位란 力動的역동적 生命性생명성, 능동적 섹스 능력, 살림꾼으로서의 활동적 주체성을 의미하는 것이지 고대적 정적주의와는 거리가 멀다.

원만성, 화엄적 원융성인 成環성환의 고리. 반지는 非線形비선형, 지기회귀, 그리고 東學의 向我設位향아설위를 뜻한다. 즉 擴充확충이다. 집중과 확산이요, 一과 分인 것이다. 그런데 바로 이 같은 '원만성'이 개벽의 조건이 된다.

水雲 崔濟愚의 詩.

'南辰圓滿北河回남진원만북하회'의 그 원만성이다.

그때의 개벽적 변화는 무엇일까?

五는 귀신이니 그림자다.

七은 신명이니 흰빛이다.

五七은 '흰 그늘'이니 모순일치요, 양면성이며 五는 검은 축적과 中心性으로 고독한 한 중심에 침잠하는 그늘과 같은 '고요'이고 七은 흰빛 발산과 주변성으로, 넓은 확산 다양성으로 分多的 연대의 환한 세계적 삶을 말한다.

바로 이 두 가치가 '한', 즉 '통합을 이룬다'(五七一)는 뜻이다.

서로 다름에도 융합해 실인즉 '五'는 五대로 또 '七'은 七대로, 마치 己位親政기위친정의 '十一' 戊位尊空무위존공의 '十五'가 서로 다르고 중생 삶의 同塵동진과 부처 해탈의 不染불염이 서로 다름에도 함께 모순 속에 융합하여 '불교경제' 나름의 '호혜·교환·획기적 재분배'인 利生常道이생상도를 형성하는 것과 똑같다.

이것이 妙衍으로서 앞으로 다가오는 화엄개벽 시대의 인생관이요, 가치관이요, 남녀관, 음양관이 된다는 것이다.

바로 이로써 앞의 五皇極오황극과 一太極의 十五一言의 尊空과, 十無極과 一太極의 十一一言의 親政이, 전체로서의 삶의 華嚴的 開闢 모심인 '三八同宮 艮兌合德간태합덕'의 큰 人生觀인생관을 기본으로 하면서도 분명히 十五一言은 공적생활, 정치, 문화, 사상, 종교적 영역에서 남녀이원집정제적 五皇極오황극의 양면적인 공적 기준과 一太極의 단일적 私的사적 기준을 마치 三兌八艮삼태팔간의 관계에서처럼 따로따로 가지면서도 서로 협력 同宮하는 것이다.

그렇다면 十一一言이란 그 의미는 무엇일까?

짐작컨대 현실의 윤리적 상황으로 보아 가정의 부부와 자식 관계에서는 분명 一太極 원리에 따라 철저한 一夫一妻制일부일처제를 견지·유지하거니와 동시에 十無極 원리에서는 남녀 똑같이 가장 중요한, 거리를 두고 드높이는 경건한 모심을 기본적인 남녀 사랑의 윤리적 기준으로 하는 새로운 모시는 사랑의 시대를 열어야 할 것이다.

참으로 숭고할 만큼 모시는, 그럼에도 참으로 정신적 에로틱한 사랑이 그것 아닐까!

이런 것 역시 모심의 문화대혁명의 한 남녀 윤리의 대장전으로 드러나야 하지 않을 것인가.

그러나 이런 것은 문예부흥, 문화혁명의 모심에 관한 치열한 논의구조의 결과인 것이지 어떠한 독단의 결과일 수는 없다.

또한 이 과정에서는 철저한 女性上位의 우로보로스 龍化的

生活文化생활문화가 역시 일반화·상식화 되어야 한다.

이는 새로운 會陰生命學회음생명학과 復勝, 擴充, 축적, 순환, 還流의 달 중심시대의 우주생명학인 것이요, 三四成環 五七一의 심리학적 妙衍의 天符 라 하겠다.

바로 이 같은 사안들이 이미 새 시대의 畜牝牛 과정이어서 논의되고 실천되며, 새 시대의 黃裳元吉 文在內也의 과정에서 무늬와 세계관, 가치관으로 공표되고 기획, 실천되면서 '누른 치마'의 女性統治權力여성통치권력(親政)과 男性尊空 파트너에 의해 이원적, 또는 융합적으로 실천되는 참다운 文殊문수와 普賢보현의 시대, 예수와 막달라 마리아의 시대, 世尊세존과 구파여인, 마야부인의 시대, 원효와 요석, 의상과 선묘의 참다운 妙衍의 天符 三八同宮 시대가 열려야 할 것이다. 이것이 '화엄개벽'이요, 이것이 바로 모심의 시대, 살림의 시대, 깨침의 시대일 것이다.

畜牝牛의 '畜'에서 가장 중요한 가치는 바로 '牝牛' 그 자체다. '玄牝'이요, '會陰'이니 여성 月經 속 불가사의한 至氣一元지기일원의 '산알'이 復勝하여 북극 태음의 물을 바꾸어 후천화엄개벽을 이루고 달을 움직여 태양력 중심의 윤달체제를 바꾸고 도리어 太陽政治태양정치를 실현하는 月經의 개벽력을 充하고 畜하는 것이니 바로 모심이다.

후천개벽은 촛불과 같은 己位親政이니 3,000년 동안 밑바닥에 기운 지구 자전축의 북극 중앙 임금 자리의 복귀다. 마찬가지로 후천개벽은 이 세상사람 몸에서 가장 더럽고 천대받아왔으나 이 세상사람 능력 가운데에서 가장 신령한 개벽적 창조의 영적인 생명력을 가진 女性 會陰의 그 시커먼 자리에 새하얀 숭고와 심오의 경건한 모심의 촛불을 켜야 한다.

이것이 모심의 문화혁명이다.

이것이 바로 女性上位의 평등 龍化세계 실현이고 結繩결승의 참 의미다.

이제 이 女性上位가 곧 一夫가 누누이 주장하던 呂律이요, 調陽律陰조양율음이며 강증산의 陰開闢, 천지굿이고, 동학의 至氣一元의 弱太極이며, 海月의 이른바 여성 몸의 '月經 모심'에 의한 실질적인 개벽실천인 것이다.

그리하여 正易후천개벽을 伏羲易복희역의 다시 개벽, 原始返本원시반본이라 부르는 것이다.

이것이 모두 4천 7백년 전의 天符妙衍의 생생한 기능 부활이고 妙衍 그 자체의 의미, 그 위에 不咸의 흰 그늘이며 1만 4천년 전 麻姑의 八呂四律 神市의 회복의 길인 것이다.

畜牝牛축빈우가 곧 가장 적절한 애틋한 모심이니 화엄개벽의 지름길이다.

'畜'이야 말로 牝牛 즉 우주 엄마, 佛性불성, 女性, 八呂를 기르고 모시고 높이고 蓄積축적, 充滿충만, 온존, 배양해서 차차 그것을 復勝복승, 확산, 순환, 환류시키는 기초적 모심, 살림, 깨침의 촛불이다. 天符經 해석과 妙衍의 실질적 의미에 대해서 그리고 그 妙衍을 五易華嚴經에, 그리하여 華嚴開闢화엄개벽의 방향, 방법, 그 원리와 세목적 적용 효과 등에 대한 奧妙推衍으로 적응하는 데에 있어 가장 핵심적인 妙衍인 正易의 三八同宮, 文王易의 黃裳元吉 文在內也, 그리고 周易卦 안에서

伏羲氏, 離大人의 畜牝牛의 현대적 의미를 추출해 내는 데에 까지 이르렀다.

또 이 과정에서 네 가지 八卦와 易數가 후천화엄개벽의 실천적 모심의 天符易的 妙衍과정에서 매우 복잡하게 상호 얽히고 反轉반전하고 開閉개폐하고 隱顯은현하며 復勝, 擴充, 蓄積, 循環, 還流함을 지적하였다.

벌써 여기까지만 와도 매우 복잡해졌다.

이젠 여기까지의 대략의 프레임 안에서 五易華嚴經오역화엄경의 실질적 전개를 공부해 보자.

몇 가지, 아니 몇 십 가지, 또 나아가 몇 백 가지 원칙들이 드러날 것이다.

類류와 種종, 세계양식과 생명령의 해탈문 등 사이에서 三八同宮 기조의 화엄개벽을 진행하되 그 과정의 확충, 복승, 축적 순환 등에서 黃裳元吉의 二元執政이원집정과 그 기초 조건으로서의 畜牝牛의 의미망이 그야말로 力動的역동적으로 一圓相일원상의 華嚴을 이루어가는 구체적 대개벽 실천을 전망 기획해야 할 것이다.

먼저 이런 것을 전제하자.

거듭 밝혀 말하는 바이나 우선 五易의 가장 풍부한, 그리고 상세하면서도 통합적인 구조는 周易에서 드러났다.

우선 그 64卦가 그 나름의 우주생명학의 易學的 전개과정인데 그 안에 이미 伏羲易이 대강 함축되고 또 正易은 周易과 伏羲易의 후천개벽적 전개구조인 것이다. 거기에 약 100년 이래의 동아시아·태평양 新文明신문명 건설 토대에서의 파천황의

易位相역위상, 즉 八卦의 대역동을 燈塔八卦등탑팔괘와 燈塔易이 기록했다. 그러나 이 변동은 반드시 正易 八卦와의 同宮, 不然其然불연기연, 開閉개폐, 隱顯은현, 三四, 三八, 八呂四律, 擴充, 復勝, 蓄積循環, 還流 등의 역동적 圓滿원만 실현의 구조로 연속된다.

따라서 이 전체 4易 연관을 현대적 화엄세계의 전개과정이 개벽적 易學으로 풀어나가는 天符妙衍천부묘연 과정이 곧 다름 아닌 五易華嚴經인 것이다. 따라서 우선 일곱 가지 전제조건을 기억하자.

1. 五易과 華嚴 사이의 개벽 실천적 관계에서 가장 중요한 고리는 물론 그 해석과정인 妙衍이다. 그러나 妙衍은 그 전개 영역에서 결코 단순하거나 간결하지만은 않다.
   이 점이 반드시 명심해야 할 까다로운 전제 조건이 된다. 물론 妙衍은 女性優位여성우위의 '음양결승' 즉 陰開闢中心음개벽중심으로 가지만 그것은 때로 수십 가지, 수백 가지로 分化하고 연관되고 복층화하고 복잡화하면서 擴充的으로 生成한다.
   따라서 음개벽, 여성성 上位의 '결승, 용화'를 나름의 거의 전문적인 치밀한 배려와 섬세한 주의가 따라야 할 영역인 것이지 범박하게 두루뭉수리로 추상하거나 계열화해 버리기 어렵다. 이것은 뒷날 섬세한 전문영역과 전문학술 및 전문 기술로 세목화되어야 한다. 철저한 과학화가 요구된다.

2. 물론 妙衍의 맨 먼저 전제되는 天符 數理는 이미 우리가 익히 알고 있는 '天地人의 一二三 등과 十積十鉅십적십거 등' 여러 원리 들이다.

이 數理 등이 이제 五易의 卦爻와 華嚴의 수없이 많은 세계양상 및 생명령의 갖가지 해탈문 사이 다양한 복합 속에서 수없이 많은 확산과 복합, 연결의 구조적 생성을 거듭하게 된다. 물론 五易華嚴經에서는 바로 天符經 數理를 나름의 대강 원리적 뼈대를 전제하고 그 세목을 예시만 할 것이다(두루뭉수리로 계열화, 단순화와는 전혀 2차원이 다르다. 이 점 예의 조심해야 한다.). 이 복잡화 과정 전체가 바로 五易華嚴經이다.

3. 五易華嚴經의 妙衍 과정에 '明' 또는 '明明'이라는 기능 항목이 있다.

숨어있는 심층의 깊은 뜻을 드러내 밝힌다는 뜻이겠지만 그 力動的 기능의 차원에서는 확장, 분산이다.

또는 넓힘(衍)이겠다.

여러 가지로 적응하고 순환시키고 다양하게 복잡화하며 세목화 하는 기능이다. 크게는 類류와 種종 사이의 확대 과정 같은 것이다. 그리고 생명령, 즉 부처 지혜의 근원 해탈문이 수없이 많은 세계 양식으로 환류, 전개되는 과정의 특징 기능을 말한다.

擴充, 즉 implification 의 擴에 해당한다.

4. 五易華嚴經의 妙衍과정에 念념 또는 念念이라는 기능 항목이 또 있다.

이것은 明 또는 明明의 반대 방향으로서 무한 확장, 분산, 다양화, 복잡화 하는 넓힘(衍)을 어떤 대목에서 끊임없이 거꾸로 집중, 수렴, 축적, 재축적, 충만, 충전, 재충전하는 넓힘(衍)에 대한 이른바 모음(妙. 대표성, 정치적 통제력 보장 등)을 말하며 明과 '明'이 구체적 실천 영역이요, 문자 그대로 '화엄, 해방, 다극 해체'일 경우, 반대로 念과 念念은 자기 집중, 초월, 내면화, 공부, 끊임없는 반성, 역량 축적(畜牝牛)에 의한 새로운 復勝복승의 준비과정이다. 그리고 내면적 윤리화의 시도, 예컨대 동학 주문의 '故' 이후 실천주문에서 明明其德명명기덕 다음의 念念不念념념불념은 인체 내부의 화엄적 우주 四德인 仁義禮智인의예지에로 집중, 충만, 수렴, 재충전함으로써 내면화와 재충전으로 차원변화를 시도하는 노력 기능이다.

5. 또한 나아가 '산알이라는 이름으로 부를 수 있는 明'과 念, 확충과 복승, 축적과 순환, 환류와 내부공생의 추진과 융합과 다극 해체 등 모심의 역동을 추진하는 주체를 생각할 수 있다.

물론 북한 김봉한의 그 '산알'이다.

구체적 이 산알은 생성과정 내면에서 숨은 채로 움직일 때는 고체적인 실상일 수 없다.

그러나 外化되거나 개념화되거나 정치적 지도 주체로 실

체화되는 경우에는 마치 불교에서 말하는 사리와 같이 고체적 실상이 인정된다. 즉 자기 동일성과 정체성과 항속성이 인정된다. 산알은 妙衍 과정에서 생성 중의 여러 흐름 속에 어떤 중심고리나 주체의 존재를 상정하거나 그 역할을 평가하고 기대할 때 중요해진다.

우선은 人格이지만 어떤 경우에는 경향이나 에너지 量양이 되기도 하고 性質성질이 되기도 한다.

6. 妙衍 과정 중의 五易華嚴經의 전개는 必히 여러 단계, 여러 층위, 여러 부문, 여러 영역 등등에서 크게 보아 다섯 층위의 연쇄적인 復勝 작용이 있는 법이다.

이것이 모든 우주 생명의 기본 구조다. 이는 근원적으로 '五運六氣論오운육기론'으로부터 비롯되는 개벽현상이지만 일체의 생명뿐 아니라 우주 물질과 나아가 일체 정신 작용에서 일관된다.

우주생명학, 특히 그 기원인 水王의 '會陰生命學회음생명학'으로부터 관측할 때 그렇다.

지금으로서는 五運六氣 영역의 경우 그것은 會陰部의 水王運, 內丹田내단전의 龜靈跡귀령적, 氣穴기혈의 彫龍跡조룡적, 經絡경락의 深茫跡심망적, 細胞세포의 煩形跡번형적으로 분류되고 연속된다. 그러나 이 원리는 앞으로 會陰生命學회음생명학이나 復勝歷史學복승역사학 등에 의해 다양 다중한 분류와 명칭 등이 주어질 것이다.

妙衍의 力動性은 아마도 이 復勝妙衍에서 가장 활발한

화엄개벽실천의 양상을 띨 것이다.

7. 五易華嚴經의 妙衍에 의한 철저 해석으로 진행되는 화엄개
벽의 총체적 목표는 물론 이른바 '화엄세계, 용화세계, 해
인삼매, 미륵회상, 후천무량 5만년' 등이며, 만물해방이다.
그리고 그 전제로서 大閏秒대윤초인 己丑年기축년(1997년) 7
월 22일 大日蝕과 함께 4천년 유리세계가 시작되는 것이다.
우리가 이 유리세계의 到來도래에 있어서의 달의 작용, 正
曆의 성립을 인간의지의 妙衍으로 추동할 수는 없고 다만
奧妙推衍오묘추연할 수 있을 뿐이다.

그러나 바로 화엄, 용화, 해인, 미륵, 무량, 후천 새 세계의
到來는 이상 '1부터 6항까지의' 妙衍의 大原則대원칙들에 의한
不然其然, 色空, 三八同宮과 隱顯, 開闢, 畜牝牛, 黃裳元吉,
擴充, 復勝 등을 해석, 추동, 진행, 완성해나가는(단순한 周易
的 參贊참찬이 아니라) 개벽적 易數聖統역수성통의 체계적 집행
의 결과이게 되는 것이다.
이 점이 명확히 인식, 자각되어야 한다. 이미 한울은 개벽을
결정했고 인간이 실천만 하면 되는 것이기 때문이라는 말로도
설명된다(강증산).
그 결과는 크게 두 갈래 현상으로 나타난다.
하나는 至氣요, 다른 것은 至聖이다.
불교식으로는 普賢行보현행과 文殊行문수행이고 중생구원과
부처해탈이기도 하다. 三八同宮에서도 그 이래로 親政과 尊空

의 융합성취이겠다.

동학 이치는 이 같은 객관 질서로서의 渾元之一氣혼원지일기, 즉 一元至氣의 극대한 완성과 주관적 덕성 실현으로서의 지극한 거룩함, 즉 至聖의 모든 개인 개인 내면, 모든 중생 만물 개체 개체 안에서의 또는 사이에서의 완성이 바로 화엄개벽의 최종적 실현인 대화엄이자 萬事知만사지일 것이요, 일체 뇌세포, 전신뇌 가운데서의 Sapiens - Sapiens divina 즉 神佛의 완성인 '세계가 세계를 스스로 인식 해방하는 단계'다.

바로 이 경지와, 이 경지로 가는 과정의 妙衍天符를 동학주문은 四至로 표현하고 있다.

즉 至化, 至氣, 至於, 至聖이다.

그야말로 대전환이니 바로 대화엄이고 대개벽이다.

바로 이 四至의 자각적 妙衍을 거쳐야 비로소 화엄세계, 海印三昧해인삼매, 용화세계, 미륵회상, 후천 무량 5만년, 하늘나라가 성립한다.

최종적으로 이른바 妙衍 자체의 妙가 衍 바다 속에서 완성되는 것, 바로 이것이 이른바 海印三昧요, '水王에 의한 妙衍은 사실 그 말 자체로서 海印三昧'이니 '衍이 곧 海印'이고 '妙가 三昧'인 것이다.

慧忠혜충(唐代당대)은 바로 이 妙衍社會묘연사회를 일러 '無逢塔무봉탑(雪竇설두 曰 유리궁전)'이라 했으니 그 비밀이 곧 天符였던 것이다.

동일한 碧巖錄벽암록의 '開土水因개사수인'의 공안, 즉 열여섯 보살이 물 때문에 일시에 '開眼解脫개안해탈'하는 곳의 바로 그

‘물로 인한(水因수인)’ 또한 妙衍이니 이것이 海印이다.

이 길로 이르는 길이 곧 ‘흰 그늘(白闇백암)’의 길이요, ‘모심(살림 - 깨침)’의 길이며 至氣大降지기대강의 길이다.

五易華嚴經의 학술적, 과학적 모심으로서의 妙衍의 방향을 우선 일곱 가지 전제 조건으로 요약했다.

기이한 것은 본디 씨앗이 숨어서 싹이 트고 난 뒤 꽃이 피고 열리는 것이 자연이다. 그런데 지금 우리의 공부 행정을 보면 거꾸로 가고 있다.

즉 씨앗단계는 이미 전제해놓고 그것이 열리고(復勝) 그것이 확산하고(擴充) 그것이 사방팔방으로 순환(蓄積循環)하고 그리고 그것이 어떤 현실적 삶의 질서로서 통상적으로 환류(還流)하여 차원이 크게 변화함으로서 모든 인간, 모든 중생의 삶이 집체주의적, 획일적 공동체 압력이나 반대로 개체 위주의 일방적 해체가 아닌, 그야말로 원숙한 차원의 ‘개체 융합’과 ‘내부 공생’의 호혜, 교환, 획기적 재분배의 화엄개벽, 海印三昧의 후천 세계를 실현하는 그 대대적 실천과정으로 직결되는 사안만을 요약한 셈이다.

그렇다면 물어보자!

그 확장, 드러남, 환류실현 등의 현실적 차원 변화의 첫 씨앗 이야기는 그냥 감추어진 채로 두어둬도 괜찮은 것인가?

의례적으로 그런 것은 현실에서 눈에 잘 띄지 않는 숨은 차원이므로 거론 안 해도 괜찮다는 것인가? 이제까지 어떤 종교 집단이나 명상 단체나 혹은 예술가들의 창작 과정 이외의 실증과 현실 실천을 모토로 하는 일체 활동이나 학문 영역에서 이런 일들은 상식이었다.

지금 우리의 경우도 그러한가?

그렇게 해도 되는 것인가?

천만의 말씀이다.

절대로 안 된다.

그렇다면 이미 擴充이란 단어 속에서, 그리고 復勝이란 어휘 구조 안에서 이 문제에 접근하는 어떤 새로운 시대의 독특한 방법이나 구조를 눈치 챘을 것이다.

달의 처음이 모든 것의 처음이 아니다. 영적 생명의 생성코드는 線이 아니다. 線이라 하더라도 그것은 우리의 일상화된 관습속의 그 線形선형 즉 '크로노스(Chronos)'가 아닌 것이다.

擴充의 擴散확산이 왜 먼저 있고 집중수렴과 축적인 充이 뒤에 있는가?

復勝의 그 눈부신 차원의 변화라는 목적 비슷한 승리의 차원이 어째서 復이란 말이 뜻하는 후차의 순서에 가 있는 것인가?

우리는 여기에서 무엇인가 재빨리 생명 생성의 자연적 코드와 그것을 자각하고 인식하며 그 생성 변화를 활용하는 깨달음 사이의 관계를 눈치 채야 한다.

동서양 사상사와 문명사 전체를 통해서 우리는 처음에서 시작해서 끝으로 진행하는 선후차가 바로 사물의 근본 질서요, 생성의 진실이라는 線形的 사고에 세뇌되어 왔다.

그것이 병적으로 심각했던 유럽과학 자신이 이제 '비선형적 혼돈학'으로 자기 부정을 격화시키고 있는 형편이다.

그리고 正反合의 관념 내지 유물변증법이라는 그 속 편한 관행 역시 자체 내부에서 여지없이 박살나고 있다.

물론 '초기 값의 중요성' 이야기는 현대 혼돈학에서도 되풀이된다. 그러나 그것이 곧 가장 중요한 첫 샘물이 되지는 않는다.

그것은 인정되기는 하지만 절대적으로 중요한 것이 아니다. 드러난 차원과 숨은 차원, 닫힘과 열림, 復勝과 擴充이라는 대대적인 다극 해체의 대개벽이 전제되는 큰 차원의 변화 역시 그 다음에 그 모든 것을 한 개인의 내면 안에 모아들이는 모심의 차원이 뒤이어서 따라 나오는 법이고, 大方廣佛華嚴經대방광불화엄경의 7세기에 걸친 대규모 結集결집과 사방팔방 시방으로 대대적 확장 이후에 도리어 碧嚴錄벽암록 100대 공안으로 자기 몸 내부에서의 華嚴法身禪화엄법신선 수련이 전개되는 것이다. 또 있다. 천년 전 弓裔궁예는 누구였는가? 화엄개벽을 '여성과 아기들 모심 방향'으로 미륵혁명을 통해 실현하려다 실패한 사람이다. 무섭지 않은가!

이제 어마어마한 우주후천개벽이 실제 상황으로 전개되는 속에서 우리는 우리의 몸 안에서 맨 밑바닥의 會陰으로부터 세 군데의 內丹田으로 東學呪文동학주문 수련을 시작하기도 한다.

마찬가지 아닌가?

예수는 어떤가?

산상수훈, 예루살렘 입성, 성전의 회초리, 십자가의 죽음, 무덤에서의 부활, 승천, 하늘나라 도래, 땅 끝까지의 복음 전파, 그리고 2,000년 세월 이후에도 나사렛 예수의 우주 그 자체인 빵 한 조각으로의 몸과 그 몸의 영성체를 사람은 매일 받아 제

몸 안에 모시지 않는가! 미륵이기도 한 재림예수의 신학적 정체는 무엇인가?

그렇다!

마지막으로 海月 崔時亨최시형 선생의 向我設位향아설위가 무엇인가를 생각하자.

결국 귀신과 우주 생명의 일체화엄이 내 안에 살아있음을 전제한 제사요, 모심이 아닌가! 나를 향하여 제사 지냄의 참 집중점이 아닌가!

'모심'이 남았다.

이제 모심을 생각할 때가 된 것이다.

모심으로서의 妙衍의 참 영역을 여행할 때가 된 것이다.

기독교의 섬김, 불교의 나무아미타불, 즉 '歸命귀명', 영남 성리학의 공경(敬), 루돌프 슈타이너의 현대 영지주의와 발 플럼우드의 生態學생태학의 결론인 모심, 그리고 東學의 제1의 원리인 '모심'이 바로 天符의 妙衍인 것이다.

이렇게 모심은 중요한 것이다.

화엄개벽의 복승, 확충, 축적순환, 환류 못지않게 중요한 것이다. 그러나 반대로 한번 묻자!

'초기값'만이 중요한 것이냐?

뉴욕의 태풍은 별 것 아니냐?

복승, 확충 등의 다양한 月印千江의 전개 과정은 그저 초기의 모심에 의해 모두 다 결정되고 마는 것인가?

다시 말한다.

나사렛 예수가 모심 실천의 모범이라고 하자.

그러면 그 모심을 따른 일체 화엄개벽의 실천 관행과 경우들의 일체 가치와 흐름은 오직 나사렛 예수의 모심과 섬김의 사례 안에 갇히는 것인가?

그렇지 않다는 데에 중요한 문제점이 있다.

예수는 여러 군데, 여러 얼굴, 여러 경우에 살아있으니, 바로 그것 '달이 천개의 강물에 다 따로따로 비치는 것(月印千江)'과 '작은 한 톨의 먼지 안에도 거대한 우주가 살아있는 것(一微塵中 含十方일미진중 함십방)', 그 자체를 중심으로 모시는 모범이 곧 나사렛 예수의 모심의 모범이 아닐 것인가?

여기에 碧嚴錄의 지혜가 들어온다.

제 35칙 공안 '前三三 後三三'이 그것이다.

용과 뱀, 범부와 성현, 대중의 많고 적음, 앞과 뒤가 모두 다 그 나름으로 '三三'이요, '三三'이니 天符經에서 우리가 공부한 바 '三'의 반복 易數역수의 어마어마한 '우주적 의미망'은 앞이나 뒤나 제 나름 나름으로 마찬가지 아니겠는가?

雪竇禪師설두선사는 노래 부른다.

千峰盤屈 色如藍
천봉반굴 색여람

천봉만악 굽이굽이 짙푸르다.

모심, 축적, 充, 집중, 내부공생 등이 모두 妙衍의 기본 메타포와 직결된다.

연은 물 홍건히 고인 연못이니 玄牝현빈이요, 牝牛빈우이며 암컷이고 會陰이며 子宮 또는 性交 과정의 우로보로스, 龍化요 結繩이다. 이것이 달과 陰의 여성성이고 북극 太陰이고 混沌혼돈이며 여성 몸속의 月經이겠다.

이 메타포가 연못이다.

이 연못이 곧 산 위에 있음이 古代神市고대신시의 상징이다 (水雲의 '山上之有水兮산상지유수혜'). 곧 八呂四律팔려사율의 신성한 우주생명학의 진리요, 呂律的 律呂다.

우리는 伏羲氏의 離卦의 '畜牝牛'와 坤卦의 '黃裳元吉 文在內也'의 의미를 妙衍으로 해석했는데 그것은 伏羲氏의 출생설화의 은유와 직결된다.

漢代의 緯書위서에 의하면 伏羲氏의 엄마인 華胥氏화서씨는 (산동성 복현 동남쪽에 있는) 雷澤뇌택이라는 연못에서 거인의 발자국을 밟고 복희씨를 낳았다고 한다.

설화와 신화는 상징성이 생명이다.

雷澤이 곧 妙衍이고 거인의 발자국을 밟음이 여성上位의 龍化 結繩 性交의 시작이다.

澤이 여성의 회음인 물이라면 雷는 震진으로서 우레요, 한울이며 통치력 그 자체. 여성 통치력 또는 땅이요, 물인 여성성 속으로부터의 하늘이요, 빛인 통치력이니 어쩌면 이리가라이가 희망하는 그 古代 聖所성소의 女性史誣여성사무 즉 神官과 연결되는 설화인지도 모른다. 妙衍의 妙가 곧 雷와 동일계열의 상징성이다. 그리고 그림자를 밟음은 초인, 거인인 남성의 몸을 위에서 성행위 함을 뜻하는 것이다. 신화, 설화, 민담해석의 일반적 공식이니 기이할 것도 없다.

그렇다면 바로 이 畜牝牛의 畜과 모심, 充, 축적과 내부 공생의 '안으로 모아들임'은 바로 이렇게 向我設位의 참 뜻이 되는 하나의 거룩한 自心自拜자심자배에 의한 여성성, 모성, 陰水의 會陰腦회음뇌의 축적과 배양 행위로서의 제사 양식이 된다.

따라서 이것은 곧 우주 만상과 일체 신령, 부처, 귀신, 생명력과 심층무의식, 만물과 중생의 일체 활동을 제 안에 안고 또 새롭게 배태하며 축적하여 미구에 다시금 밖으로 나아가 확산하고 순환하고 환류하여 '호혜를, 교환을, 획기적 재분배 실현을' 넉넉히 실천하게 되는 준비과정이게 되는 것이다.

바로 이 점에서 妙衍은 곧 五易華嚴의 실질적인 씨앗이자 열쇠가 되고 해석학이며 과학이게 된다. 즉 華督氏의 그 장엄한 달과 같은 우주 엄마 그 자체인 것이어서 화엄개벽의 산 주체이다.

이렇게 보아야 한다.

나는 이제 약간 방향을 돌려 우리가 지금 가야할 그리고 건설하고 창조해야 할 새로운 경제 문명사회에 있어서의 화엄개벽을 참으로 그 실천을 모색하는 데에서 五易華嚴經이 어떤 妙衍을 거쳐서 참으로 현대적이면서도 항속성 있고 전 인류적이면서 전 생태계와 전 지구 및 우주 공기와의 관계에까지도 긍적적인 방향성과 방법의 차원을 이끌어 낼 수 있는가를 생각해 본다.

이때 중요한 것이 역시 五易華嚴經의 구체적 妙衍 원칙들 중의 이제 방금 우리가 집착해 왔던 축적, 充, 집중, 모심, 배양, 온축 등의 기능일 텐데 그 원리 해석을 역시 경제 등 현실 삶 문제에 직결해서 약간 파들어 갈 필요가 있다고 느낀다.

그것이 무엇일까?

'돈' 문제다.

돈이 무엇일까?

돈과 축적, 또는 모심, 充 등의 관계는 무엇일까?

우리는 사실 지난 시절 周易이나 正易의 推衍 일체 과정에서 당연한 듯이 돈이나 경제적 시장 논리, 교환, 호혜, 재분배, 이익의 환류시스템이나 순환 따위, 공생의 조건, 무역, 투자, 노동, 생산 따위와는 하등 관계없는, 정치, 종교, 우주적 변동, 마음, 신비적 예측이나 吉凶길흉 따위의 초점만으로 推衍해 본 것이 사실이다.

이것은 약간의 實學的실학적 관심 이 외에는 동아시아 학문의 일반적 경향이었고 종교 역시 마찬가지였다.

여기에 비해 서양에서는 도리어 정반대로 모든 미래의 예측과 현실 세계 현상의 변동에 대한 판단이 거의 일치되게 화폐가치, 이윤, 무역, 생산성, 가격, 부의 축적과 유통과 소비 따위 등의 계측으로 일관해 온 것이 사실이다.

이 양쪽의 극단적 괴리는 전혀 메꾸어질 수 없을 것인가?

작년부터 시작된 미국과 유럽 등의 금융위기는 그 원인 자체가 이미 동아시아적 관념 세계의 추상성, 그리고 서구 및 미국의 화폐세계나 물질적 실증성 일변도로는 결코 설명도 해명도 그 극복의 대안도 찾아볼 수 없는 새로운 사태라는 점에 모두의 의견이 일치한다.

새로운 사태라기보다는 동서양 모두가 이제까지 우리의 삶과 지구적 실존 자체를 엉터리로 보아왔거나 그날그날 사기치듯 얼렁뚱땅 해왔다는 이야기밖엔 안 된다.

영국의 고든 브라운은 지금의 사태를 좌도, 우도, 중간의 경제이론으로도 극복 못한다고 절망을 털어놓았다. 예측 자체가 변해야 한다. 그러려면 세계관 그 자체, 철학과 과학관이 바뀌어야 한다.

돈과 마음을 결합하지 않고는 미국의 Bubble을 해명 못하듯이 그것의 융합적 상호작용을 꿰뚫어 보지 못하고는 그 대안을 찾아낼 수 없다.

유물론이나 관념론 모두가 어제의 말장난이다.

그렇다고 적당히 꿰맞춰서 되는 것은 아니다.

새 시대다.

무엇으로 대답해야 하는가?

'생명'이다.

생명은 물질과 마음을 애당초부터 함께 가진 생성이다. 그래서 神氣라고도 부른다(氣化神靈기화신령도 마찬가지). 그 생명은 끊임없이 운동한다. 그리고 변화한다. 돈도 되고 마음도 되고 돈이면서 마음이기도 하고 돈이 아니면서 마음이 아니기도 한다. 모이기도 하고 퍼지기도 하고 쌓이기도 하고 회전하고 순환하기도 한다. 조그만 하나 안에서 수없이 많은 것이, 수많은 것들 사이에서 한 가지가 움직이고 살고 죽고 또 되살아나기도 한다. 한없이 변하는데 이것들이 모두 다 오묘한 이치로 그렇게 움직인다.

이것이 다름 아닌 妙衍이다.

돈이 모심과 向我設位요, 축적과 充과 씨앗상태에서 妙衍의 움직이는 모습일 때를 우리는 어떻게 인식해야 할까?

여기서부터 출발해 보자.

그때는 이미 돈은 곧 마음이며 또한 하나의 씨앗으로서의 생명력인 것이다.

물론 이 경우 전개되는 원칙이 있으니 곧 同塵不染동진불염이겠다. "장바닥에 들어가 돈 버는 먼지를 뒤집어쓰되 떼돈을 벌겠다는 욕심에는 물들지 말아야한다"는 분별심이겠다. 그럼에도 양자를 연결시키는 것, 곧 그 뒤에 붙은 利生常道이생상도, "중생의 삶을 이롭게 하는 향상된 진리의 길"로 되는 길이다. 물론, 돈은 마음이 아니다. 同塵不染이요, 入塵垂手입진수수다. 그러나 돈과 마음을 완전히 갈라버리면 돈도 마음도 온전치 못하다. 그리고 이것이 바로 현대 경제와 현대 문명에 나타난 최대 적신호 중의 하나다.

미국 최고의 경제학자인 폴 크루그먼은 비유적 표현으로 "오늘의 돈은 눈이 달렸다"고 했다. 즉 돈에도 마음이 있다는 소리다. "돈은 마음 같은 것과 하등 관계없다"고 주장한 19세기 마르크스가 들으면 기절초풍할 소리다. 카지노, 자본주의, 금융자본주의, 속성자본, 버블 등이 마음은 없는 돈의 현상만인가?

돈과 마음을 연속시키지 않으면 현대문명의 출구는 안 잡힌다는 말은 여기서 오는 것이다. 그럼에도 돈은 마음이 아니다.

그러므로 양자 사이의 관계를 보지 않으면 안 된다. 양자 사이의 같으면서(그렇다, 其然) 같지 않음(아니다, 不然)을 함께 보려면 바로 모심과 擴充, 또는 充擴을 보아야 한다. 서로 다르되 함께 움직이는 動線동선의 동일 생성 코드를 보아야 한다는 것이다.

擴充과 蓄積循環, 還流시스템 속에서 돈과 마음이 서로 구분되면서도(不染) 함께 움직이는(同塵) 현재적 삶의 生成 구조의 원리를 알아야만, 그것도 원칙적으로 알고, 그 원칙과 함께 五易華嚴經을 생활적, 영적, 우주 생명적으로 妙衍해 나가지 않고서는 우리가 지금 다함없는 그리움으로 '흰 그늘'의 감성을 모시고 있고 살리려고 애쓰는 古代的 神市의 현대적 전세계적 대부활의 복음을 들을 수가 없다.

호혜와 교환을 함께 객관적 시장 패턴으로 현실화 시킬 수가 없고, 그보다 한발 더 나아가 호혜와 교환의 객관적 시장 패턴 안에서의 상호융합과 다양복잡한 상관관계의 生克, 즉 음양 상생상극 관계를, 예컨대 ①脫商品化탈상품화와 再商品化의 연속성 ②가격 다양성과 협의 가격 ③自利利他자리이타와 相互惠澤상호혜택과 個體融合개체융합으로 이끄는 것과 함께 그보다 더 복잡하고 까다로운 문제인 획기적 재분배(결코 그냥 재분배나 평등분배라고 부르거나 인식하거나 실천하려해서는 안 된다. 이는 초장부터 경계해야 할 퇴폐적 추상성이니 철저히 비판해야 한다)를 소비 공급, 유목, 정착, 남성과 여성 등등에 연관된 二元執政에 의한 중심성(centricity)으로 섬세하게 기획, 구상, 추진, 감시, 재추진, 사후 조절 등 철저 실행하는 데에 있어 가장 중요한 전제 조건은 바로 최초의 充, 축적, 모심과 擴充, 축적 순환의 모든 요인을 처음의 '자본의 축적, 마음의 구상' 단계 안에 모셔야 할 것이다.

바로 이것이 서구 기성 경제학자의 표준으로 설명한다면 페르낭 브로델과 칼 폴라니 이론의 결합인 것이다.

그러나 이 근본 이론의 근거는 생명학으로써 향후 여러 과정을 거쳐 우주생명학으로 발전 확장되어야겠으나 여전히 그 근거와 씨앗은 역시 天符經의 一始無始一, 一終無終一 안에 있으며 妙衍 한마디에 있으며, 동학주문의 '侍(모심)' 그 한마디에 있는 것이다.

예수의 말 "돈 가는 데에 마음 간다"의 진리에 이제 우리는 한 마디 덧붙여야 한다.

"마음 가는 데에 돈 간다."

그러나 또한 여기에 우리는 꼭 조건을 달아야 한다.

한자로 달자.

세 마디다.

'同塵不染 利生常道'

현대의 일체 기획, 디자인 기능은 결코 첫 번 하나가 아니다. 그래서 一始無始一이니 첫 씨앗 안에는 후일 만년 나무의 천 떨기 꽃(萬年枝上 花千朶만년지상 화천타)이 애당초부터 다 들어 있는 법이다. 중간에 덧붙이거나 무엇이 도와준다는 망상은 그야말로 망상이다.

그러므로 一終無終一이다.

끝이 없는 법이다. 다시금 다시금 擴充, 擴散하면서 復勝하면서 또 復勝하는 것, 이것이 華嚴이고 이것이 開闢이며 이 화엄개벽을 제 안의 씨앗으로 간직하고 싹 틔우는 것이 '모심'

이니 바로 이것을 일러 天符인 妙衍이라 부르는 것이다.

우리는 이 妙衍을 종교철학적으로 어찌 聖化할 수 있을 것인가? 그럴 필요는 있을 것인가? 있다. 이제 참으로 새로운 화엄개벽의 신문명의 푸르른 새벽이 다가오고 있기 때문이다. 어떻게 모시는가? 向我設位다.

구체적 기능으로서는 바로 그것이 擴充인 것이다.

우리는 일체 五易華嚴의 擴充, 축적순환을 실천하면서 그 무수 무수한 영역과 생성 코드들과 부분들, 세계영역들의 복합의 혼돈을 내 안에 끌어들여 나 자신 즉 화엄법신인 '한울', '한'으로 스스로 모시고 절하고 밥 먹이고, 키움으로써 다시금 擴하고 환류시켜 화엄개벽을 연쇄 시키는 삶, 바로 그것이 다름 아닌 五易의 집행, 즉 妙衍이라 해야 할 것이고 이것이 화엄 개벽 모심의 실상이요, 요체인 것이다.

그리고 이 '向我設位'를 집행하는 사회적, 우주적으로 집행하는 거룩한 사제, 神官이 妙衍의 그 衍의 주인공인 上位의 女性이고 어린이다. 특히 아이를 가진 여인이고 아이를 키우는 主婦주부인 것이다.

이 여인, 모성의 실존 자체가 이미 妙衍이니 반드시 확충, 호혜, 개체융합, 내부 공생인 품앗이와 契계의 일본 말로 '오야' 즉 우두머리가 어김없이 여성, 그것도 아기를 가진, 아기 키우는 여성, 즉 엄마인 까닭이다.

옛 모심과 살림엔 다 그 나름의 엄정한 깨침, 즉 지혜가 있었던 것이다.

바로 여기에서 우리는 오늘 새 시대 새 문명 건설의 참 지혜를 배워야 할 것이다.

玄牝, 암컷, 會陰, 子宮, 달, 陰, 엄마, 契主가 모두 다 '牝牛, 검은 암소'이니 속주머니다. 돈과 마음이 따로따로이면서 또 하나로 모이는 엄마의 그 시커먼 알 수 없는, 그럼에도 이제 막 화안히 밝은 미래를 여는 흰 빛 자궁이다.

자궁에는 5억 개의 精子가 들어가 모여서 단 하나의 새 아기가 10개월의 임신 태교 과정을 거쳐 70% 이상의 뇌신경세포를 형성한 뒤, 즉 '마음'을 가진 뒤 그 5억 개 분량의 생명력, 즉 '돈'을 함께 하나로(그러나 본디 그 기능이 생극적이면서 복승적인 드러남과 숨음의 교차생성구조를 가진 양면성)하여 출생하는 것이다. 확충이요, 축적순환이요, 至化至氣 至於至聖지화지기 지어지성인 것이다. 이 얼마나 엄청난 생명, 우주 생명 시대의 새롭고도 오래된 복음이냐!

최근 나의 提案제안으로 일본 후쿠오카에서 출범한 한국, 일본, 아시아 10여 개국의 生協들이 참가한 '호혜'를 위한 아시아 민중기금이 바로 그것 아닐까? 기대해 보기로 하자(2005년 현재.)!

그 목표가 호혜, 교환, 획기적 재분배의 새로운 세계 신시요, 그 기능은 품앗이요, 확충이고 축적 순환이며 환류시스템이니 참으로 축복 속에서 '세계 보지'의 성공을 한번 빌어보자.

동학의 海月 崔時亨 선생은 그 자궁의 月經이 北極 太陰의 물을 움직여 우주개벽을 추진한다고 했으니 어디 전 지구적 호혜와 '우주 신시'의 출현을 기다려 보자!

그러나 주의할 것은 이것이다.

남성 회음도 그러하거니와 더욱이 여성의 會陰은 자궁과 똥구멍의 빨아들이고 내싸지르는 일체 생명력, 노동하고 생산하고 중추신경계를 통전 제어하고 기의 음맥을 총괄하고 전체 기의 양맥을 조정하며 전체 기의 충맥 전체를 통솔하면서 동시에 대뇌, 소뇌, 전두엽, 백회, 뇌관 등 전신에 퍼져있는 뇌세포활동, 전방위 복합, 심표 교차활동의 총사령부가 바로 회음부임이 밝혀지고 있다.

會陰이 무엇인가?

'모임'이니 주체적 실천으로서는 '모심'이다. 우주 생명 활동 전 영역의 모심이다. 이 모심은 돈만 아니라 마음이요, 그 둘만 아니고 온갖 인간 활동, 만물활동, 전 중생 영역과 그 마음들을 옛날과 새 날의 그 모든 것을 포괄적으로 모심이다.

바로 이 會陰 안에 會陰腦와 중추신경계가 있고 그것이 우주의 블랙홀과 화이트홀의 홀로그램을 모두 다 안고 있다.

이제 옛 禪哲선철과 화엄 결집자들의 주관적 희망사항이 아니다. 우리가 會陰과 우주지구 생명 사이의 구체적 神氣活動신기활동을 과학화하지 못했을 뿐이다. 五易華嚴經은 바로 이 우주생명학을 성립시키는 과정이며 회음생명학을 구체화하는 진행이다.

이 會陰 안에 五易華嚴經의 구체적이고 復勝, 擴充의 개벽활동이 살아있으니 그것이 곧 妙衍이요, 모심의 禪的 실천이 되었다.

이젠 서서히 저 복잡하고 어지러운, 그러나 참으로 현란한 현대 초현대적 우주 화엄의 五易 전개의 구체상의 바다로 걸음을 옮기자.

지금 동아시아 經濟경제는 일방적으로 '擴' 과정이다. 중국, 일본이 미국, 유럽 기타 南美남미나 아시아 국가들과 자유무역협정 (FTA) 등으로 관세장벽을 허물고 마치 무궁궤도처럼 확장하고 , 중국이 마치 이제 미국을 넘어서 버린 듯 큰 소리 펑펑 치는데 그렇다고 '보보스 포럼'에서 주장하듯 '베이징 켄센서스 시대' 도 전혀 아니다.

물론 이것은 순환이고 환류이니 오래된, 그러나 사실은 혼돈적 질서다.

즉 充 앞에 擴이 전개된 그 오묘한 까닭이다.

孟子맹자의 원음은 '擴而充확이충'이며 東武동무 李濟馬이제마의 四象醫學사상의학에서는 仁義禮智인의예지 四象에로 擴하고(陽) 동시에 性命(숨은 차원의 영적생명력)으로 充하는 것을 '擴充法'이라 부른다.

칼 융의 impolification 역시 사회 윤리적 삶의 四位體사위체 (Tetractis)로 擴하므로 숨은 차원의 만달라(Mandalla) 즉 원만한 심층 무의식의 우주상을 充하고 그것이 서서히 擴하도록 임상하는 방법이다.

페르낭 브로델의 축적 순환 역시 비슷한 구조다. 중요한 것은 경제에 있어서는 擴과 순환과 환류, 도리어 充과 축적과 내장을 예상시키고 行하고 선도할 수 있고 지금과 같은 위기에 대한 긴급처방 또한 그럴 수 있다.

예컨대 국제 경제에서 잘 사용하지 않는 비결인 스와프, 통화 맞바꾸기를 한·중·일·미 간에 장기화, 복층화 하는 조치들이 그것이다.

장기화, 복층화, 복층적 통화 맞바꾸기는 통화 통합의 가능성을, 그것은 다시 경제 통합의 가능성을 내포하고 있고 그 과정의 복잡화, 장기화는 질적 변환, 즉 경제체질의 변화, 경제제도의 차원 변화의 개연성을 충분히 내장하고 있다고 한다. 이것은 무엇을 뜻하는 것인가?

이 경우의 모심, 充, 축적, 내장, 기름, 안으로 온축하여 살림과 擴散과 순환과 환류와 다극 해체적 대화엄을 이루는 것은 결국 체질변화라는 숨은 씨앗을 키우는 것인데, 바로 그것이 '산알(즉 마음이면서 돈)'의 復勝이고 五復勝의 연쇄확충과정의 첫 샘물의 마련이다. 이것이 진정한 모심이고 向我設位의 오묘함인 것이다. 경제문명의 첫 샘물인 아시아 古代의 神市 체제에로 순환하면서 환귀본처하는 과정이니 현대적 부활과정이다.

지금의 FTA 선풍은 그 자체로서 완성이 아닌, 하나의 '길 닦음'이겠다. 단순한 수출입 문제가 아니라 새로운 문명의 도래, 이른바 '호혜, 교환, 획기적 재분배'의 신시 부활이 세계 차원의 대화엄개벽의 밖으로부터의 첫 시작에 불과하다.

다시 말하지만 孟子맹자가 充 이전에 擴을 전제한 기이한 사유의 특징에서 우리는 무엇인가 배워야 한다. 東學呪文 수련에서 모심(侍) 이전에 혼돈적 질서인 至氣今至지기금지의 우주적 강력주문이 먼저 있음, 그리고 侍의 모심 수련 뒤에 이어서 擴充의 '明明其德명명기덕'과 대화엄개벽의 '至化至氣 至於至聖'이 나타남을 잘 눈 여겨 보아야 한다. 이것이 向我設位와 모심, 充과 축적의 새로운, 그러나 오래된, 本源본원의 영성생명학 우주생명학의 기본구조다.

五易華嚴經이 바로 화엄개벽의 우주생명학이라 했다. 그리고 그것은 불원간 '會陰生命學'과 '復勝의 現代史현대사'라는 구체적인 자연과학 및 사회과학의 새로운 차원을 끌고 올 것이라고 했다.

五易華嚴經 전체에서 天符妙衍의 해명이 먼저 중요했던 것은 도리어 세상의 온갖 지식과 소통 매체와 생명문제가 이론이나 실제에 있어 거의 大混沌이라 부를 정도로 확산, 순환, 환류하고 있기 때문에 그 擴散의 길 닦음을 도리어 逆역으로 활용하여 참다운 환류시스템을 우주생명학이 결정하기 위해 제일 먼저 그 씨앗을 찾는 과정이었지 안으로 움키는 것으로 현실이 다 해결된다는 단순한 識者論理식자논리는 아니었던 것이다.

자!

이제야말로 五易과 현대·초현대적 화엄과 그에 대한 天符妙衍의 매개적 해석, 전망과 실천적 방향, 방법 모색의 길로 나아가는 때다.

뤼스 이리가라이의 한 마디를 이 경우에 참고 하는 것이 좋을 듯하다.

"이 세상에 아무리 좋은 것이 있다 하더라도 여성과 모성의 근원적인 힘이 배제되고서는 그 효력이 없다."

누구나 알고 있고 공감할 수 있는 말이다. 그러나 쉽게 수긍하지 않는다는 점과 거기에 여러 가지 조건, 즉 부대 사항이 달라붙는다는 점이 있다. 누구나 알고 있다 함은 우주의 근원이 무엇인가 잘 이해하기 힘든 혼돈이요, 생명의 탄생이 분명 여성의 자궁이라는 것을 누구나 알고 있다는 뜻이다. 따라서 처음 시작은 아니라 하더라도 분명한 근원이 혼돈과 여성성이라는 것을 모르는 사람은 없다.

후천개벽을 '다시 개벽'이라고 부르기도 하고 '원시반본'이라고 부르기도 하는 까닭이 무엇일까?

길을 거꾸로 돌아간다는 뜻은 아닐 것이다.

과거의 어떤 근원이 지금 여기서 새로운 형태로 되풀이 되는 것을 말한다. 그래서 후천개벽은 다른 차원에서 入古出新일 수 있게 되는 것이다.

분명 우주의 근원인 '한'은 시작이 없는 '한울'이고 그 한의 완성은 또한 종말이 없는 한울인 것이지만, 근원은 있고 완성은 있는 법이니 그 근원이 새롭게 되풀이 된다는 것이다.

天符經에 의하면 그 세계양식은 人中天地一이고 그 생명령 해탈문은 '妙衍묘연'이다. 그래서 동학은 본주문을 '侍' 즉 모심으로부터 출발시킨다. 모심이 곧 萬物만물의 시작은 아니다. 그 앞에 혼돈한 우주 질서인 '至氣'를 내 몸 안에 내려달라고 비는 降靈呪文강령주문이 있는 까닭이다. 그러나 그런 조건에서는 첫 번의 새로운 시작이라면 역시 시작이라고 할 수 있겠다.

바로 이 모심의 뜻이 '內有神靈 外有氣化 一世之人 各知不移 者也내유신령 외유기화 일세지인 각지불이자야(안으로 신령이 있고 밖으로 기화가 있으며 한 세상 사람이 서로 옮길 수 없음을 각각 제 나름대로 깨닫는다)'로 되어 있음을 가슴에 새겨야 한다.

왜냐하면 먼저의 '안으로 신령이 있고 밖으로 기화가 있음'은 다름 아닌 창조적 진화론의 핵심명제로서, 동아시아 易學의 神氣論이요, 동시에 서양 기독교 과학의 완성인 '신의 연속적 창조에 의한 우주 생명진화론'이며 다름 아닌 종말론적 개벽학, 만물해방사상이고, 그 다음은 현생 인류 전체가 대화엄(不移불이는 華嚴經을 孟子의 移不移 - 옮기되 옮기지 못함 - 로 南宋남송의 朱子주자가 번안한 말이다)을 각자 제 나름나름으로 깨달아 실천한다는 역시 인드라 망과 같은 月印千江의 화엄세계이기 때문이다.

다시 말하면 '侍' 모심 한 마디는 곧 종말적 화엄개벽에 의한 만물해방의 실천이라는 그 말이 된다.

그렇다면 어찌 될까?

天符經의 절정인 人中天地一이 바로 화엄개벽이라 할 때 바로 그것을 사람 안에 모시는 것이 동학 수련이라는 뜻이 된다.

그렇다면 '妙衍'은 무엇인가?

바로 여기에 동학 본주문 모심수련의 현대적 한계가 드러난다.

'현대적 모심수련'은 당나라와 신라 이후 한국 화엄사상의 가장 중요한 초점이었던, 선도천부사상의 생명학과의 결합에 의한 '선도화엄법신선'이다.

몸으로 하는 주문 수련이야말로 동학 본주문 모심수행의 현대적 한계요, 과제인 것이다.

이것이 다름 아닌 말년의 海月 崔時亨으로부터 시작되었으나 천도교의 義菴의암 단계에서 묻혀버리고 도리어 先天的 영혼주의 일변도의 性理思想성리사상 쪽으로 진행한 것이다.

海月의 ①向我設位와 ②밥 사상과 ③여성 몸속의 月經이

북극태음의 물을 결정함이 후천개벽이라 한 법설들이 '동학 나름의 화엄법신선'에 의한 모심의 후천개벽이었던 것이다.

이 수련은 본 주문 맨 첫 번의 가장 중요한 개념인 '侍'를 몸속의 맨 아랫도리인 '사타구니' 즉 會陰으로부터 시작한다.

왜 會陰인가?

남성도 그렇지만 여성의 會陰은 더욱 중요하다.

이제껏 무수히 되풀이 해 온 이야기들이다.

바로 이 여성의 會陰에 창조적 진화에 의한 終末종말을 전제한 대화엄개벽의 만물해방의 실천적 과제인 모심 즉 '侍'를 별처럼 폭발시키는 것이다.

이것이 곧 몸으로 하는 모심, 몸으로 시작하는 天符, 사람 몸 중에서 가장 더럽고 시커먼 밑바닥(己位, 大荒落位, 여성, 음, 달)이면서 우주개벽을 촉진하는 月經의 출처요, 생식과 임신과 태교와 출산의 가장 거룩한 생명의 탄생지인 會陰, 그럼에도 온 몸의 陰陽 대기와 신경과 뇌기능 전체와 우주 블랙홀, 화이트홀의 홀로그램을 복사하는 '회음뇌'의 자리를 '侍' 즉 모심이 곧 첫 번째 妙衍이니 왈 첫째의 天符인 것이다.

주문은 뒤를 이어 中·下·上 세군데 內丹田으로 이동한다. 이 또한 엄청난 중요성을 갖는다. 이 과정이 쉽게 말해서 人中天地一의 완성 과정이고 화엄개벽의 성취과정이다.

본 주문에 뒤이어 擴充, 축적 순환, 환류시스템의 과정이 있고 또한 최종적으로 화엄개벽의 대해탈이라는 무궁무궁의 경지, 至化至氣 至於至聖지화지기 지어지성이 온다. 그러니 우리 몸 안에 우주 생명 전체의 확충, 축적순환의 大還流대환류의 차원 변화의 씨앗이 싹 트고 있는 셈이다.

몸 그 자체로서 화엄의 완성이나 벽암록의 雲門운문은 이를 '六不收육불수'라고 표현하여 어떤 한 가지로 통합되지 않는 천지다양의 무궁 그 자체가 우리 몸 안에 이루어짐(人中天地一)이라고 설파했고 雪竇설두는 이를 天竺천축과 같은 그 넓은 망망 대세계에서도 발견 못했는데 한밤중 문득 기억난 제 엄마의 젖가슴 아래 뱃속에서 자라던 시절에서(妙衍) 찾아냈다고 고백한다.

이리가라이에 대한 가장 적절한 대답이 아닌가?

우리는 바로 이 모심의 몸 수련 과정을 전제하고 천부역의 人中天地一과 妙衍의 '奧妙推衍'의 형식으로 '五易과 華嚴'을 공부해 나가야 한다.

이 역시 이리가라이의 말, "아무리 좋은 이야기라도 여성과 모성의 근원적 힘을 배제하고는 아무 쓸모없다"에 대한 정확한 대답이 아니겠는가!

五易華嚴經은 이제 본격적인 실천적 우주생명학 체계에 이르고 있다. 우주생명학은 물론 생명학을 출발점으로 하고(復勝), 나, 가족, 지역, 사회, 인류, 중생, 만물, 지구, 대기권, 외계, 우주의 여러 운동과 무궁무궁으로 확장하면서 다시 逆으로 수렴한다(擴充).

중요한 것은 이것을 기초에서부터 무궁에까지 치열한 禪的선적 情熱정열로 '모심'이다.

五易華嚴經의 우주생명학 체계를 본격적으로 구성하는 단계 도입부에 가장 중요한 원리들이 제시되어야 한다.

그것이 五運六氣論오운육기론에 입각한 五復勝오복승과 五易의 연쇄적 확충 과정의 원리를 확정하고 그 생명학 복승이 전 우주적 확충망을 체계화 하는 것이다. 이것이 이루어져야만 天符妙衍에 의한 '모심'으로 五易(五復勝)과 華嚴經의 수백 가지 세계양식과 수십 가지 생명령의 해탈문의 種종과 類류의 갈래와 연속성이 정리된다.

이러한 작업이 先行선행되어야만 '화엄개벽의 모심'으로 현대적, 초현대적 화엄세계의 實相실상과 그 개벽적 전망을 세울 수 있고 그것을 '禪的선적인 모심으로' 실천하는 '아시안 네오 - 르네상스'와 세계 문화대혁명을 구상, 추진 할 수 있는 '줄거리'가 나타나게 되는 것이다.

우선 여섯 가지를 확정한다.

1. 五復勝과 五易
2. 五復勝과 五易의 文彩문채원리
3. 十五復勝
4. 十五復勝의 다섯 가지 실천적 모심
5. 五易華嚴에로 나아가며
6. 치유기능으로서의 우주생명학, 五易華嚴經

1) A 五復勝
① 會陰으로부터의 復勝 - 水王
② 內丹田내단전으로부터의 復勝 - 龜靈跡귀령적
③ 氣穴(深層經絡 심층경락)로부터의 復勝 - 彫龍跡조룡적

④ 表層經絡표층경락으로부터의 復勝 - 深茫跡심망적

⑤ 細胞세포로부터의 復勝 - 煩形跡번형적

1) B 五易

① 伏羲易 - 水王運 - 河圖(黃河出황하출)

② 文王易 - 龜靈跡 - 洛書(洛水出낙수출)

③ 正易 - 彫龍跡 - 連山연산(國師峰국사봉)

④ 燈塔易 - 深茫跡 - 歸藏귀장(海雲台해운태)

⑤ 天符易 - 煩形跡 - 妙衍(白頭天池백두천지)

2) 五復勝과 五易의 文彩문채

① 伏羲易 - 水王運 - 玄覽性현람성

② 文王易 - 龜靈跡 - 啐啄性쵀탁성

③ 正易 - 彫龍跡 - 漂渺性표묘성

④ 燈塔易 - 深茫跡 - 夢養性몽양성

⑤ 天符易 - 煩形跡 - 疎開性소개성

3) 十五復勝

① 水王雲 - 會陰회음

② 歸靈跡 - 內丹田

③ 彫龍跡 - 氣穴기혈

④ 深茫跡 - 經絡경락

⑤ 煩形跡 - 細胞세포

⑥ 形局跡형국적 - 生物地域생물지역

⑦ 復形跡복형적 - 群落군락과 轉移전이의 植生系식생계

⑧ 靈局跡령국적 - 氣局, 形局, 靈局 총괄 연관 영국적

⑨ 風水跡풍수적 - 地球지구 內外 丹田

⑩ 太陰跡태음적 - 北極 太陰의 水系

⑪ 初眉跡초미적 - 地球 山嶽산악의 첫 이마 群군

⑫ 河雲跡하운적 - 오존층圈권

⑬ 易史跡역사적 - 태양과 달의 干支圈간지권

⑭ 黑白跡흑백적 - 블랙홀, 화이트 홀, 超新星초신성 등 外

⑮ 無窮跡무궁적 - 三天大千世界, 無窮氣流무궁기류

(十五復勝의 연쇄는 새로운 세계 소통 및 경제문명의 열쇠.)

4) 十五復勝의 다섯 가지 실천적 모심

① 주역 離卦의 畜牝牛의 현대적 여성문화적 모색 과정

② 주역 坤卦의 黃裳元吉 文在內也의 종국적 여성 통치력
　과 남성 지혜자의 二元執政制 완성의 구상 과정

③ 정역 三八同宮에 의한 화엄개벽의 전 세계적 신경제문명
　실천운동의 추진 과정

④ 세계종교원탁회의 ‘統一神團통일신단’ 구축의 구상 과정

⑤ ‘統一神團’ 기초 위에 ‘세계 조화정부’건설 논의 시작과정

5) 五易華嚴에로 나아가며

① 五易華嚴은 五易의 卦辭괘사, 易數역수 등을 卦로 하고
　華嚴經의 수많은 사안 등을 爻로 하여 復勝, 擴充의 복
　잡화 과정을 妙衍으로 해석 전망한다.

② 五易華嚴은 五復勝 五易과 十五復勝의 우주생명학 연관 위에서 華嚴經의 各 品品과 科과를 직결 해석함으로써 먼저 생명령의 수십 가지 해탈문을 개벽적으로 '妙衍'하고 거기에 얻어지는 개벽적 화엄의 실천적 방향, 즉 復勝的 擴充의 전략으로 수백 가지 흐름의 화엄세계 양식의 개벽적 방법을 '妙衍'할 것이다.

③ 그리고 五易華嚴은 그 집약(充, 向我設位, 모심)으로서 다섯 가지 실천적 모심 과정에로 귀결한다(주역 離卦의 '畜牝牛'의 여성문화 등).

④ 기타 각 방면, 각 양식의 해석과 지혜와 문제점들은 빠짐없이 참고사항으로 메모하며 五易華嚴은 반드시 妙衍의 天符易數인 <9×9=81>의 復勝 - 擴充的 수렴, 확산, 축적순환의 환류시스템을 따라 그 우주생명학적 '관념 수리'를 '신경 - 영성 컴퓨팅에 의한 우주생명 복합 컨셉터'에로 발전 전개함으로써 디지로그 소통문화의 유비쿼터스 소통화엄의 모심 개벽을 성취한다.

⑤ 이 같은 '五易華嚴 소통 디지로그 媒體매체' 건설을 위해 兪曉群유효군의 術數探秘술수탐비 중의 八數體系팔수체계 전체를 이슬람 宇宙數우주수와 유럽 宇宙數理學우주수리학과의 연결 속에서 <9×9=81>의 天符數理學 안으로 擴充的확충적으로 妙衍묘연하는 과정을 조직한다.

6) 치유로서의 우주생명학, 五易華嚴經오역화엄경

復勝, 擴充, 모심과 禪과 向我設位를 기본 구조로 하는 우주생명학인 五易華嚴經은 그 어떤 우주 문명의 건설 이전에 우선 종말적 怪疾괴질과 전염병, 생명 위기와 기후 혼돈으로부터 생명을 치유하지 않으면 안 되는 것이다.

그렇지 않다면 妙衍이 天符로 될 수가 있겠는가? 復勝, 擴充이 누구를 위해 있는 것인가?

'치유' 또한 '모심'이요, '美學'인 것이 바로 병든 현대의 문화이니 치유가 바로 문화혁명이다. '흰 그늘의 문예 부흥'은 바로 우주, 생명, 소생의 치료법을 옛날(入古)에서 배워 오늘에 적용(出新)하자는 후천개벽일 뿐이다.

치유의 復勝, 擴充, 美學의 체계란 개념을 이 경우 우주생명학의 前衛機能전위기능으로 한번 생각해 보기로 한다. 지금 준비 중인 『아우라지 美學의 길』이 바로 그것이다.

먼저 '르네상스와 문화혁명의 美學으로서의 치유'라는 진정한 '모심'을 통해서 우주생명학으로서의 五易華嚴의 살아 생동하는 체계를 건설해 보자는 것이다.

이 '치유의 美學'에 있어, 동서양 및 한국의 고전적 경우, 현대적 경우, 미래적 경우 등에 관한 다섯 가지 例를 먼저 제시한다.

먼저 擴充이라는 말은 孟子맹자에게서 처음 사용되었던 '擴而充확이충'이다.

이것이 孟子 以後이후 처음 醫方의방에서 使用사용된 것은 아마도 編鵲편작 계통의 外科手術외과수술에서 일 것이다. 扁鵲 계통의 외과 수술에서 관련 부위의 조직을 '해부' 즉 剖判부판해 열고(擴) 氣를 해방한 연후에 그 열린 부위를 통해 신선한 바깥의 기운을 身體內신체내 또는 組織조직이나 臟腑內장부내로 移入이입시켜 새 기운을 充滿충만하게 하여 치료하는 방법을 썼다(充).

이것은 여러 차례 反復반복되기도 했는데 매우 效果的효과적이어서 이를 두고 세상은 '神入魔出신입마출(充而擴)' 또는 '充神術충신술'이라고도 불렀다.

정신 치료에도 응용되었다.

중국 등 동아시아 醫學의학에는 정신 치료법이 全無전무했고 오직 巫堂무당이나 종교적 해법만이 있었다고 西歐서구에 알려져 있고 이것이 다시 한국 등 동아시아에 역수입 되어있으나 사실이 아니다.

다만 크게 대중화 되지 않았을 뿐이다.

정신치료에서는 역시 丹田 등에 그 기초를 두는데 '擴'은 눈, 코, 귀, 입을 통한 上과 배꼽, 항문, 성기와 會陰의 穴門(入口는 닫혀 있으나 氣의 유통에 따라 出入이 가능하다) 네 군데로 '擴'하는 '下擴'이 있었다.

그리고 두개골 상부의 百會백회를 통한 天氣呼吸천기호흡이란 이름의 百會擴과 外丹田외단전 네 군데를 통한 掌心擴장심확과 湧泉擴용천확이 있었다.

'充' 역시 여러 군데를 통한다.

가장 흔한 통로는 코와 입이다. 그리고 목젖과 흉부 사이의 푹 들어간 빨락문 모양의 '崇門숭문' 부분이 그보다 더 탁월한 '充入' 통로다.

이 上下 兩양 充入路충입로 네 군데를 中國醫學중국의학에서는 왈 '四充之門사충지문'이라하여 마치 우주의 기운, 즉 天氣·皇氣황기가 人體인체와 天下에 들어오는 '皇室入尊황실입존'이라고까지 높여 부를 만큼 生氣생기 복원에 큰 효과가 있다.

이것은 예술에서는 어떤 구조로 轉移전이 되었을까?

百轉백전이라는 이름의 詩人이자, 畵家화가가 唐代당대에 실존한다. 그는 기이하게도 '充'을 天地苦천지고의 入이라 하여 心傷심상의 근원이라 부르고 色彩색채를 萬만가지 고통의 원인이라 해서 일체 사용하지 않고 墨묵만을 썼다. 反對반대로 '擴'을 人身과 人心 안에 藏生장생(씨앗으로 살아있는)하는 佛力이라 하여 그 佛力이 人身과 社會와 天地를 蘇生소생시킨다하여 도리어 이른바 復勝 또는 自動記述자동기술 비슷한, 또는 石濤석도의 蒙養法몽양법 비슷한 자유로운 '속소리 詩韻시운'이나 '一劃일획'은 아니지만 매우 분방한 筆法필법으로 기이한 心傷심상을 그렸다.

後代후대에 이를 두고 '百轉自佛齡백전자불령'이라 불러 佛敎, 특히 禪宗의 우뚝한 봉우리로 친다.

李太白의 韻律운률 또한 明示的명시적인 方法방법은 아니나 일종의 擴充法확충법이다. 정확히는 '充擴法'이다. 왜냐하면 먼저 온갖 이야기나 생각이나 자취들을 '充入'한 다음 정리하여 종합하거나 뼈대를 세우기(杜甫두보는 이와 反對다.)

前에 混沌한 상태에서 한 契機계기만 잡아서 마구 直說직설, 卽興즉흥으로 '擴出'한다. 이것이 그의 자유분방한 天地自然천지자연의 表現표현이 되었다(역시 杜甫는 거의 小心할 정도로 정리된 效果효과밖에 거두지 못한다. 擴도 充도 一元的 분류를 이루어, 정신쇄신과 復勝, 力動的 生成이 아닌 것이다. 이 點은 美學的으로 많은 문제를 가져올 것이다.).

한국의 경우, 가장 대표적인 詩人은 陣華진화, 林白湖임백호, 金正喜김정희, 崔濟愚최제우, 김삿갓 등의 吟遊詩人음유시인들이고, 선비 시인들 가운데는 별로 보이지 않는다.

중요한 것은 '속 소리'를 안에서 '充'한 상태(무의식 중에, 즉 일종의 禪定선정 中의 神靈신령적 創意창의 상태)에서 밖으로 修正수정없이, 그대로 '擴'하느냐, 아니면 안에서 作爲的작위적으로 이미지를 굴려서 수정한 뒤에 밖으로 내보내고 그 조차도 끊임없이 교정해서 이미 그 내면적 진실을 외부적 조건과의 상관속에서 바꾸어 버리느냐의 차이다.

선비 시인 중에도 例外예외가 있긴 하나 民謠詩人민요시인, 歌客廣大가객광대들 이외엔 별로 보이지 않는다. 드러난 차원의 윤리, 도덕, 사회 양식 등 사이에서 擴하고, 그 갈등을 거쳐 그 效果가 관객속 정신과 생명력 속에서 擴充을 반복함으로써 깨침에서 치유(차원 변화 - 復勝)가 이루어지는 것과 같다.

특히 재담과 춤에서의 사방뿌리기와 사방치기 등은 擴充法의 전형이다. 왜냐하면 사방뿌리기, 사방치기는 소리든 춤이든 밖으로 '擴' 전에 반드시 안으로 '모듬' 즉 '充'해야만 하기 때문이다. 技法 이전에 이것은 이미 生命美學, 확충치유의 美學이다. '擴充의 美學' 즉 '모심 禪'은 華嚴開闢의 완성이다.

'擴'이 화엄이면 '充'은 개벽이다.

'擴확'이 수수만의 '물질해방'이면 '充'은 '萬事知만사지' 즉

'Homo Sapiens Sapiens divina' 즉 神人의 탄생이니까.

이것은 이제 '흰 그늘의 美學'에서 다시금 상론 하겠거니와 이미 심정수, 오윤, 홍성담의 조각과 회화 미술에서 드러난 지 오래이고, 나의 '五賊오적' 등 풍자시와 담시, 大說과 일부 서정시, 그리고 앞으로 계속 발표될 '못난 詩' 유형의 계열과 賦興比부흥비, 風神풍신의 새로운 '속 소리' 예술과 그림들에서 일관될 것이다.

이제 조그맣게 이런 말을 해야겠다.

"일체의 치유(힐링)는 오늘날 하나의 명백한 참선이요, 수련이며 미적인 체험이요, 나아가 하나의 혁명인 것이다."

'아우라지 美學의 길' 이후로 이 일은 '勞謙訣노겸결', '새 詩' 그리고 '우주생명학3'에서 계속, 그러나 작게 집중적으로 다룰 것이다.

세상이 어째서 그러한가?

모두 다 病병에 걸린 것이다.

사람만 아니다. 또 몸만 아니다. 마음도, 일체 생명계와 심지어 무기물까지도 병에 걸렸다. 아니라고 주장할 것이다. 그러나 미안하지만 사실이다. 그 형태는 8만 4천 가지나 될 터이고 그 치유기간은 수수억천년이 될 터이고 그 병든 부위는 삼천대천세계만큼 넓은 것이다.

왜 이리 되었는가?

이른바 '종말'이다.

종말이란, 요즘에는 그 이야기도 다 사라지고 더 험악한 말이 난무하지만, 이른바 일체의 에너지 쓰레기인 엔트로피가 최고 최대 증가의 순간, 오염 부패한 지구 물질과 외계의 공기(어떤 이는 대기권은 부패 안 해서 도리어 負부엔트로피, 네겐트로피로 지구를 정화한다고까지 주장하였다)는 붕괴 몰락 대변질의 국면 전환을 하게 된다는 것이다.

그래서 그 극은 어디일까?

가이아 복수설이 나돌고, 지구 탈출만이 행성 이동만이 살 길이라는 말이 서양의 최고 과학자들의 입에서 공공연히 튀어나오고 있다.

그러나 정말 그럴까?

정말로 시커먼 죽음과 멸망뿐일까?

혹시라도 시커먼 怪疾이 있으면 그 곁에, 그 밑에, 그 속에라도, 혹시라도 새하얀 치유의 기적은 없는 것일까?

나는 그리고 동 아시아는 서양과 달리 바로 이것, 시커먼 죽음과 怪疾과 멸망의 운명 내부에, 그 밑바닥과 그 깊은 속에 우리가 잘 알 수는 없으나 신이라고도 부르고, 부처라고도 부르고, 신령이라고도 부르는 그 어떤 무궁한 힘이 있어서 참으로 새하얀 回生회생과 새 시대를 열어 주리라는 신념과 확신에 찬 우주생명관, 우주생명학을 발전시켜왔다.

우리는 바로 이 우주생명학에 의해 우리 자신, 그리고 이 세계에 가득찬, 우주에 가득찬, 질병이나 다른 모든 문제나 어떤 변화를 치유하고 해결하고 이해하여 또한 그에 따라 새 삶을 열어가야 한다.

그 첫 발자국이 모심이요, 예술이요, 미학이요 더욱이 擴充과 復勝의 문화운동, 문화혁명인 것이다. 다 같이 우리 내부에 숨은 근원적 치유의 힘, 개벽의 힘을 믿고 그것을 모시고 열고 다시 그것을 내 깊숙한 곳에서 집중 수렴하고 또다시 위로 솟구치도록 노력하는 현시대 특유의 대중적 소통 운동인 문화와 예술과 미학을 통해서 자기 치유의 첫발을 내딛어야 한다.

그 첫 발이 곧 妙衍묘연이요, 흰 그늘이다.

그것은 復勝복승의 밑바닥 물 기운이로되 擴充으로 환류하는 오묘하고 신묘한 무늬요, 문체인 것이니 생명력이되 영성이다. 중력이면서 초월인 것이고 중생이되 부처다.

그것은 우선 五復勝이면서 五復勝의 다섯 가지 무늬, 문채, 즉 미학이다. 이 미학의 흰 그늘이 入古出身입고출신으로 옛 지혜들을 오늘에 새롭게 되살려 우리를 참다운 해방, 참다운 화엄세계로 이끌고 갈 길이요, 이정표요, 노잣돈이다.

이는 바로 妙衍의 오묘한 해석을 통해 화엄학의 저 복잡다양성과 五易의 미묘한 개벽의 이치들을 융합하면서 드디어 十五復勝의 단계마다 참으로 아름다운 擴充의 기적을 실현하여 '우주생명학'을 실질적인 生動생동 속에서 성립시키며 그 세계를 확립할 것이다. 그것은 곧 현대, 초현대의 살아 생동하는 대화엄을 연출하고 더욱이 그것은 참으로 차원 변화의 연쇄, 연쇄 속에 개벽적으로 실현한다.

우리는 그것을 구경이 아니라 실천적으로 필사적으로 모심, 살림, 깨침으로 대응해야 한다.

다섯 가지 실천 구상의 과정이 그 첫 발자국이다.

이제 시작이다.

五易華嚴經오역화엄경.

바로 이 같은 치유(Healing)로부터, 시작되는 현대화엄개벽의 원리인 五易華嚴經은 대방광불화엄경의 散開的산개적인 형태를 따라가면서(현대 진화의 현대어 개체융합이고 중심이 배합된 다극해체의 탈 중심이 바로 금융위기 이후의 세계이기 때문이다) 五易을 妙衍할 것이다. 또한 치유와 화엄개벽 모심의 구체적 실천 그 자체인 '흰 그늘'의 아시안 네오 - 르네상스 美學과 화엄개벽 모심의 정치, 경제, 사회를 포함한 세계 대문화혁명의 세목적 진행은 두 권의 다른 저서에서 명징하게 드러날 것이므로 이 글에서는 바로 그 행정 전체의 원리. 원론으로서의 우주생명학 성장 과정의 五易華嚴經으로 나타나게 된다.

화엄경의 일반 특징인 性起성기, 즉 부처성품의 空觀공관이나 中觀 또는 緣起연기로부터의 解脫觀해탈관 등이 매우 많이 강조되고 있음에도 불구하고 동시에 衆生중생의 일반적인 삶에 있어서의 노동이나 사랑이나 교환이나 이익활동 일체에 걸친 그야말로 숨막힌 緣起的 生成이 함께 얽혀있는 그 나름나름의 독특한 相關關係상관관계들의 영역이나 범주들, 이른바 화엄경 전체 세계 양상들 수백 가지를 통틀어 125種性종성과 그 생명령의 독특한 해탈문 32型類형류의 특징들을 五復勝, 五文彩, 十五復勝 층위의 五易妙衍으로 정리해야 할 것이다.

나는 이 初眉의 원고를 끝내며 이제 바야흐로 동터오는 새로운 易, 새로운 화엄, 새로운 天符와 새로운 모심의 길을, 美學의 선도로 열게 됨을 참으로 다행스럽게 생각한다.

그야말로 새로운 시작이다.

덧붙이는 글

갑년에 한마디

1.

영국 경험철학자 '레터디 엔드리(Leterdie Andly)'가 2008년 아프리카의 서남부 오즈마퀴에서 한 발언이다.

"경험은 인류에게 목하 지금 경험중인 세계 대공항 극복의 유일한 방향을 가르쳐 줄 지혜의 온실이다. 무엇이 그것인가?"

말을 좁혀서 세계 대공황이 무엇인가? '문명대변동'이라고 하자.

그렇다면 여기 한 대답이 있다.

20년전 독일의 영지주의자 루돌프 슈타이너(Rudolph Steiner) 왈,

"인류문명의 대변동기에는 반드시 작고 가난한, 한 지혜로운 민족이 나타나 온 인류의 나아갈 길을 자기의 역사와 경험과 문화, 즉 聖杯성배를 통해 제시한다. 로마 후반기에 그것은 이스라엘이었다. 그때보다 더 크고 더 우주적인 대전환을 맞은 오늘, 그 민족은 어디에 있는가? 나는 그가 극동에 와 있다는 것밖에는 알 수 없다."

그의 제자인 일본인 다까하시 이와오(高橋巖)는 말한다.

"그 민족은 한민족이다. 그리고 그 성배는 바로 東學동학이다."

그렇다면 묻자.

'東學동학'이 무엇인가?

올해 甲午年갑오년은 저 유명한 갑오동학혁명이 일어난지 120년째 되는 滿甲만갑갑오년이다. 그리고 이미 미국 지구환경학회장 레스터 브라운 (Lester Brown)이 스스로 인정하고 있는 先後天融合大開闢선후천융합대개벽의 시기이다.

그렇다면 다시 묻자.

동학이 무엇인가?

나는 이 대답이 누군가에 의해 혹시라도 하나의 '예언'으로 착각되지 않기를 비는 마음으로 이렇게 시작한다.

"동학의 人乃天인내천, 사람이 한울이라는 말은 세상에 대한 여성과 아기들의 애틋한 모심이요, 여성과 아기들에 대한 세상의 극진한 모심이다."

모심이란 오늘 개똥 취급받는 여성과 아무 값어치 없는 아기들을 우뚝 '한님'처럼 받들고 높이는 대전환이다. 그래서 '인내천'인 것이다.

실천할 수 있겠는가?

아니면 미친소리라고 비웃고 말겠는가?

하기야 민주주의의 최고수령인 대통령까지도 여성이라하여 일년 내내 '개똥같은 년'으로 구박하고, 그만두라고 지랄발광하는 것이 진보요, 애국이 되는 세상이다. 不通불통이 무엇을 뜻하느냐 묻는 내게 '개똥!'이라고 대답하는 어느날 광화문의 한 젊은이 얼굴에서, 동시에 바로 그 개똥이 기독교의 AMEN이요,

불교의 南舞남무요, 영남학의 공경(敬)으로 표상되는 것을 똑똑히 보았다. 아니던가?

그러고도 여성과 아기를 모실 수 있겠는가? 지금 인터넷의 댓글에서는 여성과 아기들은 하나의 노리개요, 롤리타이니 마땅히 가지고 놀아야 된다고 설쳐대는 누리꾼들이 하나 둘이 아니다.

정상일까?

그렇다. 그야말로 정상이다.

왜?

이 글을 쓰는 나도 역시 그랬으니까.

그렇다면 또 묻자.

나는 정상인가?

아마도 그럴 것이다.

적어도 열두번 정신병원을 다녀왔고 마지막으로 백두산 의학의 도인, 백살 넘은 노인의 완전한 五極治療오극치료(天·地·人·水·月의 융합치료)까지 끝낸 몸이니까.

도리어 내가 묻겠다.

그 누리꾼들을 성범죄자로 체포하겠다는 경찰이 도리어 정상인가?

엄마, 아빠와 선생님을 발로 차고 입만 벌리면 욕을 노래처럼 읊조리는 아이들을 도리어 욕을 하고 정신병자나 못돼먹은 놈으로 짓밟는 자칭 어른들이 과연 정상인가?

안다.

지금 내 말이 비정상으로 들리고 있음을 똑똑히 안다.

그런데 왜 내가 이런 말을 하는 것일까?

그렇다.

올해가 갑오년이다.

'선후천융합대개벽'을 극복(?)하는 바로 그 최적의 시절 '妙衍묘연'의 때이기 때문이다.

'묘연'이 무엇인가?

天符經천부경의 핵심개념이다. 그것은 무슨 뜻인가?

"여성(女)과 아기(少)들의 생명과 생활의 미묘한 중심가치(衍)의 출현"이다.

어려운가?

이렇게 하자!

우선 이리가고 저리가고를 그만두고 한곳에 '움푹' 주저앉아 보자.

그때 무엇이 가장 중요해지는가?

'地氣지기'다.

땅기운을 '지기'라 부른다.

왜 땅기운이 중요해지는가?

움푹 주저앉은 곳이 땅이기 때문이다.

시멘트이거나 아스팔트이거나 나무토막이던 돌덩어리든 다 땅이니 '지기'가 있는 법이다.

아무도 자기가 앉은 땅을 '지기'라고 생각하는 자가 없는 시절이다. 그래서 여성과 아기들을 하나의 노리개요, 롤리타로 알고 가지고 놀자고 떠드는 것이다. 또 애비, 에미, 선생님을 발로 차고 덤비고 패고 죽이기까지 하는 것이다.

대통령을 여자라고 해서 개똥같은 년이라 부르고 아멘이던,

남무던, 공경이던, 손모아 비는 사람들이 모두 다 不通을 개똥이라고 흔히 멸시한다.

나는 이것을 '정상'이라 불렀다.

왜?

이미 이 땅은 자칭 평화주의자가 경찰을 도둑놈이라 부르며 덤비고 사람 죽이는 총 이야기를 농담이라 우기며 제 고모부를 기관총 수십발을 난사해 자취도 없이 짓뭉게 버리는 괴이한 동굴이 되었다. 이 땅에서 그것은 당연히 정상이 아니겠는가?

나는 이 기괴한 땅을 조국으로 하여 태어난 사람이니 정상 중의 정상이겠다. 아닌가?

그러니 움푹 땅에 앉아 지기를 통해 정신을 차려봐야겠다는 말이다. 틀렸는가?

어느 곳엔 아파트가 백이층짜리까지 솟았다. 한없이 한없이 높이 올라가고자 야단법석이다.

그러나 아파트는 7층 이상이면 지기가 약해 나이 들수록 허리가 구부러진다.

아는가?

우리가 인간이라는 이 어김없는 사실을 아는가? 사실을 FACTUM이라고 말해야 사실이 사실임을 알게 되는가?

나는 올해 갑오년을 120년째 되는 '만갑 개벽혁명'이라고 했다.

1898년 5월, 지금의 서울시내 단성사 뒤편 옛 좌포청에서 동학 제2대 교주 海月 崔時亨해월 최시형 선생이 처형된다. 처형 당시 한마디는 이것이다.

"올해는 갑년이가 갑옷을 입는 날이다."

처형자가 묻는다.

"갑년이가 누구냐?"

"모든 여자들이다."

내가 묻는다.

甲年갑년이가 누구냐?

해월선생이 체포 전 숨어있던 원주 호저면 고산리 원진녀씨 댁에서 선생 수발을 들던 여성으로 건너편 갑오리(지금의 광격리)가 집인 갑년이는 해월선생과 함께 송경인 등 포졸 40명에게 붙들려 섬강을 통해 뗏목으로 서울로 옮겨진 여성이다. 그 과정에 뗏목 위에서 포졸들에게 두 차례나 겁간을 당한 뒤 미처서 좌포청에 갇힌 뒤 사흘만에 방면되어 거리를 떠돌다 길거리에서 죽는다. 이 여자 이야기다.

이 여자가 갑옷을 입는다면?

전쟁을 선포한다는 말이다. 여자가 남자와 세상을 향해서?

그렇다.

1898년 봄 영국황실에 선전포고한 중국의 서태후만이 여자가 아닐 것이다. 1898년 여름, 폴란드 귀족 아르놀트 퀴리 에게 덤벼 상처를 낸 庶女서녀 아르리히 만이 여자가 아닐 것이다. 1898년 가을, 노무노리 히사키를 죽인 덴미야(齒치) 만이 여자가 아닐 것이다.

그러면 누가 그 여자 갑년인가?

동학이 무엇이냐고 물었다.

그 동학의 120년전 만갑의 갑오년이 바로 올해라고 말했다.

그리고 그 갑오년 선후천대개벽의 피피올리(PIPIOLLI, 징조꽃)가 해월 선생의 최후진술 속 '갑년'이다.

솔직히 말하자.

나도 남자다.

나까지 포함해서 이 세상 모든 남자들 앞에 두물머리 앞 잣나무섬 옆에서 강간당해 미쳐버린 그 갑년이가 갑옷을 입고 남자세상을 향해 선전포고를 하는 해가 바로 올해 2014년이다.

이 글을 쓰고 있는 바로 지금, 서울 광화문 한복판에서 민주주의를 앞세워 한 여자 대통령을 '개똥같은 년'이라고 1년 내내 떠들어왔던 '자칭 남성들'이 하잘것없는, '네그리 하트'가 그리고 멸시하는 세올리니아(Seollinia. 아직 덜 채워진 부르죠아에로의 욕망)를 구호판으로 치켜세우고 지랄 발광하는 귀족노조와 사기꾼들과 깡통빨갱이들 대가리 위에 그 갑년이가 지금 불쑥 일어서고 있다.

그렇다.

이것이 갑오년이다. 알겠는가?

2.

내가 누구에게든 함부로 스스럼없이 하는 말이 있다.

'밥 먹었나?'

바로 이 한마디가 동학이요, 갑오혁명이요, 대개벽이다. 그래서 나는 동학이 뭐냐고 묻는 사람들에게 이렇게 대답한다.

"엄마는 모시는가?"

그 다음은

"애기는?"

대답은 대개 다 '그렇다'이지만 실질적 대답은 오히려 대답이 아니라 욕설이다. '개똥같은 소리 다 듣겠네!'

하기야 어떤 자칭학자는 가라사대, "내가 한국에서 동학을 제일 잘 아는데…"

틀렸다.

동학은 '아는 게 아니라 닦는 것'이다.

내가 가끔 기어오르는 산, 감악산은 그야말로 '흉악한 시커먼 산'이다. 그 산 꼭대기에 괴상망측한 바위덩어리 둘이 버티고 있는데 희한하게도 그 두 바위산 산꼭대기에 한 절이 있다. 이름이 白蓮寺백련사다. '흰 연꽃 절.' 검은 산위의 하얀 연꽃.

義湘의상스님이 지었다고 한다.

그 산 아랫쪽에 한 호수가 있다.

이름이 明暗湖명암호다.

'흰 그늘'아닌가!

그 물과 산사이 한 비탈에는 한 골짜기가 있고 그 이름이 '요붓골'이다. 요부처럼 번화하고 소란스러운 숲길인데 거기 한 줄기 참으로 정갈한 개울물이 흐른다.

물가엔 놀라울만큼 아리따운 꽃들이 핀다. 전체적 느낌은 순결한 요부다.

그런데 이곳이 아주 먼 옛날부터 백두산 이래의 전통조선의 술로 소문난 한방명의촌이 세군데나 있다. 또 주변엔 산마다 희귀한 약초들이 번성한다.

왜?

이것이 동학의 '아니다. 그렇다(不然其然불연기연)'요, '毒藥不二독약불이'이니 바로 그 옆 '박달재'의 天符經 원리인 오극치교 天地人水月의 집약인 '圓滿원만'이다.

원만이 무엇이냐?

바로 '弓弓'이다.

그것이 '混沌的秩序혼돈적 질서'이니 바로 카오스모스Chaosmos요, 混元之一氣혼원지일기이니 동학의 핵심이다.

그래서 '독약불이'다. 독초 옆에 약초가 있는 원리이니 형상은 弓弓이다. 鄭鑑錄정감록에 '이익은 궁궁에 있다(利在弓弓)'고 한 바로 그것이다.

아하!

여기서 水雲 崔濟愚수운 최제우선생의 시를 한 구절 읽어보자.

'南辰圓滿北河回

남진원만북하회'

남쪽 별이 원만을 얻으면 북쪽 물길을 바꾼다.

이해되는가?

칠언절구에서 앞과 뒤에 남과 북이 있으면 가운데는 바로 中이 된다. 그러니 원만은 곧 중, 즉 중조선인 것이다. 별은 개벽혁명의 동력이니 남쪽에서 그것이 작동하되 중조선에서 그것이

원만을 얻으면 북쪽의 물길을 개벽적으로 바꾼다는 뜻이 된다.

그대로 되었다.

남은 것은 '원만'이다.

그 원만이 파업이요, 폭동이요, 촛불 흉내 낸 횃불이요, 그 밑에서의 질펀한 술판인가? 문제를 그대로 인정한다고 하자.

누구에게든 물어보라!

술판이 그 해결책인가?

지금 무얼하고 있는 것인가?

북한이 원하는 '남남갈등'을 촉발 중인가?

그래서 술판도 상관없다는 것인가?

동학은 개벽이요, 개벽은 세상을 바꾸는 것이다. 그 동력이 샛별처럼 떠올라 문제제기가 되었다고 하자. 그 해결은 어찌할 것인가? 폭동으로, 남남갈등으로 북한의 군사도발을 이끌어드리려는 것이 아니면, (정말 아닌가? 정말인가?) 그렇다면 동학의 저 갑오년의 위대한 정신, 수운 대선생의 지혜를 생각해보라!

술부터 끊고!

원만이다!

어떻게 했는가?

우선, 三不入에 마당포덕이다. 먼저 班不入반불입이니 양반은 빠지라는 것인데 안토니오 네그리 문자로 하면 스치올라 (Scciolla. 부동수입 위주의 부정 노조간부)와 배때기 부른 야당 정치인은 빠져라! 다음은 富不入부불입이니 스키니치일리오 (Skinicciillio. 노동안하고 짱구돌리기로 노동조직하는 꾼들)는 주둥이 벌리지 말라! 배 안고픈 놈은 얼씬거리지도 말라! 마지막으로 土不入사불입이니 인텔레치오(Intereccio. 지식인 나부랭이들은 끼어들지 말라! 깡통빨갱이들은 노사문제에 할 말 없다)는 네 일이나 가서 열심히 해라!

날카롭다.

그러나 이 위에서 참 원만이 비로소 성립된다. 마당布德포덕이다. 원하는 자는 양반이든 부자든 선비든 간에 바로 마당에 물 떠놓고 주문을 외우게하고 부적을 불에 태워 먹게 하였다.

그리해서 남도 일대에 폐정개혁이 이루어지고 그 석달 동안 참으로 아름답고 슬기로운 세상, 잃어버린 神市가 찾아왔으니 해월은 이를 비단 깔린 장바닥이라 불렀으며 강증산은 그 3개월의 평화와 원만을 '조화정부'의 기틀이라 불렀다.

그리로 갈 수 있겠는가?

술먹고 악쓰고 기자들 두들겨패고 도둑놈소리 연발하며 총을 들겠다고 공갈하는 짓은 아예 조선민족과는 거리가 먼, 그야말로 수입 빨갱이 짓이다.

주의하라!

그 석달 간의 원만에서 무엇이 가장 중요한, 요즘말로 하면 스마트폰이었든가? 간단하다.

'아짐씨'였다.

아주머니, 어머니, 엄마란 말이다.

어디서든 문제가 생기면 먼저 아짐씨에게 묻고 상의하고 가르침을 받았다.

3.

해월선생의 중요한 가르침 세 마디가 이 무렵 남접, 북접에서 항상 기억되었다.

"아낙과 아기들을 때리지 말라! 아낙과 아기들은 후천시대의 타고난 道人이다. 아낙과 아기들을 때리는 것은 한울님을 때리는 것이다."

또 있다.

"여성은 수천 년 짓밟혀왔다. 그래서 성질이 뾰쪽한 偏性편성을 타고난다. 그러니 남정네들은 여성의 그 뾰족한데 부딪히면 우선 고개를 숙이고 큰절, 큰절, 큰절을 거듭하라! 큰절하는 동안에 수천 년 남정네들의 그 큰 죄의식을 씻게 된다."

또 있다.

"나는 날 저물고 길이 어두울 때는 반드시 아낙들이나 아기들에게 길을 묻는다. 이 어두운 시절엔 그들만이 한울의 밝은 길을 잘 알기 때문이다."

그런데도 여자대통령을 마치 무슨 큰 저주나 죄를 지닌것처럼 지난 1년동안 욕질을, 욕질을 하며 "네 애비처럼 총질을 당해야 알겠느냐?", "너 대통령 면허증을 빼앗겨봐야 알겠느냐?" 대유행이다.

이래가지고 입으로 감히 어떻게 '코리아'를 발음하고 聖杯를 말하고 '말춤'을 말하며 'K-팝' 소리를 할 것인가?

개벽 근처에도 못가는 것은 뻔할 뻔짜다.

'그러면 어째? 나는 경제가 제일이야!' 어느 한 소리다. 배고

픈데 무슨 민주주의냐고?

그렇다.

경제가 중요하다.

그러면 종로 한복판 '통인시장'이 바로 지금 변화의 대박을 타고 있는 것은 아니냐? 각 지방도시의 죽어있던 五日場이 모조리 되살아나는 것은 아니냐? 더욱이 강원도 산골 정선장이 오일장인데도 불구하고 우리 민족의 핵심미학인 '흰그늘' 즉 '시김새'의 원형인 정선아리랑을 울리며 울리며 수많은 희귀약초들과 함께 무수 무수한 플랜카드들과 함께 한번에 10만에서 16만 명까지 손님을 치러내는 것을 알기나 하느냐? 이미 조선일보에 수석논설위원이 특집칼럼을 냈는데도 모르느냐?

칼 폴라니(Karl Polanyi)가 따로 없다. 스탠필드나 요사노 가오루, 侍天豊雄시천풍웅이 따로 없다.

미국 뉴욕의 금융사태 이후 반년동안의 전세계운동, 이른바 '1% 대 99%의 대결' 과정에서다. 아는가?

프랑스 작은 시골의 쬐끄만 신시들, '신(神)의 우물'이란 이름의 '따뜻한 시장'과 함께 이 나라 도처에 喜悲籬희비리란 이름의 옛 오일장, 그 애틋하고, 풍성한 '쾌,불쾌가 얽크러지는 미학적 삶의 시장'이 일어서기 시작했음을 알기나 하는가?

몰라?

FTA가 전세계 차원의 근원적 호혜시장, 즉 신시의 還歸本處환귀본처, 즉 제자리로 돌아가고 있음의 시작이라는 것도 몰라? 자본과 이윤이동의 浮標效果方向부표효과방향도?

모르면서 왜 아는 체야?

거기다 술판이야? 똥판이야?

왜? 왜? 왜?

북한 웬 젊은놈 똥구멍 따라가는 구린내 맡기 간첩짓 아니라
면 세상에 대해 한마디 단언할 자신이나 있는거야?

나는 세상이 다 아는 욕쟁이다.

그러나 나이도 들고 욕이 그렇게 예쁘지만은 않으니까 삼가
고 있었는데 내 입에서 욕을 꺼집어낸 것은 바로 내가 지금 지
적하는 너희들(!)이다. 너희들(!)이 누구지?

내가 왜 박근혜 대통령 지지를 결단한 줄 아느냐? 바로 너희
들 때문이다. 노무현정권 뒤 국고금 해먹은 너희들 더러운 것
들! 그만하자!

그러고도 여자와 아이들 욕을 하고 때리고 지랄하고 앉았다.
저희들이 바로 개벽시절에 바로 그 개벽대상이 되는 짓을 아주
일삼아서 하고 있으면서 그런다!

동학은 이제 끝났는가? 안끝났다.

이젠 아무 쓸모도 없는 낡아빠진 종교관, 세계관인가?

아니다.

아니라면 그 현재적 의미는 무엇인가?

수운 선생은 동학의 개벽사상 요청의 까닭을 단 한마디로 밝
힌 적이 있다.

"모두 저 살 궁리만 한다(各自爲心각자위심)".

그렇다.

모두 다 그렇다.

일단은 그것이 정상이다.

이미 이 글의 서두에서 나는 세 번의 정상이야기를 했다.

여자와 아기를 하나의 노리개요, 롤리타로 데리고 노는 것이 정상이라고!

이 글을 쓰는 나도 그랬으니까, 그리고 나는 정신적으로 정상이니까, 정상이라고!

또 저 여성대통령을 불통, 개똥, 암살, 면허증, 술판, 사기, 깡통소리 내는 것은 모두 다 '정상'이다.

그리고 그것이 아멘으로, 남무로, 공경으로 들어올려져 거짓 거룩으로 둔갑하는 것도 모두 정상이다.

왜?

지금이 언제인가?

易 전문연구자 宋在國송재국은 말한다.

"지금은 先天, 後天이 융합하는 대변혁이 요구되는 때", 그러니 이미 100년 전 해월선생과 彬衫빈삼화상이 남학, 정역, 천부경 수련자와 다 함께, 그리고 더욱이 젊은 여성과 함께 합의에 도달한 侍妙衍華嚴開闢시묘연화엄개벽, 모심의 길 뿐이라고.

그 길에서 가장 중요한 것은 '모심'이다. 또한 모심은 우리와 인류경제의 살 길이기도 하다. 현대 신시사회에 대한 '축적순환의 장기 지속'이라는 아날학파의 Conjonture가 곧 모심인 것이다.

그리고 그 모심의 대상이자, 주체는 누구일까?

바로 여성과 아기들이다.

동학은 진화론이다. 그러나 자유의 진화론의 의식 - 복잡화에서는 같으나 마지막 세 번째 테마인 종의 자율화(種自律化종자율화)에서는 반대다.

자율이 먼저이고 내면적 융합이 그 다음에 온다. 이것이 동학주문의 모심(侍) 해설 마지막에 '한 세상 사람이 모두 다 각자 각자 서로 떨어질 수 없음을 제 스스로 깨달아 실천한다(一世之人 各知不種각지불종)'란 말이 있다.

이것이다.

이것이 이른바 화엄개벽이다. 서로 떨어질 수 없음이 곧 華嚴화엄인 것이다. 이 화엄을 朱子주자는 孟子맹자의 '옮기되 옮길 수 없음(種不種종부종)'으로 바꾸어 설명했고 수운은 이 개념을 화엄개벽적 본질로 옮겼다.

화엄개벽은 그대로 현대의 자유의 진화론 자체다. 이것은 '린 마굴리스'의 명언인 '內部共生내부공생' 그대로 인 것이다.

바로 이렇다.

이 화엄개벽의 그대로의 실현은 무엇이고 누구일까?

갑오혁명 실패직후 해월선생이 경기도 이천군 설성면 수산 1리(앵산동)에서 낮 11시 음력 4월 5일 수운득도일에 제사를 통해 확정한 동서양 일체 제사의 근본혁명, 이제까지 벽을 향해 지내는 向壁設位향벽설위를 내가 한울님, 부처님, 조상님이 실제로 살아계시는 나 자신을 향해 제사지내는 向我設位향아설위로 변혁하는 것이 그 개벽의 시작이고, 이때 곁에서 유일하게 수발을 들다 그 이튿날 새벽 앵산에서 彬杉和尙빈삼화상 등 8인과 화엄개벽을 위한 수왕회 결성과정에서 그 대표자인 여성 임금(水王)으로 추대되고 그 뒤 1년 여, 양평장터에서 강간, 살해당한 28세 여성 李水仁의 실질적 수행 양식이었던 無勝幢解脫무승당해탈이 바로 향아설위와 모심의 화엄적 확산인 것이다.

바로 이수인이라는 여성은 그로써 '圓滿원만' 그 자체이고 수왕회와 여성 아기들은 弓弓圓滿궁궁원만의 모심체體인 것이다.

오늘 우리가 닦고 나아가야 할 동학의 현대 초현대적인 '우주생명학'의 첫번 수행이자 실천테마인 것이다.

우주생명학은 먼저 강원도 정선 아우라지의 지명인 餘糧여량으로부터 시작되는 새로운 미학이어야 한다.

그 미학은 종교, 철학, 도덕, 교육, 윤리 따위가 아닌, 가르침과 훈육이 아닌, 아름답게 느끼고, 여성과 아이들(玄牝, 玄覽)이 스스로 "아름답게 느끼고 옆에 스스로 전달하고 합의하고 깨달아 가는 우주생명의 깊은, 그리고 새로운, 동서양 공히 공통되는 비밀을 억압 없이, 그래서 노리개 장난감이니 롤리타 따위 왜곡된 개념이 필요 없는, 참으로 스스럼 없는 그러한 깨달음", 아아! 바로 그것이 모심이고 향아설위이고 드디어 이른바 慈行童女자행동녀의 무승당해탈이요, 묘덕원만신, 마야부인, 구파여인 自在主童子와 여러 동녀들, 善財선재동자와 오백동자, 오백동녀의 화엄의 개벽길이 될 것이다.

올해 갑오년, 그리고 원주 광격리의 가여운 여인 甲年이가 입기 시작하는 갑옷이 다름 아닌, 바로 그 美學의 갑옷, 참으로 아름다운 우주 생명학이 되기를 빌고 또 빌며 한 해를 마친다.

癸巳 12월 30일 저녁 5시

문화를 중심으로 본
대한민국의 미래

내가 이제까지 40여 년 동안 이 책 저 책, 이 신문 저 신문에 써온 글들이 대부분 '문화'에 관한 것들이었다. '정치'에 관한 것이라 하더라도 그것은 어김없이 '문화 안에서의 정치'이거나 '정치 속에서의 문화'에 관한 것이었다.

그러나 오늘 여기 쓰는 글은 문자 그대로 '문화'에 관한, '조직문화에 관해서만' 쓰는 글이다. 정치에 대한 언급이 있다 하더라도 그것은 이미 옛날에 하던 그 정치 이야기가 아니다.

여의도연구원은 국고보조금으로 운영되는 정당정책연구기관이다. 내 70평생에 이런 데 글을 써보기는 처음이다. 어쩌면 반갑고 어쩌면 어설프다. 그래서 얘긴데, 글 초입에 아무래도 대통령을 처음 만나던 날부터 이야기해야 될 듯하다. 그래야 글이 풀리겠다. 대통령이라면 바로 박근혜 현 대통령을 말한다. 그분을 그날 처음 만나고 그 뒤로 다시 만난 적은 없다.

그때 얘기다. 세 가지가 기억난다.

첫째는, 박정희 전 대통령 서거 당시(1979)의 기억. 나는 그때 서대문교도소 독방에서 정신병으로 미쳐 있었다. 내 나름의 치료방법으로 시도한 백일참선이 막 끝난 바로 뒷날 정오다. 전에 없던 일로 교도소 특별방송이 대통령 서거를 알렸다. 그 직후 내 안에서 세마디 소리가 울렸다.

"인생무상. 안녕히 가십시오. 나도 곧 뒤따라갑니다."

이 말을 대통령께 전하고 얼굴을 보니 밝음도 어둠도 아무것도 없었다. 나는 왈, "그간 내공이 쌓였구려. 그 힘으로 좋은 정치를 하소서."

둘째는, 학생들에 관한 이야기다. 내 말이다. "반값 등록금은 좋지 않습니다. 취직시험에 나쁜 영향을 줄 것입니다."

셋째는, "내가 부탁드릴 말씀은 두가지뿐입니다. 국방은 현직의 김관진씨를 유임시켜 주십시오. 우리는 동포와 싸우고 있습니다. 한쪽 눈엔 눈물을, 다른쪽 눈엔 칼을 든 사람이 필요합니다. 또 하나는, 문화를 전면에 확대해 주십시오."

이 뿐이다. 그리고 나는 기대하지 않았다. 그런데 국방장관이 그대로 되었고 또 문화가 그야말로 확대되고 있다.

나는 대학 전공이 '美學'이다. 그야말로 '문화'다. 그런 전공자의 학생시절 당시 가장 큰 고민 중의 하나가 해방 직후 白凡

김구선생의 귀국일성이었다.

"조국에 지금 가장 필요한 힘은 문화력이다." 또 하나는, 해방직전 익산에서 종명한 동편제 판소리 명인 宋興祿송흥록선생의 한마디, "한국문화의 핵심은 판소리, 판소리의 비밀은 시김새, 시김새의 근원은 정선아리랑이다." 또 있다. 나는 4·19 직전에 대학에 입학했다. 4·19 직후의 서울대학교 문리과대학은 이른바 '민족통일연맹', 즉 '民統민통'이 대유행이었다. 다 내 친구들이었다. 물론, 그들에 대해 호의적이고 동조적인 나에게 그들이 와서 민통 가입을 설득하고, 설득하고, 또 설득하면 그때 내 입에서 나오는 대답은 한마디. "민족통일은 민족르네상스 이후다." 내가 당시 몰두한 것은 일본 때문에 짓밟혀 있던 판소리, 탈춤, 메나리 등 전통문화의 부활이었고, 책을 들면 14세기 이탈리아의 '피렌체 르네상스'였다. 그리고 야코프 브룩하르트의 르네상스 싸인인 invienttamentliche ausbrachtheit(흰 그늘)였다. 그러다가 일본 때문에, 그 굴욕회담 때문에 정치에 뛰어들게 되었다. 그 뒤는 세상이 다 안다.

이미 「동아일보와」의 인터뷰에서 명백히 말했듯이 나는 이제 정치 같은 것은 다 멀리하고 미학으로 돌아가 그야말로 문화에만 몰두하고 산다. 그런데 이제 문화가 세상에 압도하기 시작한다. 또 그 나름으로 통일도 크게 머리를 들기 시작한다. 통일도 문화도 다 쉽지 않은 일이지만 둘이 함께 압도하기 시작하니 시절은 가히 常情惠風상정혜풍이다. 함께하기 어려운 둘이 서로 어울려야 오붓해짐이라! 대통령 스스로 통일과 문화에

발 벗고 나서고 경제와 정치, 과학과 사상에서까지 그 혜풍이 함께 일어날 조짐이다. 아무리 어둡고 슬픈 일이라 해도 이미 그 속에 빛과 새 방향의 암시가 싹트니 아하! 國運국운이라고 밖엔 말할 도리가 없다.

이 말들, 즉 '문화'가 바로 지금 이 순간 나의 가슴과 뇌리에 '조국의 미래' 그것으로 화안히 밝아오고 있다. 무엇이냐?

① 백두대간은 지구의 우주적 새 기운의 '아우라(aura: 초월적 본체)'다. 조선의 풍수와 지리학, 그리고 연관 학문과 분야들 일체가 몰두해야 한다. 어디에서부터, 언제부터? '아우라지'로부터! '지금 당장'으로부터! 아우라지의 본명인 '餘糧여량'으로부터! 그곳 출생인 정선아리랑으로부터!

② 여량의 동쪽 東川의 九美亭구미정과 여량의 북쪽 北川의 九折里구절리 사이의 백두대간 <9×9=81>은 다름 아닌 우리 조선민족의 핵심고전 天符經천부경, 바로 그것이다. 이곳에서 元曉원효의 자식 薛聰설총과 신사임당의 자식 栗谷율곡이 바로 그 천부경을 공부했다. 무엇을 어찌 공부했는지, 입고출신(入古出新) 해야 한다.

③ 내가 이제껏 말한 '강원도문화'는 바로 여량 한마디로부터 그 새로운 날들이 시작한다. 여량은 2,000년 전 발해만 근처의 농부 沈治濟因심치제인으로부터 시작되어 700년 전 강릉선

비 金周虎김주호에 와서 아우라지에 주어진 이름이자 사명이다. 당시 고려 후반 몽골의 침입을 말한 시, 西楹東一晨서민동일신 (서쪽은 침침한데 동쪽에 샛별 한개가 떴구나)과 조선 후반 남쪽에 일어날 개벽과 그 결과로 북쪽 - 북한과 역사적 문명 대 국들에 결과할 대전환의 초점을 중조선의 圓滿원만에서 확인한 동학교주 水雲 崔濟愚수운 최제우의 시 '南晨圓滿北河回남신원 만북하회(남쪽 별이 중조선 원만을 얻으면 북쪽의 강물 방향이 바뀐다)'에서 그 여량의 의미를 찾아야 한다. '東晨동신'과 '南 晨圓滿'에서!

④ 여량은 '남은 음식'이다. 그것은 칼 마르크스의 '잉여'와 막스 베버의 프로테스탄 캐피탈리즘의 핵심인 '常餘상여'를 함 께 훌쩍 넘어선다. 마치 北의 극좌와 南의 일본 극우처럼…

⑤ 여량은 생산과 문화의 융합으로부터 창조되는 '불금', 즉 조선 민족정신의 본질에 속하는 不咸불함이고, 거기에 女性性 이 강조된다면 바로 麻姑마고의 길, 多勿다물 즉 八呂四律이다.

⑥ 나는 이 모든 여량의 흐름이 바로 1,200曲 정선아리랑을 타고 흐르며 백두대간과 東江의 아름다운 寄然祥瑞기연상서 속 에 극도의 시김새 - 發酵발효와 함께 세계생명과 우주극한에로 의 무한한 나툼새 - 擴散확산과 鄭鑑錄정감록에 강조된 勝地승 지의 힐링(healing)으로 가득 찬 온갖 藥草약초들을 피우고 있음 을 본다. 대표적인 것이 '정선 5일장', 제천 세명대학과 明暗路

명암로, 세군데의 한방명의촌, 봉양의 박달재, 富論부론, 손곡, 문막의 居頓寺거돈사와 法天寺 사이의 풍점고개, 그리고 좀재, 아우라지 주변의 구미정, 구절리, 노추산, 삽당령, 그리고 頭陀山두타산 박달재와 임계 백봉령 밑의 백두대간 약초나라, 아리아리 정선, 한계령의 옥녀봉, 오대산의 적멸보궁과 북대 미륵암, 그리고 구룡령의 미천골과 冥開명개삼거리. 또 있다. 원주 치악산 뒤쪽 안흥길에 있는 정선아리랑의 그 첫 '아리아리'의 시발점이라 하는 달고개 애기골(月峴속담길)과 등들미골, 雲鶴路운학로가 그곳이다.

요컨대, 신라 말 慈裝律師자장율사가 화엄을 공부하러 당나라 오대산에 갔을 때 文殊문수보살이 꿈에 한 말, "화엄은 중국에 없다. 화엄은 당신네 나라 동북쪽 산 많은 곳의 바로 그 冥界에 문수사리가 태어나면서부터 1만명 모두 산등성이마다 몸을 도사리고 있는 바로 그곳에 있다" 했을 때의 그곳, 그곳이 바로 강원도요, 경기도 일부, 충북 일부, 경북 일부, 그리고 지리산과 한라산, 금강산이다. 陰山음산이 대부분이다. '冥'이란 불교용어다. 이것부터 공부해야 한다. 강원도의 거의 전면이 바로 명계다. 새 우주의 대개벽은 바로 '冥'에서다.

⑦ 현대문화, 현대 미학의 최고 핵심 테마는 힐링(healing)이다.

지금 우주적 대변화로 인해 지구에 알 수 없는 질병이 오고 있다. 어떻게 할 것인가? 미국, 유럽 등 서양약은 슈퍼 박테리아 따위의 극복 불능의 내성에 걸려 있고, 중국약들은 深山심산에서 캐어 와야 할 뿌리들을 비료를 뿌려 밭에서 키운 것들이다. 조선의술은 서양의술과 중국의술에 의해 극도로 의심을 받고 있고 불법상태다. 그저 훔쳐만 간다. 약초, 약수, 음식뿐이다. 바로 그것을 껴안은 것이 조선의 '문화'다.

⑧ 아시안 네오 - 르네상스는 바로 이것을 초점으로 해서 와야 한다.

정선아리랑과 강원도와 여량으로부터 시작하여 남도의 판소리, 탈춤, 메나리 등과 북쪽의 여러 전통문화가 모두 '흰 그늘'의 차원에서 부활해야 한다.

다시 말한다. 여량은 '일종의 藥으로서의 남은 음식', '모심'이다. 아날학파의 Conjuncture, '축적순환의 장기지속'이다. 하느님, 부처님, 조상, 식구, 이웃에게 약으로써 모심이다. 이미 미국의 마트(mart)나 몰(mall) 등 생활장터는 생활과 생명에 빠끔이들인 40대 주부들의 날카로운 쾌·불쾌의 미학적 판단에 의해서 물건을 고르는 것이 유행이다. 뉴욕 금융사태 이후의 변화다. 우리나라 강남지역 역시 그렇다. 또 이천, 여주(원주도 시작된다) 등의 미국에서 유행하는 Premium Outlet 역시 美와 힐링이 초점인데, 그것의 구체적 초점은 다분히 '정선 5일장'의 아리랑 공연장과 약초장이다.

⑨ 정선아리랑이 결정적으로 전국 유행으로 번진 것은 19세기 말 대원군이 경복궁을 중수할 때 정선 아우라지로부터 강원도 목재를 실어 나를 때라고 한다. 그 때 그 무렵의 '한스러움'과 동시에 '조선재건'이라는 신명이 바로 정선아리랑의 바로 그

불금 즉, 흰 그늘을 구체적으로는 바로 그 소리의 시김새와 나툼새를 국민 모두에게 전달한 것이다.

⑩ 나는 우리 민족의 문화적 특징을 바로 그 '흰 그늘'에서 본다. 그것은 바이칼로부터 시작되는 환웅(흰빛)과 웅녀(그늘)의 융합의 전통이다. 그리고 나는 또 그것을 呂律(여성적인 것이 남성적인 것보다 약간 더 강한 것, 八呂四律)에서 본다. 그것은 파미르로부터 비롯되는 麻姑마고의 神市의 내림이다. 이 두 가지는 우리 문화의 큰 두 기둥이다.

⑪ 우리 문화의 두 기둥은 현재 온세계 문화계와 생명계의 텅빈 갈증과 빈곤에 대한 가장 중요한 대안이다.

⑫ 이미 그 약간의 氣微기미에 불과한 싸이의 말춤과 강남스타일이 유튜브 20억뷰를 돌파하였다. 밑으로부터 상승한 영적 기운의 시김새와 이른바 '사타구니 볼까치'의 걸뱅이 각설이 타령의 품바품바 같은 입방구가 가진 엄청난 나툼새 때문이다. 사스(SARS: 급성호흡기증후군)의 독성을 물리친 김치의 바로 그것이다.

⑬ 정선아리랑의 배경으로서의 천부경 이야기는 이미 했다. 또 있다. 서기전 2세기에 동진한 발해만의 濊族예족이 살던 강릉과 이후 피신한 삼척 뒤 '두타산'의 山海經, 그리고 궁예가 고구려 부활의 근거로 보고 북상한 원주 치악산의 양길의 산적

3,000명과 神林과 봉양의 4,000명이 텃세를 모르는 예족이 분명하다. 이들의 근거에 산해경과 정선아리랑이 결합되고 있다.

⑭ 아우라지로부터 진부에 이르는 진부길에서 두타산과 오대산이 이어진다. 정선아리랑의 배후에는 오대산의 화엄경과 산해경과 천부경이 함께 겹쳐진다. 이것은 어마어마한 유산이다. 어떻게 入古出新의 르네상스와 화엄개벽의 彌勒革命미륵혁명을 성취할 것인가?

이미 구룡령의 명개삼거리 이야기는 했다. 오대산 자락의 화엄경과 정선아리랑을 구룡령 미천골의 불바라기의 놀라운 약수터와 어찌 연결할 것인가? 한 소절의 노래라 해도 그 문화와 핵심은 사랑, 특히 전 세계 화엄평화의 길과 힐링이다. 어찌 할 것인가?

⑮ 이미 화엄불교의 비밀인 '명(冥)' 이야기는 했다. 정선아리랑의 여러 곳에 이 명개 이미지가 가득하다. 동학의 핵심은 부적에 있다. 그 부적의 내용은 '弓弓'이다. 그 '弓弓'은 곧 강원도 명계의 비밀이다. 또 정감록의 최후 결론인 '利在弓弓'이 그것이다.

미국 환경학회장 레스터 브라운은 "우주변화의 파장으로 인한 어린 애들의 알 수 없는 질병 가능성"을 작년부터 내비치고 있다. 그런데 서양약은 耐性내성이 심하고 중국약은 가짜투성이다. 조선약은 아직도 山에 숨어있다. 문화는 바로 그 명계 속의 힐링을 갈구하고 있다. 그것이 싸이다. 탈식민지를 위한 전통부활의 시기는 이미 지났다.

⑯ 임진왜란 때 중국장수 李如松이여송은 발해만에 살던 제애비 - 東夷族 말을 따라 일본 토벌 틈틈이 중조선(원주, 충주, 문막, 여주)에서 '弓弓 늙은이'를 샅샅이 찾아내 그 273명을 묘향산 珍沒地진몰지에 중들 삽으로 파묻고, 그 중들까지도 묻고 나서 장소를 葬地化장지화 했다. 이유는 "조선의 弓弓 비밀은 상고로부터 내려오는 비밀이다. 조선의 弓弓 부적이 중원에 상륙하면 세계를 집어 먹는다"는 예부터의 소문 때문이다. 그것은 무엇일까? 오늘날 그것은 완전히 의미가 없는 것인가? 문화의 예부터의 뜻은 무엇인가?

⑰ 정선아리랑의 강원도 혈맥에 바로 이 弓弓터가 있다. 東江이 시작되는 정선군의 연포와 골덕내, 그리고 白雲山의 나리소가 바로 그 살아있는 弓弓處궁궁처다. 그리고 정선아리랑이 살아있고 칠족령에 약초들이 무성하고 암석과 물고기들도 모두 특수하여 연구하기 위해 국유령으로 봉쇄되어 있다. 예부터의 전설, 동학 부적, 정감록의 秘傳비전상태로 웃어버리고 말 일인가? 문화가 그런 것인가? 연포의 거북이마을이 풍수의 靈龜望海영구망해로써 깊은 물에서 솟아오른 거북이가 그 영험한 눈을 돌려 먼 바다를 바라보는 비전이라면? 진도 '맹골수도'에 연속된다면? 거북이마을의 바위 바로 뒤편이 4년 뒤 올림픽이 열리는 평창이다. 그래도 무관한가? 장보고의 청해진과 관계가 없을

까?

골덕내의 제장마을은 배가 실어온 물건을 푸는 물가에 여러 종류의 사람들과 여러 종류의 장터가 열리던 마을이다. 여러 장터, 바로 사마르칸트다. 실크로드의 이미지가 아닌가? 아무 느낌이 없는가? 예부터 바다의 대륙의 새날은 반드시 山에서 배운다고 했다. 바로 연포와 골덕내 입구의 산골짜기 마을들 이름이 다름아닌 새나루요, 창말(선창마을)이라면? 이 사실 자체가 이미 문화다. 더욱이 이에 연속된 백운산 앞의 나리소는 정선아리랑 중의 아주 기이하고 기이한 대목들이 불린 마을들의 고장이다. 우연인가?

⑱ 문수보살의 '명(冥)', 연포·골덕내의 '극극', 그리고 정선아리랑의 아리아리 즉 "함께 춤추고 같이 살아보자!" 그 무수무수한 엄나무, 복룡초, 산삼들과 아름다운 산들, 물들, 또 절들! 이것이 문화가 아닌가! 북한은 물론, 러시아, 중국, 아메리카와 일본에까지 정선아리랑은 퍼져 지금도 불리고 있다. 이것이 그냥 지나쳐야 할 사안인가? 통일대박이나 유라시아이니셔티브와 환태평양경제동반자협정(TPP)와 무관한 사안들인가? 보다 더 크고 본격적인 싸이대박과 무관한 일들인가? 강원도는 이제 더 이상 감자바위가 아니다.

⑲ 양양공항을 통해 최근 들어오는 외국인들, 7개국 관광객들은 거의 모두가 기업가들이다. 동해안의 주문진 등 큰 항구

는 소문없이 큰 나라들과 이중 삼중의 비밀무역계약을 체결하는 과정에 있다. 여주, 이천 고속도로와 국도는 토요일이면 차량으로 미어터진다. 관광객 붐이다. 올림픽 준비로 산골이 모두 대박이다. 이제 강원도, 충북, 경북의 옛 숨은 산지, 예컨대 단양산골의 경우는 제천에서 함백까지 가는 67관구나 되는 엄청난 옛 비밀 의병대로를 개방하고 있다. 이곳은 그야말로 약초천지의 원형산림이다. 이것은 문화가 아닌가!

다시 말한다. 이천, 여주 등에 있는 Premium Outlet의 장사의 초점이 도리어 '정선 5일장'의 아리랑과 약초다. 정선장은 5일장이 분명한데도 한번 열리면 고객 수가 10만에서 16만 명에 이른다. 수백개의 플랜카드로 번뜩인다. 정부 관계자가 내게 전화로 "창조경제에 한마디 귀뜸을 주십시오" 했을 때, 내 말은 단 한마디 "정선장을 구경하시오"였다. 침묵! 비웃었을 것이다. 허허허허! 강릉에서 열린 강원도 지식인들 회합에서 정선아리랑의 의의와 그 참 시작인 이름, 여량이 본디 강릉선비 김주호의 시 '西憫東一晨'으로부터라고 말했을 때 그들은 모두 비웃고 박수조차 없었다. 허허허!

⑳ 대한민국은 애당초부터 강대국이 될 나라가 아니다. 대박통일이 되고 문예부흥만 된다면, 세계 10위에서 5위 정도의 경제와 그리고 문화를 통해서 온 인류에게, 또 중생에게까지 참 '우주생명학'을 스스로 보여 가르쳐 주는 '메시지민족'이 될 나라다.

몇십년 전 죽은 독일 人智學者인지학자 루돌프 슈타이너 (Rudolf Steiner, 1861~1925)와 그의 제자 일본인 다까하시 이와오가 강조한 '성배(聖杯)의 민족'이다. 마치 옛 로마 후기의 이스라엘처럼...

初眉: 첫 이마

인류의 미래는 바다 및 새 우주

바다 앞에 서니 세월호 사건이 떠오른다.

그것은 무엇이냐?

우리 민족의 역사에 있어 무엇이냐?

아무도 그 민족사적인 숨은 의미를 찾거나 말하는 사람이 없다.

그냥 구원파의 탐욕과 국가 기능의 무능으로 인한 단순한 오류에 불과한 것이냐?

그렇다.

그러나 아니다.

탐욕이고 무능이고 오류임에 틀림없다.

그러나 동시에 그것은 역사 속에 감추어진 冥(명)이다. 冥은 불교에서의 귀신소굴, 어둡고 거친 통로, 반드시 거쳐야하는 시커먼 禪房선방 같은 것이다.

우리 민족이 지난 60년의 가난과 전쟁의 고통을 간신히 이겨내고 이제 '대박통일'과 '환태평양해양경제(TPP)'와 '유라시아 경제이니시어티브'를 달성하고자 이제 막 발돋움 할 때 그 도

약에 필요한 뜀질 기력을 기르기 위해 주어진 힘든 훈련 같은 것이다.

더우기 시절은 바다의 어려움을 향해서 열려있다. 미국과학도 바다의 90%를 아직도 모른다. 이때 우리는 천 년 전 서해바다를 주름잡아 해적을 소탕하고 중국, 일본 사이에 우리 민족의 독특한 창조경제를 바다의 저 거친 물결위에 이룩한 '장보고'를 생각하지 않을 수 없다.

나아가 일본인들에 의해 학대당한 남해안 여인들에 대한 고마운 대접을 통해 지난날의 '위안부 할머니'들을 생각하지 않을 수 없다.

장보고를 한번 생각해 보자.

장보고는 당시 중국 산동성 저간에 법화원을 두고 완도와 진도에 청해진을 두어 바다를 주름 잡았다.

그는 머언 '바닷골(海印冥)'에서 일어날 한 菩薩宝菓보살보과 - 보살의 희망에 의해 이루어지는 찬란한 황금보화의 넘쳐남 - 의 환상이 중국 산동성 적산의 법화원과 진도의 청해진에서 여러 번, 여러 사람에게, 그 중에도 바다일하는 여성들의 눈에 자주, 많이 나타난 것을 두고 從海湧出宝菓종해용출보과라 하여 "돈 많이 버는 운수대통 꿈"으로 해석해 주어 큰 용기를 북돋우었다.

적산의 스님들은 그것을 法華經법화경의 바로 그 湧出品용출품의 헌신이라고 해석하였다.

오늘 진도의 맹골수도에서 일어난 세월호 사건은 과연 무엇인가? 그 보다 못한 불행이기만 한 것인가?

적산 법화원과 청해진 양쪽에서 전후 2번에 걸쳐 10여 명의 젊은 사공들이 바다에 빠져 숨졌다.

이것을 양쪽에서 제사를 지내고 法華湧出祭법화용출제라 이름하여 숭상하였다. 젊은 보살혼의 仰身앙신이라 부르짖었다. 모두들 '좋은 조짐'이라 하였다.

적산과 진도 양쪽을 오가는 배에 타고 있던 선원 수십 명이 희생당한 배사고가 났다. 이른바 飛逸一船비일일선 - 하늘을 나는 큰 한 보살의 배 - 이라고 이름 붙인 이 昇天事승천사는 그 뒤로도 내내 잊히지 않는 기념사건이었다.

그것은 큰 良 - 좋은 일 - 을 이끌어 당기는 業 - 불행 - 으로 기억되었다.

우리는 지금 이런 사실들을 어찌 생각해야할까?
바보같고 병신같은 미친 짓 인가?

또 있다.
非二災充비이재충 - 다시 일어나서는 안될 유념사항 - 이란 명목의 두 개의 배사고, 사람사고가 있었다.
조심사항은 두 가지로 내려졌다.

"어떤 경우에도 맨발로 배에 타지 말라!" 그 하나이고
"어떤 경우에도 무릎을 배바닥에 꿇지 말라!"가 둘이다.

이번 세월호 경우 선장과 선원들, 해경들은 어느 정도의 신경을 써서 손님들을 보호하였던가?

한 가지 독특한 사건이 있다.
한 젊은 여성(아마도 해남사람이라고 한다)이 배가 물에 잠겼을때 돛을 바로 세우기 위해 자기 옷을 다 벗어서 保糧보양(배 기구를 갖추어주는 행위) 하다가 미끄러져 물에 빠져 죽은 일이 있다. 여성의 이름은 그 뒤 청해진에 길이 남았다. 糧女(보양하는 여자)다.

우리는 이 일들을 웃어버리고 말 것인가? 이제 어찌해야 할 것인가? 이 기록들을 남긴 것으로 전해지는 장보고의 측근 韓良子한양자는 於海岸涯어해안애라고 그 맹골수도의 冥(귀신소굴)을 이름 지었다고 한다.

‘冥’은 자장율사에게 文殊사리가 준 가르침 중의 ‘화엄경이 있는 강원도의 산악들’을 말한다.

우리는 이 冥에 이제 화엄경을 펼쳐야 한다. 그것이 무엇이냐?
거대한 세계 최고의 해양대학이요, 크루즈선들이요, 세계 최고의 조선산업이요, 미국, 호주, 동남아와 협동하고 남미와 손

을 잡아 '大 TPP, 대규모 환태평양동맹무역'으로 인류 경제의 새로운 길 '바다의 낙원'을 개척해야 되는 것 아닌가!

그 과정에서 바다의 해적인 '아베' 따위의 일본 극우파와 천안함 사태의 북한 깡패들을 바다에서 소탕해야 되는 것 아닌가! 아닌가?

아이슈타인도 스티븐 호킹도 똑같이 "인류의 미래는 바다, 그 바다 밑의 새우주에 있다"고 말한다. 그것이 바로 海印이다.

그 우주는 '진정한 詩다. 아닐까!' 「김약국의 딸들」의 가덕도 앞바다에서 죽은 윤옥의 가슴에서 아기시체 대신 떨어진 <흰 십자가>!

[제부도 바다시인학교]

南辰圓滿北河回

남진원만북하회

'남쪽의 샛별이 중조선의 원만을 얻어야 북쪽의 강물방향을
바꾼다'(南辰圓滿北河回남진원만북하회)

동학 창시자 수운 최제우 선생의 시다.

오늘 우리의 삶에서 이 시는 무엇을 의미하는가?

우리가 지금 바라는 것은 무엇인가?

'통일'이다.

통일에는 조건이 필요하다. 필요한 조건이 충족되어야 이른바
'대박통일'이 가능한 법이다.

무엇이 그 조건인가?

'圓滿'이다.

무엇이 '원만'인가?

적어도 '북진에 의한 흡수통일'은 아니다. 그리고 'NLL제거따
위 햇볕통일'도 아니다.

그러면 무엇인가?

원만한 통일, 대박통일이란 무엇인가?

내가 이제부터 제기하는 원만이 충족되는 조건에서 이루어지는 통일을 말한다.

그것이 무엇인가?

우선 그것은 한반도의 중간, 이른바 '중조선'에서의 조건의 통일, 조건의 충족을 전제한다.

어디가 중조선인가?

내가 지금 말하고 있는 바로 이 자리, 이곳 용인이 중조선이다.

그 중조선의 무엇이 그 조건인가?

'문화'다. 문화의 조건충족, 즉 원만이 요구된다.

그 문화의 제1차적 조건은 또 무엇인가?

'문학'이다. 즉 '詩'다.

그러면 어찌되는가?

통일대박에서 지금 요구되는 원만이란 이름의 조건충족이 무엇인가?

중조선 용인의 문학, 詩를 중심한 원만한 문화다.

줄여 말한다.

용인문협이 대박통일의 조건이다.

그것이 '원만'이고 원만한 조건이고 그 내용 역시 원만이다.

왜?

오늘 나는 그것을 말하고자 이 자리에 왔다.

무엇이 '용인문학의 원만'인가?

여주, 이천은 원만한 땅이 아닌가?

여주, 이천은 주공의 주나라 대철쇄제국이 선 이후 지지 밟혀온 '여성, 애기들, 못난이들' 즉 '물(大川)'을 건너야 획득되는 땅, 利涉大川이섭대천이다. 그래서 왕건이 물의 영향력(水德)을 타고 '고려'라는 당시의 통일제국을 얻을 수 있었다. 그 병략은 지금 할 얘기가 아니다.

다만 조선 5백년 내내 화엄과 미륵과 해인의 꿈을 불법으로나마 꿈꾸게 만들었던 땡초, 즉 黨聚당취라는 이름의 '민중불교'를 각인시킨 공민왕때의 대혁명가 신돈의 땅이 바로 이천이다.

그래서도 신돈은 북압이 심할 때 나라의 도읍을 충주 쪽으로 옮기자 했던 것이다.

또 있다.

동학의 해월 최시형 선생과 당취 금강산 두목 빈삼화상이 만나 화엄개벽을 여성 지도력 밑에 전개하려던 1895년 鶯山앵산의 水王會 사태는 이곳 이천 설성이다. 그리고 그 수왕회 회주 李水仁이 포졸들에게 강간당해 죽은 자리 역시 이곳 양평이고 해월 동학의 마지막 여성 갑년이가 죽은 자리도 이곳 두물머리다.

이런 이야기들이 잡다한 민중설화에 불과한 하잘 것 없는 쓰레기에 불과한 것들인가? 그렇게 떠드는 자들이 있다. 그러나 그런 자들은 이 민족의 역사적 비밀이 '숨겨진 반채'임을 모르는 자들이요, 金凡父 선생의 四徵論사징론을 읽어보지도 않은 무식한 자들이다.

또 아직도 여자와 아기들을 쓰레기로 취급하는 그 스스로 쓰레기 같은 자들이다.

두물머리 앞 신원리 맷골의 몽양 여운형은 누구인가? 무엇하려했던 사람인가?

지금 우리 현실에서 그의 중도론은 어떻게 평가되어야 할 것인가?

그 중도론이 세상에 알려진 것처럼 꼭 좌우익 사이에서만 의미 있는 것이었던가?

기독교와 전통동양사상 사이의 중도론은 없었던가?

곤지암 주놋거리에서 부딪힌 해월 최시형의 동학과 서학 옹기장수 요섭 사이의 '여성과 아기들의 요인이야기'는 어찌할 것인가?

고향인 경상도 경산에 묻히지 않고 동학당과 천주교 요섭에 의해서 유언대로 여주 강변의 원적산 천덕동에 묻힌 우리나라의 동서학 역사의 기이한 시작은 어찌할 것인가?

왜 서양사상 기독교는 동양인 조선 땅의 변두리도 아닌 바로 중심지인 중조선부터 침투해 그 많은 희생자를 냈는가?

거기에 역사적 신비의 숨은 진리는 없는가?

왜 이곳은 개신교와 천주교의 역사적 본부인가? 불교, 특히 화엄사상과의 구체적 관계, 유교와의 구체적 관계는 무엇인가?

마제의 다산 정약용, 특히 그의 정전제 경제이론과 부평의 한백겸의 기전제 경제이론의 차이와 융합점은 오늘 무슨 의미를 갖고 있는가?

그 차이와 융합점들은 또 중조선의 영역을 강원도, 충청도로 확대할 때, 한반도 중심지리인 한강, 섬강, 단강의 三江合水處인 부론의 홍원창 앞 月峰월봉과 그 강 앞 仰城앙성의 다섯봉우리(산위에 물이 있는·山上之有水) 고대 경제사회이론, 그리고 그 앞 法天寺의 거대한 불교시장터의 화엄장원리들은 또 어떤 연관을 갖는가?

文幕문막에서의 왕건과 궁예의 27회에 걸친 피투성이 전쟁의 뜻은? 그 옆 손곡과 좀재의 견훤의 야망은?

정산리와의 사이에 있는 풍점고개의 숨은 의미는? 선종사찰 居頓寺址거돈사지와 法相宗법상종 사찰 法天址법천지사이의 그 고개에서 죽어간 13명 승려들의 사상사적 고민의 뜻은? 충주인근의 무수한 고구려 장수들의 무덤과 유적들, 하나도 역사에 의해 밝혀지지 않았다.

왜?

해방직후 귀국한 백범 김구선생의 한마디,

"지금 우리나라에 가장 필요한 유력한 힘은 곧 문화력이다."

그리고 일제 말 전북 익산에서 죽은 동편제 판소리 맹인 송흥록의 한마디

"민족문화의 핵은 판소리, 판소리의 비밀은 시김새, 시김새의 근원은 정선아리랑이다."

이 말은 우리 민족의 세계적 문화 파급력과 아세안. 네오 - 르네상스에 어떻게 연관되는가?

정선아리랑과 영월. 정선의 東江의 관계, 강원도, 충북, 경기,

경북 산악과 정감록 등의 약초치유능력의 상관관계,

아아!

우리는 戀浦연포와 골덕내와 백운산 나리소의 그 기이한 핵심 弓弓冥을 잊지 말아야 한다. 그것은 무엇인가? 민족문화에서 그것은 무엇인가? 민족전통, 동학, 화엄불교, 문화 일반에서 그것은 무엇인가?

이것과 정선아리랑과 약초들과 詩와 문화와 사상은?

백봉령 밑 임계의 '백두대간 약초나라 아리아리 정선'이라는 치료마을, 제천의 명암로와 세 개의 순 조선전통병원들, 한방병의원,

또 있다.

지금 용인문협 함동수 이사장에 의해 진행되고 있는 이쪽 지역의 독특한 가톨릭 선교 전통의 역사, 그중에도 절두산 순교자로써 유명한 金大建김대건의 행적들의 숨은 비밀들은?

이것은 원주 치악산 너머 배론의 황사영사건과 지학순주교의 거대한 反유신행동의 역사와 그의 고통과 죽음, 이것들은 중조선의 그 원만과 무슨 관계가 있는 것인가?

용인문학과 어떻게 이어지는가?

그 문화, 詩와 어떻게 이어지는가?

그것은 박달재와 두타산과 제부도와 어떻게 연관되는가?

원주의 '박경리문학'과는 어떻게?

또 신평못의 임윤지당의 氣哲學과는 어떻게?

두물머리, 아우라지(정선아리랑의 시발점)와 원주 미륵산. 백

운산 사이의 양안치와는?

이들이 모두 '二元融合이원융합의 원만' 그것이다.

두물머리(북한강 - 남한강), 아우라지(東川 - 北川), 양안치(귀래 미륵산 - 홍업 백운산) 사이의 융합!

자! 詩는 갈등과 대립으로부터 태어나는 사랑과 융합의 복승이다.

이것이 우리가 요구하는 대박통일의 핵심요체인 원만, 그것이다.

DMZ, 인제 평화공원, 금강산, 생태학적중조선 평화계획, 다 좋다! 그러나 나는 지금 막 불붙기 시작한 이천, 여주, 그리고 원주의 장터! Premium Outlet에 주목한다.

그것은 재일교포출신 롯데 등의 재벌이 손대고 있다. 칼 폴라니 추종자인 요사노 가오루의 따뜻한 자본주의와 '아메요코'의 흔적이 움직인다.

그러나 그 속에는 이미 옛 神市, 즉 麻姑의 八呂四律이, 古朝鮮의 단군과 왕검이 손댔던 호혜시장의 현대적 전개가 아주 복잡한, 숲과 산과 물과 집과 벌판이 끼어든 새 형태로 징조를 드러내고 있다.

그런데 이들은 5일장인 정선장의 아리랑과 약초장사에 그 상품아이디어가 연결되고 있다. 지금은 '약간'이지만!

아주 중요한 사건이다!

주목해야할, 탐색해야할 진정한 문학, 詩, 참문화, 진짜경제의 대목이다.

이것이 곧 원만이다. 우리민족,

이제 세계경제와 사회는 바뀐다.

이래서 오늘 나의 용인문협에서 詩는 곧 水雲의 詩다.

'南辰圓滿北河回'

제안 일곱가지

오늘 다음과 같은 명제 일곱가지를 건국대 강의를 통해 국가와 사회에 알리고 싶다.

내가 이제껏 말하거나 글로써 온 국가관, 사회관들은 현대 이전의 고전적인 것들이 중심이다. 오히려 나는 내내 앞으로 우리 민족이 나아갈 방향을 알려온 셈이다.

한말과 일본 제국주의 침략, 해방 이후 남북분단과 전쟁, 그리고 가난을 넘어서기 위한 지난 60년에 이어 이제 우리는 새로운 국가 방향과 사회미래를 실천할 때가 되었다.

최근 '한국선진화포럼'은 우리사회를 "헝그리(hungry) 사회에서 앵그리(angry) 사회로 변질했다."고 진단한다.

'헝그리'는 가난이고 '앵그리'는 분노와 증오다.

그런가?

배고픔은 넘어섰는데 사회적 목표가 불분명하다.
'잘 살아보세'와 '민주화'가 어느 정도 성취되자 그 뒤로 성큼 나아갈 국가적 목표가 냉큼 주어지지 않고 있다.

세월호 사건으로 지리멸렬 상태에 떨어진 것은 진정한 도약의 계기를 창조하고자 하는 시련이다.

이제 酒暴주폭을 통해 옹호하고 '파출소에서 깽판'치는 자를 두둔하거나 '원흉은 수명을 다한 공공시스템'이라는 식의 하나마나한 소리들과 깡통 빨갱이류의 從北종북성향으로 기우는 여론 따위를 성큼 뛰어넘어 대통령의 대박통일, 환태평양TPP, 유우라시아 경제 이니시어티브로서의 새로운 실크로드 등 훌륭한 방향성을 실현할 조국의 구체적 전통사상의 힘과 가능성을 내 나름대로 다시 한번 일곱가지 명제로 제시해보고자 한다.

1. 이 나라의 바로 그 같은 국가관, 사회관의 미래방향은 크게 보아 세가지다.
첫째, 불곰 즉 불함(不咸)이다.
요즘말로 '흰그늘'이니 '검은 어둠 그 자체로부터 희망의 흰 빛이 솟아오름'이다.
이른바 정선아리랑, 남도판소리, 탈춤과 메나리, 수심가, 향가 등 문화의 기본 미학인 시김새이고, 한국음식, 김치와 비빔밥 등의 핵심 묘미다.

둘째, 呂律, 多勿이다.

구체적으로 '여성성과 개체성, 생명성이 남성성과 전체성, 확산성보다 더 강한 것, 즉 八呂四律'이다.

이것은 1만 4천년 전 파미르고원의 麻姑마고체제로부터 시작된 '획기적 재분배의 神市 체제', 산위에 물이 있는 유목과 농경의 결합, 즉 '호혜시장'이요 화엄경의 경제 원리인 同塵不染동진불염이다. 이제부터의 還歸本處환귀본처의 경제다.

결국 이것은 불곰이나 시김새와 동일한 것으로 유럽철학의 chaosmos나 東學의 不然其然에 일치한다.

셋째, 三太極이다.

三太極은 삼진법의 변증법이 아니라 음양 이진법과 復勝이라는 '숨어있던 초월적 질서가 음양에 대해 태극으로 솟아오르는 일종의 五運六氣的 十五次元의 새질서'다. 이 세가지를 묶어 三太極이라 부른다.

세계철학, 사상과 정치의 새 방향이다.

2. 나는 여러번 이번 세월호사태가 '큰행복을 예감시키는 한 불행'이라고 강조하고 천년전 張保皐장보고의 '진도. 완도의 맹골수도의 청해진'과 '중국 산동성 적산의 법화원' 사이의 해양무역의 대 창조경제 例를 들었다.

그것은 法華經과 華嚴經의 '보살들의 從地(海)湧出品'과 '恣行童女, 休捨휴사 우바이 등의 海印 미륵 회상'의 사상인 것이니 곧 우주적 현재 및 미래개벽의 주요한 계기가 된다.

왜 제 역사에서 배우지 않고 시끄럽게 깡통만 두들겨 대는가?

해양대학, 크루즈船선, 조선산업, 젊은이와 여성들의 해양개척 투입으로 미국, 남미, 호주, 동남아, 중국 등과 TPP를 크게 전개해야 한다. 아인슈타인, 스티븐 호킹의 말 '인류의 미래는 바다 밑 새우주다'는 바로 海印을 뜻하고, 그 실천은 '장보고'다. 현대화 하자.

3. 몇 년 전 중앙아시아 기행에서 『예감』이라는 책에 썼듯이 神市와 실크로드를 현대화 시키는 한국 젊은이들의 대 개척이 필요하다. 지금 진행되는 '자전거 여행'과 '대장금과 말춤의 문화적 충격', 대통령의 '카자흐스탄, 사마르칸트 방문'은 중요한 고향방문이다. 그리고 새 세계경제와 새 세계열림이다. 예감』에서 여러번 그것을 예감했다. 사마르칸트의 본래 이름은 '졸본아타'다. 우리 고구려의 수도 '졸본성'이 바로 그것이다. 이것부터 먼저 생각하기 바란다. 우리의 고향은 1만 4천년 전의 '파미르 고원'이고 또 그 뒤 '바이칼의 알혼'이었다. 중국, 그리고 러시아와의 협동은 중요하다.

4. 통일에서 중요한 곳은 중조선이다.

지금 DMZ 평화공원, 금강산 등이 강조되고 있으나 중조선 전역에서 '원만'을 테마로 하는 문화운동이 일어나야 한다.

이미 龍仁용인에서 시작되었다.

북한강-남한강 사이의 두물머리.

東川 - 北川 사이의 아우라지.

귀래 미륵산 - 흥업 백운산 사이의 양안치(미륵산의 화엄불교와 백운산의 천주교).

이 모두가 '통일에의 원만한 지향'이다.

박경리 선생의 문학 자체가 이미 원만에 의한 통일지향이다. 특히 롯데가 손대고 있는 여주, 이천, 원주의 Premium Outlet과 五日場인 정선장의 정선아리랑장 - 약초장의 선전 효과와 그 융합이 Outlet의 변화가능성(호혜시장으로의 변모)은 매우 중요하다. '五日場과 Outlet'의 상호융합을 생각하자.

'아우라지'의 餘糧과 제레미 리프킨의 '공유사회'를 검토하자.

5. 대통령부터가 여성이다. 야당이니 종북파, 북한, 일본 등이 여성 대통령을 헐뜯고 지랄 발광하는데 이것은 지금의 큰 변화를 모르는 무지에 불과하다. 그리고 그들은 우리 민족의 기본 사상인 天符經의 핵심인 妁衍작연을 모르는 자들이다. '妁衍' 다음은 바로 '不往不來불왕불래'다. 대개벽이다. 그리고 그 다음은 '用變 不動本 本心本용섭 불동본 본심본'이니 곧 내가 이미 여러 번 강조해 온바 있는 여성과 아기들, 못난이들, 이른바 玄覽涯月民현람애월민, 주체의 '생명, 생활 가치 중심'의 대화엄개벽 즉 大海印이 오고, 그리되면 그 다음 '太陽界明태양계명'이라 했으니 동양 고전 사상에서 가장 높이 치는 하느님 직접 통치의 맑은 '태양정치'시대가 오는 것이 바로 天符經이다. 여성과 아기들의 생명, 생활가치 중심을 뜻하는 妙衍묘연은 이렇듯 미묘하고 오묘한 말이다.

그래서 중국 고전에서도 여성이 집권하면 세상이 미묘하게 크게 바뀐다고 했다. 당나라 측천무후 집권 때다. 떠돌이 학자(流學人류학인) 權學蜜권학밀 저 [制五天理原제오천리원]에서 "나라에 欺天기천이 일어서면 明星辰雲명성진운의 다섯 천재가 기이하게 바뀐다. 그것을 누가 막으랴. 다만 따르는 것만이 天理의 핵심이다." 라고 했다. 많은 변화가 있었다. 특히 오늘의 상업인 '유리창'에 거대한 변화의 변이 왔다. 그러나 남자들, 특히 어른을 자처하는 일부 선비들은 반란과 음모를 일삼았다. 오늘 이것을 어찌 봐야 할까? 필연적 우주의 변화로 이해하는 정당한 학문적 태도가 요구된다.

그 뒤 서태후 때의 변화다. 석학 康有爲강유위는 다섯 차례의 글과 발언을 통해 "정작 우주의 참 변화는 ?, 濕습, 寒한, 水, 冬동을 통해 시작된다. 太后도 역시 그 힘이다. 이제 큰 변화가 오고 있다" 그 뒤로 중국은 어찌되었는가?

또 있다.

한국의 민비다.

그 변화는 이미 우리가 다 안다. 여기에 긍정적, 대우주적 뜻으로 해석한 선비, 식자가 단 두 사람이 있었을 뿐이다.

누구냐?

明律명율이라는 금강산 스님과 韓五德한오덕이라는 江華學派강화학파의 一人 뿐이다. 이런 일들은 틀림없이 西洋에도 있을 것이다. 그러나 이제 왜 그런가를 정밀 검토해야 할 때다.

6. 최근 들어 NASA는 水量수량에 기이한 변화가 오고 있다.

그것은 무수한 모래 알 속에 '生華虫생화충 NATURAL BAUTTA(일종의 생물학적 바이러스 곤충?)'이 발생하고 있다.

"물질의 生命化생명화인가?"

어찌 할 것인가? 어찌 된 것인가?

우리가 가진 지식은 온전한 것인가?

아니면 우주가 틀려먹은 것인가?

그 밖에 우주의 변화에 관해 나는 많은 이야기를 해왔다. 그러나 국내 자칭 지식인들은 날더러 '꿈꾼다', '싸구려 지식을 어디서 끌어들였다'고 비웃는다. 그들은 정말 제대로 공부를 하고 있는 것인가? 김범부의 四徵論사징론을 읽기나 했는가?

7. 최근 집필을 끝낸 나의 미학책 '아우라지 미학의 길'에서 세 가지 큰 발견을 밝혔다. 첫 번은 이미 여러 번 제기했지만 復勝이다.

① 復勝복승(五復勝 →十五復勝) → 이진법 - 삼진법 갈등의 해결방향이다.

② 餘糧여량(남은음식, 沈治涽國심치기국→金周虎) → 맑스의 잉여론과 막스 베버의 常餘상여론의 극복, 극좌(북한)과 극우(일본)의 극복이다.

③ 弓弓冥(앞으로 밝힌다. 東江의 戀浦연포 - 골덕내 - 백운산 나리소)의 경우다.

[건국대 대학원 특강 / 2014년 9월 30일]

흰 그늘

아!

이 무슨 일인가? 3배의 혼이 구천을 맴돌고 '삼별초의 난'이 위치한 맹골수도에서 일어난 세월호 침몰 참사는 온 국민을 절망케 했다. 국가 재난 시스템은 무너지고 불신만 넘나들었던 참혹한 사고 앞에 온 국민이 분노하고 슬퍼했다.

어린 학생이 살려달라고 몸부림치는 장면이 너무 선명해서 억장이 무너져 내렸다. 삶이 숨 쉬는 바다가 하루아침에 통곡의 바다로 변한 맹골수도, 왜 하필 그곳에서 그런 비극적 사건이 일어났을까? 숨이 막혀 가라앉은 영혼들에게 국민들은 달려갔다. 우리 민족은 남의 불행을 나몰라라 하는 국민이 아니다. 따뜻한 마음과 선량한 끈기는 우리 민족의 강점이다.

신라시대 장보고 대사는 해적을 소탕하고 청해진을 설치해서 당나라와 일본을 상대로 해상무역으로 창조경제를 이룩한 분이다.

어디에서?

바로 맹골수도에서다.

다시 묻는다.

맹골수도가 어딘가?

시김새의 고장이다. 시김새가 무엇인가?

판소리와 탈춤과 육자배기와 매나리의 본질이다.

다시 묻는다. 시김새가 무엇인가?

우리 민족의 근본정신인 '볽굼', 不咸이다.

우리 민족정신을 절망 속에서(굼) 희망(볽)을 발견하고 슬기롭게 대처해온 미래정신이 있다.

아이슈타인도 "인류의 미래는 바다에 있다"고 했고 스티븐 호킹 박사도 "바다야 말로 새로운 우주"라고 힘주어 말했다.

맹골수도의 참혹한 현장에서 시커먼 밑바닥에서 떠오르는 하얀 빛, 그것이 흰 그늘이고 바로 시김새, 즉 삭인다는 뜻이다.

아이들의 靈영이 좋은 곳에 가게 해달라고 빌고 새로운 희망을 내달라고 기도하자. 분노의 에너지는 늘 출구를 찾는다.

이것이 대전환(多勿)이다.

유구한 역사 속에 가리워진 장보고의 숨결이 있다. 장보고는 법화경을 바탕으로 법화원을 세워 대승적 화합과 圓融원융을 이루고 죽은 이의 원혼을 천도 하였다고 한다. 세월호 참사는 자발적 국상이었다고 온 국민은 실의에 빠져있다. 살아있는 우리 역사는 正易, 남녘의 南學과 동학으로 나타난다.

올해가 동학혁명 만 120년 째 되는 甲午年이다.

水雲 崔濟愚 선생의 시에 '大登明水上 無嫌剋대등명수상 무렴극(물 위에 등불이 화안히 밝으니 의심을 낼 여지가 없다)'이라 했다.

'물위에 등불이 화안히 밝다'가 무엇을 말하는가?

삼면이 바다인 우리에게 있어 물위에 등불이 화안히 밝음은 바로 불금이요, 불함不咸이요, 슬픔으로부터 솟아나는 희망의 시김새는 새로운 우주 다물(多勿)이다.

남해안 시대를 바라보자. 남해안 시대가 태평양경제를 만들어 동서양의 균형발전을 이룬다. 이것이 대통합 다물이 아니고 무엇인가?

역사는 경고한다.

머물지 말고 잊지 말며 찾아 나서고.

넋을 위로하고 영혼을 달래는 길을 바다에서 찾아내야 한다.

부산은 靈龜望海영구망해 태평양경제요, 목포는 回龍顧祖회룡고조, 유라시아 실크로드의 회복이다.

바다와 대륙의 참다운 기원은 山에 있다.

세계의 우주적 새 기원은 한반도 백두대간에 있다.

강원도 정선군 칠족령 아래 戀浦의 거북이 마을은 태평양경제의 내일을, 그 옆 골덕내의 제장마을은 여러 사람, 여러 시장이 모여드는 '사마르칸트'를 뜻하는 실크로드 그 자체다.

그 산속으로 가는 마을 이름이 새나루요, '선창마을'이라면 그저 놀라기만 할 것인가?

그 산과 그 마을들에 아름다운 정선아리랑이 울리고 희귀한 약초들이 번성한다면 이상하다고 고개만 갸웃할 것인가?

익산에서 종명한 동편제 명인 송흥록은 "한국문화의 핵은 판소리다. 판소리의 비밀은 시김새다. 시김새의 근원은 정선아리랑이다"라고 했다.

시커멓게 침몰하는 어둠속에 한줄기 넘실대는 흰 빛 살아서 가야 한다.

넋이라도 가야 한다.

가자.

바다로.

바다는 산과의 만남이다.

중국과 러시아를 실크로드를 개척하기 위해 손을 잡고 미국의 동아시아 진출을 막고 있다.

미국이 TPP(환 태평양경제협력기구)를 활동하여 영역확보에 나설 때 미국과 손을 잡아 태평양경제를 일으켜야 한다.

물속에서 치료를 마친 영험한 거북이 나와 바라보는 먼 바다는 바로 장보고의 태평양, 법화경과 화엄경의 從地涌出종지용출, 同塵不染동진불염의 호혜 교환이 함께 사는 비단 깔린 장바닥 즉 '실크로드'인 것이다. 그래서 제장마을, 즉 '여러 사람이 모여 여러 장사를 함께 하는 장 마을'이 되는 것이다.

우리 조상들이 개척한 큰 시장이 바로 神市다.

신시는 호혜경제를 생태경제다.

산속에서 바다를 찾아서 시장을 만들어 왔던 조상의 지혜다.

태평양을 중심으로 하는 현대경제, 이 길이 장보고가 개척한 자유무역체제다.

다시 말한다.

산과의 만남 조상들이 개척한 신시가 맹골수도에서 해양경제를 개척하라는 역사의 경고로 나타나고 있다는 것을.

강원도 동강(東江)의 강물 '골덕내'의 바다 이름을 '맹골수도'

가 아니었던가?

이것이 산업화와 민주화의 융합으로 발전되어 왔고 미래를 바다에서 건져 올려야 하는 시대적 소명이다.

우리에게는 해양개척의 야망이 꿈틀대는 미지의 세계가 기다리고 있다.

춤추는 바다, 흰 그늘의 바다로 가자!

김지하 / 김호남 공동집필

初眉 · 첫 이마

발행일   초판 1쇄 2014년 11월 10일

글쓴이   김지하
펴낸이   김태문
펴낸곳   도서출판 다락방
주 소   서울시 서대문구 북아현동 1–495 세방그랜빌 2층
전 화   02)312–2029   **팩스**   0505)116–8399
www.darakbang.co.kr

ISSN 978–89–7858–065–3 03810

정가 14,000원